一笑
古龍

盛期之風貌

臥龍生作品　帶動武俠風潮

《飛燕驚龍》開一代武俠新風

《飛燕驚龍》(1958)爲臥龍生成名作，共48回，約120萬言。此書承《風塵俠隱》之餘烈，首倡「武林九大門派」及「江湖大一統」之說，更早於香港武俠巨匠金庸撰《笑傲江湖》(1967)所稱「千秋萬世，一統」達九年以上。流風所及，臺、港武俠作家無不效尤；而所謂「武林盟主」、「江湖霸業」等新提法，竟成爲社會大眾耳熟能詳的流行術語了。

《飛燕》一書可讀性高，格局甚大。主要是寫江湖群雄爲覬覦傳說中的武林奇書《歸元秘笈》而引起一連串的明爭暗鬥；再以一部假秘笈和萬年火龜爲餌，交插敘述武林九大門派（代表正派）彼此之間的爾虞我詐，以及天龍幫（代表反方）網羅天下奇人異士而與九大門派的對立衝突。其中崑崙派弟子楊夢寰偕師妹沈霞琳行道江湖，卻如夢似幻地成爲巾幗奇人朱若蘭、趙小蝶之絕世武功技驚天龍幫，而海天一叟李滄瀾復接連敗於沈霞琳、楊夢寰之手；致令其爭霸江湖之雄心盡泯，始化解了一場武林浩劫云。

在故事佈局上，本書以「懷璧其罪」（與真、假《歸元秘笈》有關）的楊夢寰屢遭險難，卻每獲武林紅妝垂青爲書膽（明），又以金環二郎陶玉之嫉才害能，專與楊夢寰作對(暗)爲反派人物總代表。由是一明一暗交織成章，一波未平，一波又起，極盡波譎雲詭之能事。最後天龍幫冰消瓦解，陶玉帶著偷搶來的《歸元秘笈》跳下萬丈懸崖，生死不明，卻予人留下無窮想像空間。三年後，作者再續寫《風雨燕歸來》以交代陶玉重出江湖，爲惡世間，則力不從心，當屬狗尾續貂之作。

在人物塑造方面，臥龍生寫男主角楊夢寰中看不中用，固然乏善可陳，徹底失敗；但寫其他三名女主角如「天使的化身」沈霞琳聖潔無瑕，至情至性，處處惹人憐愛；「正義的女神」朱若蘭氣質高華，冷若冰霜，凜然不可犯；「無影女」李瑤紅則刁蠻任性，甘爲情死等等，均各擅勝場。乃至寫次要人物如「賓中之主」海天一叟李滄瀾之雄才大略，豪邁氣派；玉簫仙子之放蕩不羈，爲愛痴狂；以及八臂神翁聞公泰之老奸巨猾，天龍幫軍師王寒湘之冷傲自負等，亦多有可觀。

與

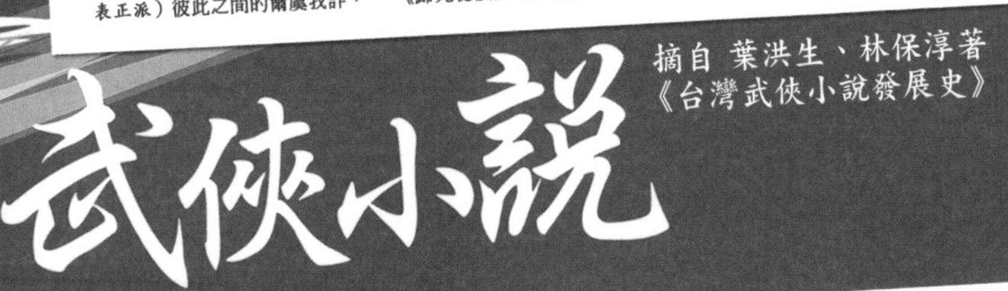

摘自 葉洪生、林保淳著《台灣武俠小說發展史》

台港武俠文學

流行天王

臥龍生

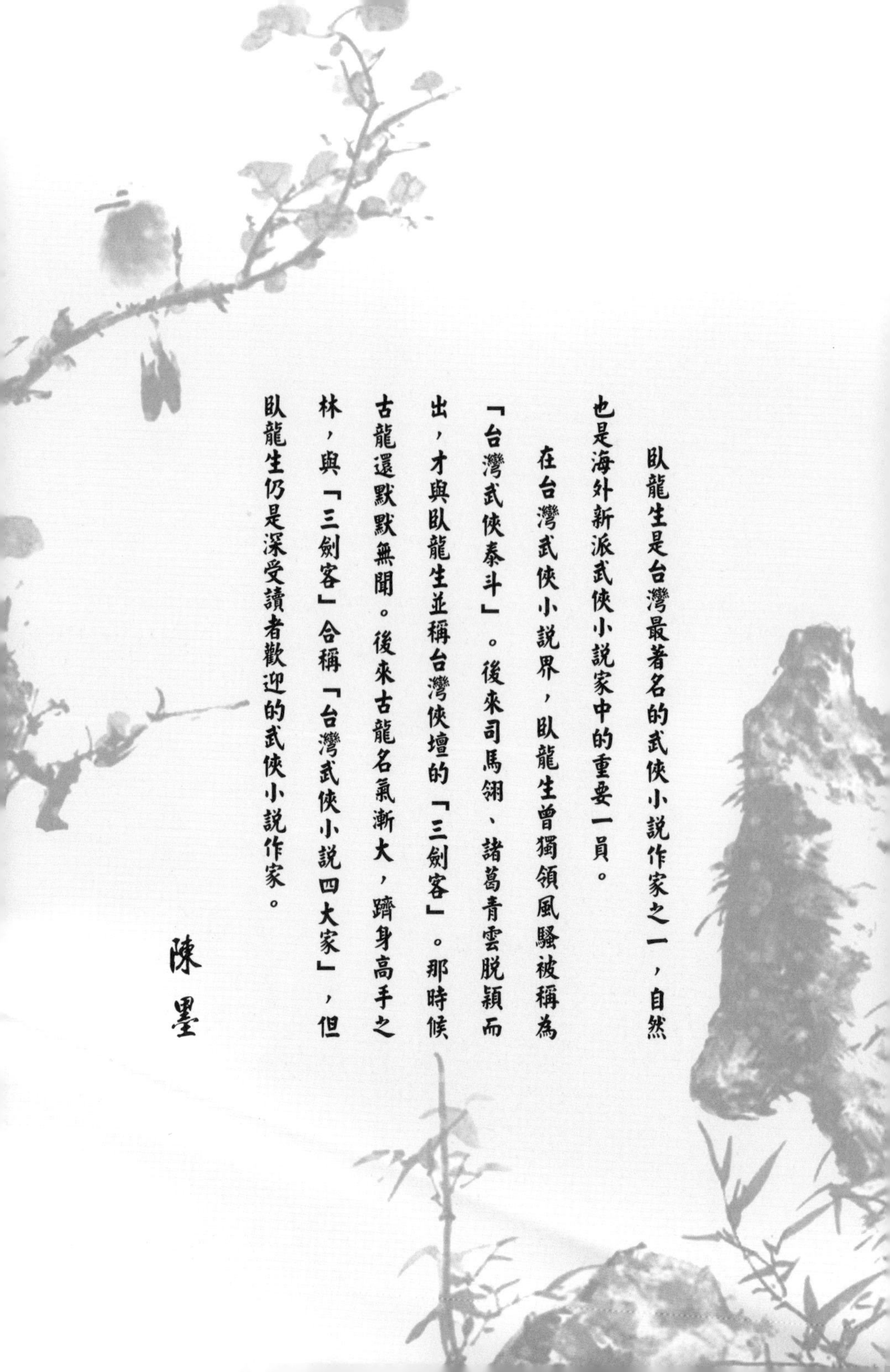

臥龍生是台灣最著名的武俠小說作家之一，自然也是海外新派武俠小說家中的重要一員。

在台灣武俠小說界，臥龍生曾獨領風騷被稱為「台灣武俠泰斗」。後來司馬翎、諸葛青雲脱穎而出，才與臥龍生並稱台灣俠壇的「三劍客」。那時候古龍還默默無聞。後來古龍名氣漸大，躋身高手之林，與「三劍客」合稱「台灣武俠小說四大家」，但臥龍生仍是深受讀者歡迎的武俠小說作家。

陳墨

飄花令（三）

臥龍生精品集 23

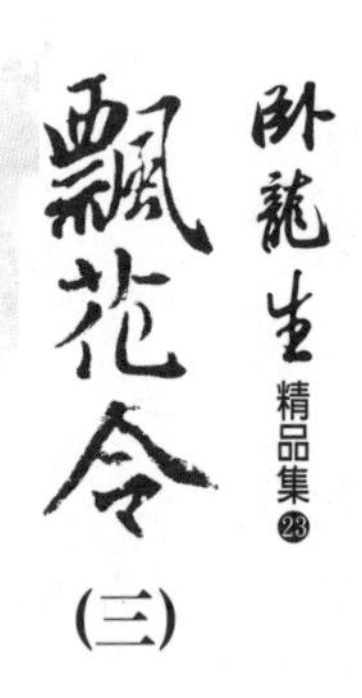

臥龍生精品集㉓ 飄花令（三）

目錄

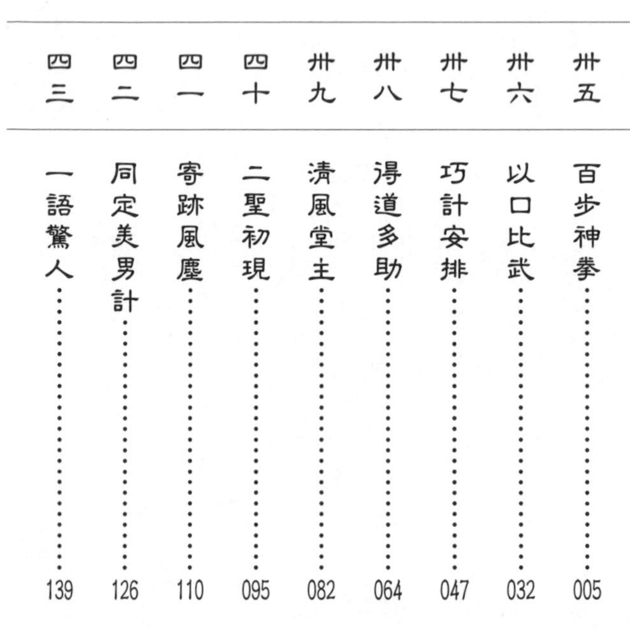

卅五　百步神拳

慕容雲笙冷笑一聲，道：「齊姑娘一定要逼在下除去臉上藥物嗎？」

齊麗兒微微一怔，道：「你怎麼知道我姓齊？你是什麼人？」

慕容雲笙拱拱手，道：「在下慕容雲笙，在姑娘家中，見過齊姑娘……」

齊麗兒雙目盯注在慕容雲笙臉上瞧了一陣，道：「賤妾無法從公子的聲音中，分辨你的身分。」

慕容雲笙道：「好吧，那在下只有除去臉上的易容藥物了。」

大步行到清水旁邊，洗去了臉上的易容藥物，現出本來面目。

齊麗兒仔細瞧了慕容雲笙一眼，道：「果然是慕容公子。」

臉色一變，冷冷接道：「公子混來此地，是何用心？」

慕容雲笙道：「在下想見一個人，楊鳳吟楊姑娘。」

齊麗兒奇道：「你認識她？」

慕容雲笙道：「有過數面之緣。」

齊麗兒道：「那就請閣下留在這裡等她了。」

慕容雲笙道：「但在下不能等。」

齊麗兒道：「公子，我希望你不要使人爲難。」

慕容雲笙心中暗道：「看來，今日是很難善離此地，倒不如暫時答允她留此，先行療好傷勢，再作打算。」

主意暗定，輕輕咳了一聲，道：「好。在下答允留此，不過，在下想請教姑娘一事，貴上花令主人，是否將在今宵到此？」

齊麗兒道：「這個麼，我也不清楚了。」

語聲一頓，接道：「不過，你仍有一個法子，你可以把你要說的話，寫成一封長函，呈報我家令主。」

慕容雲笙略一沉吟，道：「那倒不用了。」

齊麗兒輕輕嘆息一聲，道：「慕容公子，我無意和你作對，只是我職守有關，暫時不能讓你離開，只好屈駕留此一時，等我請命過後，即刻恭送公子離此。」

也不待慕容雲笙再答話，帶上室門而去。

慕容雲笙連番遭遇凶險之後，人已變得沉著了許多，默察處境，似是只有先行把傷勢療好，再作道理。

是故，齊麗兒離開之後，立時拋去雜念，盤膝而坐，閉目調息。

過了一個時辰左右，木門突然又開。

抬頭望去，只見齊麗兒緩步而入，道：「花主有回音來，她說要公子在此等候。」

慕容雲笙急道：「她要來？」

齊麗兒道：「大概是吧，那花令上未說明白。」

慕容雲笙長長吁了一口氣，突然舉步向外行去。
齊麗兒心中大急，起身攔住了去路，道：「公子，你不能走，你如走了，要賤妾如何對花主交代？」
慕容雲笙冷冷說道：「妳家花主有花令到此，要在下留在這裡，但妳家花主之命，區區就未必應該聽她的。」
齊麗兒搖搖頭，道：「不行，無論如何，你不能走。」
慕容雲笙道：「齊姑娘這般堅持，那是逼迫在下出手了。」
齊麗兒道：「唉，我如放公子離去，敝上責問下來，我也是擔待不起，公子一定要走，只有先使賤妾傷在公子手中一途。」
慕容雲笙怒道：「姑娘可是覺著在下負傷甚重，全無對敵之能了？」
齊麗兒道：「我無此用心。」
慕容雲笙右手一揮，拍出一掌。
但聞砰然一聲，掌勢正擊在齊麗兒的右肩之上，震得齊麗兒連退三步。
慕容雲笙萬萬未曾想到，齊麗兒竟是不肯還手，不禁爲之一呆。
齊麗兒手按右肩，道：「公子這一掌太輕了，再重一些，擊倒了賤妾之後就可以走了。」
慕容雲笙長嘆一聲，道：「貴上的花令，如此森嚴嗎？」
齊麗兒苦笑一下，道：「不錯。」
慕容雲笙道：「在下可爲姑娘留在這裡，不過，在下還有幾位朋友，等我回去，只怕他們久等不著，找上純陽宮來，引起衝突。」

齊麗兒道：「不要緊，我會給他們說明。」

慕容雲笙道：「偏勞姑娘了。」

大步行向屋角，盤膝而坐，閉上雙目，不再理會齊麗兒。

不知過去了多少時間，只聽木門開啓聲和輕微的步履聲行了過來。

慕容雲笙只道又是齊麗兒，眼也未睜地說道：「貴上還未來麼？」

只聽嗤的一聲，不聞回應之聲。

慕容雲笙怒道：「有什麼好笑的，在下答允留此，完全爲了妳齊姑娘。」

只聽一個清柔的女子聲音，道：「齊姑娘很感激你。」

慕容雲笙聽出口音不對，睜開眼看去，不禁一呆。

只見站在面前的少女，一身白衣，正是那楊鳳吟。

慕容雲笙鎭靜了一下激動的心情，緩緩說道：「原來是楊姑娘，花令主人，在下失敬了。」

楊鳳吟微微一笑，道：「咱們約定在九華山中見面，想不到提前了。」

慕容雲笙道：「這正是人生何處不相逢，姑娘下令強把在下留此，不知是何用心？」

楊鳳吟笑道：「你的脾氣很大，我因爲一件要事，約你晚一天見面，怎知你竟要拂袖而去。」

慕容雲笙冷冷說道：「此刻情形不同，在下有著不能高攀的感覺。」

楊鳳吟道：「爲什麼呢？」

慕容雲笙道：「目下的飄花令主，已經是江湖上大名鼎鼎的人物了，我慕容雲笙不過是一

個無名小卒，咱們的身分很懸殊了。」
楊鳳吟舉手理一下長髮，接道：「我雖然有名了，但我仍是楊鳳吟啊，和過去又有什麼不同的地方呢？」
慕容雲笙道：「咱們昨天在洪州郊外見過，姑娘坐在車中是嗎？」
楊鳳吟道：「原來你爲此生氣。」
慕容雲笙道：「那時在下曾求見姑娘。」
楊鳳吟接道：「你應該知道，我不能見你。」
慕容雲笙道：「爲什麼？」
楊鳳吟道：「因爲除了那齊夫人之外，所有的人，都沒有見過我。」
慕容雲笙啊了一聲，道：「原來如此。」
楊鳳吟接道：「你明白了就好，當時，我很想請你上車去坐，但我想了又想，還是忍耐下去，沒有叫你。」
慕容雲笙道：「這麼說來，在下錯怪姑娘了。」
楊鳳吟道：「昨天我約好你，希望去看看你，但結果……」
慕容雲笙道：「結果姑娘失約了。」
楊鳳吟道：「我經歷了一場生死之戰，所以無法赴約。」
慕容雲笙呆了一呆，道：「姑娘和什麼人動手？」
楊鳳吟長長吁了一口氣，道：「我不認識他們，大概是三聖門中人。」
接著又道：「那一戰中，我受了傷。」

慕容雲笙吃了一驚，接道：「妳受了傷？」

楊鳳吟道：「不錯，我雖然勝了他們，但勝得很慘，而在我屬下和敵人之前，我又必需裝作若無其事，不能立刻運氣調息，這就使我傷勢重了很多，也延遲了我復元的時間。」

慕容雲笙道：「這麼說來，是在下錯怪姑娘了。」

楊鳳吟道：「嗯！在我想像中，你聽到這消息，一定會為我擔心，很焦急的等待我，但想不到你卻大發脾氣，認為我給你擺架子，那花女回去告訴我，你不知我多麼傷心。」

慕容雲笙一時間，想不出楊鳳吟話中含意，又是一呆，道：「姑娘之意是……」

楊鳳吟道：「我一向想得太天真了，覺著別人的想法，都應該和我一樣，所以，我就想到，派人告訴你我要失約，你就該想到有特殊的原因，唉，我也不能告訴那花女說我受了傷啊。」

慕容雲笙輕輕嘆息一聲，道：「不知者不罪，在下並非有意。」

楊鳳吟道：「但你現在知道。」

慕容雲笙道：「好吧，在下認錯就是。」

楊鳳吟道：「你要怎麼認錯？」

慕容雲笙道：「姑娘之意呢？」

楊鳳吟道：「我說了，恐怕你不肯答應……我要你給我作兩個揖。」

慕容雲笙微微一笑，道：「姑娘可是認為在下不會答應，好，我就作揖給妳瞧瞧。」

說完，當真抱拳一揖，道：「姑娘在上，在下這裡有禮了。」

楊鳳吟微微一笑，坐在一張木凳上，拍拍木凳，說道：「坐過來，我有話給你說。」

慕容雲笙的情緒，似是已完全被楊鳳吟控制，緩緩走了過去，依言在楊鳳吟身側的木凳坐下。

楊鳳吟道：「咱們分手幾個月，你看看我成就如何？」

慕容雲笙道：「姑娘的成就很大，已和三聖門、女兒幫分庭抗禮。」

楊鳳吟道：「這固然是我感覺到三聖門勢力龐大，耳目眾多，還使我連受挫折，如若不組成一股龐大的力量，難以和他對抗，一半也是爲了你，我才組織飄花門。」

慕容雲笙道：「爲了我？」

楊鳳吟道：「不錯，爲了你，我帶了四個花女，救出了被三聖門生擒而去的文、武二叟，同時，也聽到了一個消息，那就是，三聖門決心不許欽仰慕容大俠的英雄，重現於江湖之上，那繼承慕容長青衣缽的人，自然是指你而言了，因此，他們動員了數十高手，決心追殺慕容兄，像哨魔、雪山三怪等，都調出聖堂，並非是爲了對付飄花門，那是爲了對付你慕容公子。」

慕容雲笙怔了一怔，道：「原來如此。」

楊鳳吟接道：「我聽到了這個消息，心中很焦急，三聖門耳目眾多，不論你行蹤如何隱秘，總有被他們查出的一日，我們約好了半年相會之期，那時，你定然要如期赴約，也必然會暴露出身分，因此，我必需在半年之內，造成一種形勢，吸引那三聖門大部份的注意，所以，『花令』就開始出現江湖。」

長長的吁一口氣，接道：「文、武二叟，本都是有著豐富閱歷的人，只是文叟有些迂腐，武叟又太沉迷武功，看起來有些傻裡傻氣，但我借他們的閱歷，然後照我的意思辦事。」

慕容雲笙道：「妳能在短短數月，把飄花門的勢力擴充到如此境界，這才華實非常人能及。」

楊鳳吟道：「我運氣好，認識了齊夫人，她死了丈夫，埋名隱居，不和武林人物交往，其實，她在潛心研究江湖形勢和苦練武功，只不過她行動隱秘，別人無法知曉罷了。」

慕容雲笙道：「在下也見過齊夫人，並承她慨贈雙鷹。」

楊鳳吟道：「我知道，齊麗兒都告訴了我，那時我已和齊夫人有了默契，得她相助、策劃，我才能在短短數月中，使飄花門在江湖上有此成就，她雖是一個婦道人家，但對目下武林形勢的了解，恐怕很少有人能夠及得。」

慕容雲笙嘆了一口氣，道：「這麼看來，我那殺父仇人，定然是三聖門中人了。」

楊鳳吟道：「看情形，大致是不會錯了，問題是，誰是三聖門中的主持人？」

慕容雲笙道：「姑娘對三聖門中情況知曉好多？」

楊鳳吟道：「除了這些和我動手的人物之外，三聖門仍是一個謎……」

慕容雲笙正待接口，突聞一陣步履之聲，急急奔了過來，楊鳳吟右手迅快地一探腰間，抓出一個人皮面具，套在臉上，道：「什麼人？」

但聞木門呀然，齊麗兒迅快地奔了進來。

慕容雲笙轉目望去，只見那楊鳳吟一張嬌美無倫的臉色，忽然變成了一片鐵青，心中暗暗好笑。

只見齊麗兒微一欠身，道：「稟告花主。」

楊鳳吟道：「什麼事？」

齊麗兒道：「有人要見慕容公子。」

楊鳳吟回顧了慕容雲笙一眼，道：「你的朋友嗎？」

慕容雲笙道：「定然是申叔父等，在下出去瞧瞧。」

楊鳳吟道：「如若是你的朋友，你就請他們進來，如若不是，那你就不用管了，三聖門中人詭計多端，無孔不入，如若一點防備不周，就要吃他們大虧。」

慕容雲笙舉步跨出室門，飛奔出了純陽宮。

凝目望去，只見申子軒、雷化方，並肩站在純陽宮外的廣場之上。

慕容雲笙急步奔近兩人，一抱拳，道：「兩位叔父。」

申子軒微微一笑，道：「你沒有事嗎？」

慕容雲笙道：「小姪很好。」

他本想說出受傷之事，但又恐兩人擔憂，故而略過不提。

雷化方道：「你見到楊姑娘了嗎？」

慕容雲笙道：「剛剛見過。」

雷化方道：「那很好，你們談談吧，我們仍在原地方等你。」

慕容雲笙低聲說道：「兩位叔父，此刻的楊姑娘，已和過去不同，兩位叔父如若有暇，最好請入純陽宮和她談談，也許能找出一些寶貴的線索。」

申子軒、雷化方點了點頭，緊隨慕容雲笙身後而行，直入靜室。

只見融融火燭之下，坐著全身白衣的楊鳳吟。

申子軒一抱拳，道：「楊姑娘，久違了。」

楊鳳吟已取下人皮面具，低聲說道：「慕容兄，勞駕掩上房門。」

目光轉向申子軒、雷化方身上，道：「兩位請坐，我正想拜會兩位。」

申子軒道：「不敢當，姑娘有什麼吩咐，只要遣人知會一聲就是。」

楊鳳吟道：「三聖門是個很神秘的組織，三位是否知曉那三聖用什麼力量，統治著這一股龐大的勢力？」

申子軒道：「區區用了二十餘年的時光，都無法查出三聖門中首腦人物。」

楊鳳吟道：「我原想擒得他們幾個重要人物之後，設法逼問出那三聖門中的領導人物，但現在證明這辦法也不行。」

申子軒道：「姑娘問的什麼人？」

楊鳳吟道：「雪山三怪，他們在三聖門身分不低，都是聖堂中的護法，也是最接近聖堂的人物，但他們卻無法說出三聖是何許人物。」

申子軒道：「也許他們不肯說。」

楊鳳吟低聲說道：「雪山三怪已然投效我飄花門中……」

慕容雲笙道：「他們不是傷得很重嗎？」

楊鳳吟道：「不錯，但他們沒有死啊！」

慕容雲笙道：「那哨魔邱平和文嘯風呢？」

楊鳳吟道：「邱平不肯投效飄花門，我已把他囚了起來。文嘯風呢，我放了他。」

輕輕嘆息一聲，道：「天下武林高手，大都投入了三聖門，我只有設法從三聖門中奪取人手了。」
慕容雲笙道：「你抓到三聖門高手，再把他們放回，可是要他們做妳內應嗎？」
楊鳳吟道：「不錯。」
慕容雲笙道：「你怎知他一定爲妳效忠？」
楊鳳吟道：「我自然不太相信他們……」
話未說完，卻突然改口接道：「如若不能找出三聖門的首腦人物，只怕是永遠無法對付三聖門，也無法知曉他們是否就是你的殺父仇人。」
中子軒道：「姑娘才慧絕世，還望能替我們想出一個法子。」
楊鳳吟道：「辦法倒有一個，只是還要你們耐心等上半年。」
中子軒道：「如若那辦法當真有效，就算再等一年，也是值得。」
雷化方道：「姑娘可否先把方法見告呢？」
楊鳳吟道：「我要半年之中，把兩種生疏的武功練熟，然後咱們設法混入聖堂中去。同時，我也在設法找尋幾個可疑的人。」
雷化方道：「姑娘可知聖堂現在何處？」
慕容雲笙道：「什麼人？」
楊鳳吟道：「我雖無法斷言三聖門何以三聖門爲名，但推想他們可能是以三人爲首，組成的一個神秘集團，自然這三人應該有蛛絲馬跡可尋。」
中子軒低聲說道：「姑娘之意，可是想從江湖失蹤的人物之中，查出可疑人物？」

楊鳳吟道：「不錯，我已要那齊夫人就目下失蹤的武林人物中，提出了一份名單，想和諸位好好的研究研究，可惜的是，齊夫人現在不在此地。」

突聞一陣急促的步履之聲，傳到了門口。

楊鳳吟動作奇快，一揚手，戴上了人皮面具。

只聽一陣急促叩門之聲，傳了進來。

楊鳳吟道：「什麼人？」

室門外傳進來齊麗兒的聲音，道：「是奴婢。」

楊鳳吟道：「進來。」

齊麗兒推開房門，急步行到楊鳳吟身前，低言數語。

楊鳳吟微一頷首，齊麗兒又匆匆退了出去。

齊麗兒說話的聲音過低，全場中人，除了楊鳳吟，都未聽清楚她說些什麼。

只見楊鳳吟緩緩站起身子，說道：「諸位請稍坐片刻，我去去就來。」

顯然，齊麗兒傳達之事，十分重要，楊鳳吟說走就走，也不待幾人答話，起身行出室外。

申子軒道：「楊姑娘匆匆而去，事情定然很重大。咱們不便打聽，只有等一會兒再作主意了。」

慕容雲笙道：「包、程兩位老前輩和三叔父，是否也在純陽宮外。」

申子軒道：「包行見聞廣博，應付得宜，決然不會惹起糾紛，縱然惹出糾紛，那楊姑娘也會先問咱們……」

但聞砰然一聲大震，傳了過來，似是有重物跌落在實地上一般。

慕容雲笙一側身，舉步向外行去。

申子軒一伸手，抓住了慕容雲笙，低聲說道：「也許是人家飄花門中的私事，未得楊姑娘召喚咱們之前，最好不要多管。」

慕容雲笙還未答話，突然砰的一聲，木門被撞擊而開。

慕容雲笙當下一提氣，左掌護胸，右掌準備應敵。

只見那大開的木門，不停地搖動，卻是不見有人衝入室中。

申子軒見多識廣，立時一揮手，道：「五弟、賢侄，小心來人的百步神拳。」

話剛落口，呼的一股掌風，打入室中，擊熄了桌上的燈火，室中驟然間黑了下來。

似乎是一個人藉著擊熄那燈光的一瞬，衝入了室中。

申子軒身隨掌走，向門口欺去，口中喝道：「什麼人？」伸手關上兩扇大門。

原來，他聽那衣袂之聲，似是只有一人入室，掩上室門，以免再有強敵借機悄然入室。

室中一片寂然，不聞回答之言。

申子軒冷冷說道：「閣下既然有膽子敢闖入此地，爲什麼不敢報上姓名？」

但見火光一閃，雷化方晃燃了一支火摺子。

雷化方還未來得及燃上火燭，突覺一股掌風掠面而過，擊熄了燃起的火摺子。

這一來，也同時暴露出那人的存身之處。

申子軒一側身，疾向前面衝了過去，左掌護身，右手呼的拍出一掌。

雷化方雖然也看出了那人的停身之處，但他知曉慕容雲笙受了傷，不敢輕易離開，只好守在慕容雲笙的身前。

申子軒一掌拍空，已知對方逃避開去，立時一吸氣，疾向後面退開。

他反應雖快，對方的動作更快，就在那向後退避之時，一股奇厲的掌風，直撞了過來。

申子軒心中暗道：「久聞百步神拳，傷人於百步之內。不知它的真實力道如何，倒不如接他一掌試試。」

心中念轉，也就不過是眨眼間的工夫，右掌一揮，推了出去。

只覺那撞來的力量，十分強大，申子軒雖然接下了一掌，人卻被震得身不由己地後退了一步。

那人似是已覺出了申子軒硬接下他的拳勢，冷哼一聲，道：「好膽氣，再接我一拳試試。」喝聲未絕，又是一股拳風，撞了過來。

申子軒接下一拳，已知厲害，不敢再接，一吸氣，急急向後退開了三尺。

原來百步神拳，打出之時，無影無形，拳勁中物，才有反應，夜暗之間，也無法看出那揚拳擊出的方位，是以躲避之法，只有躲遠一些。

但聞砰然一聲，似是拳風擊在了一張木桌之上，木桌被拳風擊翻。

接著響起了一陣啵啵之聲，似是桌上之物，跌落在地上。

只聽一聲冷哼，道：「閣下怎麼不接在下的拳風了。」

申子軒暗忖道：「他這百步神拳，可以及遠，我們在暗中和他動手，那是吃虧太大。」

只聽雷化方的聲音，傳入耳際，道：「閣下憑百步神拳，在夜暗中和我等動手，沾光非淺，我等只有以暗器還擊了。」

只聽砰的一聲大震，雷化方聲音突然中斷。

申子軒聽那撞擊之聲，分明是拳力擊在木面之上，心中暗道：「是了，五弟隱在一張桌椅之後發話，使對方誤擊桌椅。」

忖思之間，一縷細微的破空金風，劃破了室中沉寂。

原來雷化方聽風辨位，發出一支金筆還擊過去。

破空的金風，雖然微小，但室中都是高手，聽得極是清楚。

但聞啵的一聲，金筆似是釘在了牆壁之上。

緊接又是一聲大震，那人還了一記百步神拳，但也未打中雷化方，拳勁擊在牆壁之上。

原來，雷化方發出金筆之後，人也閃避開去。

室中突然間靜了下來，靜得聽不到呼吸之聲。

敢情室中人都知道遇上了勁敵，全都閉住了呼吸。

雙方對峙了大約一刻工夫之後，室外突然響起步履之聲。

申子軒心中暗道：「來人大約是飄花門中人了，就算是楊姑娘玉駕親到，但在毫無防備之下，也無法承受一記百步神拳，必得先行設法提醒她們一聲才成。」

心中念轉，腳步同時開始快速移動，口中高聲喝道：「姑娘小心強敵的百步神拳。」

但聞啵啵連聲，那人已連續發出了拳風，但申子軒移動奇速，那人連發了數拳，全都未能擊中。

室中重歸靜寂時，那室外的腳步聲，也同時停了下來。

顯然，來人也有了警覺。

申子軒覺出自己目的已達，也就不再作聲，黑暗中，雷化方悄然移步在慕容雲笙的身前。

沉寂延續了一刻工夫之久，突聞砰的一聲，室門大開。

緊接著，一道強烈的燈光，照射了進來，申子軒轉目望去，只見一個青衫人，緊倚牆壁而立。

那青衫人反應奇快，燈光一閃之下，立時飛躍而起，快得申子軒未能看清來人的面形。

但那執燈人，也不含糊，燈光隨著向上照去。

只見那青衫人身子一閃，全身陷入橫樑之上。

那青衫人隱入樑上的同時，隨著發出了一記百步神拳。

申子軒突然縱身而起，寒芒閃動，手中長劍已然出鞘，直向那青衫人撲了過去。

但見寒芒一閃，長劍刺中橫樑，那青衫人卻飄然而下，申子軒一擊未中，右手微微加力，借勢一個翻轉，呼的一聲，從橫樑上疾越而過。

果然，那青衫人飄身退開時，翻身打出了一記百步神拳。

就這一眨眼間，兩條人影，已衝入室中。

當先一人正是齊麗兒，手中高舉著一盞氣風燈。

齊麗兒身後，緊隨戴著面具的楊鳳吟。

青衫人這時正飄身落著實地，揚手一舉，擊向那楊鳳吟。

但見楊鳳吟嬌軀微微一側，右手反向門外拍去。

不知她用的什麼巧力，竟然輕輕把一股強凌絕倫的力道化解開去。

那青衣人微微一怔，道：「好一招借力打力的手法，妳是飄花令主了？」

楊鳳吟冷笑一聲，答非所問道：「你是什麼人？」

青衣人道：「在下唐天宏。」

中子軒道：「原來是神拳太保唐少莊主。」

唐天宏道：「不敢當，閣下何許人？」

中子軒道：「在下申子軒。」

唐天宏緩緩取下人皮面具，露出劍眉朗目，道：「聽家父提過申大俠。」

楊鳳吟緩緩說道：「唐天宏，你來此做甚？」

唐天宏道：「在下來此，希望見見飄花令主。」

楊鳳吟道：「見她做什麼？」

唐天宏道：「在下遨遊江湖，聞道近日中飄花令主，突然崛起江湖，希望見識一下究竟是什麼樣一個人物。」

楊鳳吟道：「只是如此麼？」

唐天宏道：「不錯，在下千里追蹤，尋至此處，只不過是慕名相訪而已。」

楊鳳吟道：「你如願了。」

唐天宏盯注著楊鳳吟瞧了一陣，突然仰天大笑道：「當真是見面不如聞名，區區告辭了。」轉身大步向外行去。

楊鳳吟道：「站住，這般說來就來，說去就去，你想得太容易了。」

唐天宏哈哈一笑，道：「花令雖然已震動江湖，但卻未能鎮住我唐某人，姑娘這等氣勢凌人，不知想如何對付在下？」

楊鳳吟淡淡一笑，道：「你很自負。」緩步對唐天宏行了過去。

唐天宏不自覺地退後了兩步，道：「姑娘再向前進逼，唐某人要出手了。」

楊鳳吟笑道：「儘管出手，我倒很願見識一下百步神拳，除了能及遠傷人之外，還有些什麼奇快的變化。」

唐天宏冷笑一聲，道：「姑娘小心了。」突然一揚右手，虛空擊向楊鳳吟。

楊鳳吟右手抬起，迎著唐天宏的拳勢，拍出了一掌。

這一次，她不再施用借力打力之法，顯是硬拚硬地接了一掌。

楊鳳吟白衣飄動，向前行進的身子突然停了下來。

唐天宏卻身不由己地向後退了兩步。

楊鳳吟冷然一笑，道：「你還有什麼武功，快些施展出手，如是我等的不耐，就要出手還擊了。」

唐天宏臉色一片肅然，緩緩揚起了左拳，楊鳳吟站著不動，似是在等著唐天宏的拳勢。

唐天宏突然吐氣，左拳疾落，連人帶拳，直搗過來。

這一擊，乃是他畢生的功力所聚，威勢非同小可，拳勢中帶起了一股勁風。

楊鳳吟這次不再硬接拳勢，直待唐天宏拳勢近身，才突然一側身子，右手快速絕倫地拍出一掌。

這一掌出落奇快，唐天宏又是在全力施爲，無餘力應付奇變，被楊鳳吟一掌拍在左肩之上。

他奔衝之力，再加上楊鳳吟拍出一掌力量，合二爲一，身不由己地直撞牆壁之上。

但聞砰然一聲，唐天宏的拳勢，搗穿了牆壁，人卻藉回震之力，停下了來。

齊麗兒突然欺身向上，揚出兩指，點中了唐天宏的穴道。

唐天宏緩緩移動腳步，回過身子，道：「姑娘勝得不武。在下雖然敗了，但卻敗得不服。」

楊鳳吟道：「如何你才肯服氣。」

唐天宏道：「如是姑娘一招一式的打敗了我，我才服氣。」

楊鳳吟道：「好！如是你心中服氣了，可否願投我飄花門下？」

唐天宏沉吟了一陣，道：「這個在下做不得主。」

楊鳳吟道：「這話怎麼說？」

唐天宏道：「家父雖然已退出江湖，歸隱林泉，但他還是一家之主，此等大事，必得家父允准才行。」

楊鳳吟淡淡一笑，道：「你無緣無故的找上門來，和我們打了一架，敗了又覺著不服氣，賭又不肯賭，只是要我們放了你再打一場，看來你要佔盡了所有便宜啦。」

唐天宏沉吟了一陣，道：「在下不能答允妳加入飄花門，不過在下可以答允爲姑娘做三件事，那和加入貴門，也無不同了。」

楊鳳吟略一沉吟，道：「好吧！就照你的意思。」

目光一掠齊麗兒，道：「解開他的穴道。」

齊麗兒應了一聲，伸手拍活了唐天宏兩處穴道。

唐天宏活動一下手腳，道：「何人和在下動手？」

楊鳳吟道：「你傷得很重，似是應該運氣坐息一陣，咱們再打不遲。」

唐天宏長長吁一口氣，道：「姑娘想得很周到。」

楊鳳吟道：「對付你這等倨傲之人，必得要你心口俱服，才肯爲我效力。」

唐天宏已然盤膝坐下，閉目調息。

過了一會兒，唐天宏睜開雙目，道：「可以了。」

楊鳳吟道：「好！讓你先機。」

唐天宏已知楊鳳吟武功高強，也不再客氣，道：「姑娘小心了。」

喝聲中，雙拳連環擊出，展開了一輪快攻。

楊鳳吟白衣飄動，投入唐天宏的拳影之中。

唐天宏的拳勢愈來愈快，力道也愈來愈強，二十回合後，但聞拳勁呼嘯，滿室生風。

申子軒、雷化方都是見聞博廣之人，但對這威猛拳勢，也是初見，暗暗讚道：「唐家神拳，果然是名不虛傳。」

搏鬥中突聞一聲悶哼，兩條人影，霍然分開。

楊鳳吟肅立原地未動，唐天宏卻一連後退五步，才站穩了身子。

唐天宏滿臉困惑之色，望著楊鳳吟，道：「姑娘用的什麼手法，擊中了在下一拳？」

楊鳳吟緩緩說道：「你不用管我用的什麼手法？只問你心中服是不服？」

唐天宏沉吟了一陣，道：「如若要在下據實而言，唐某心中實是不服。」

楊鳳吟道：「好！你心中不服，咱們就再來比過。」

唐天宏側身而上，道：「好，還是在下先出手嗎？」

楊鳳吟道：「自然還是你先行出手。」

唐天宏拳勢一揚，擊向楊鳳吟。但見掌、拳交錯，兩人重又打在一起。

燈光下，只見兩條人影，交叉盤旋，已然無法分出敵我，兩人交手將近百招時，唐天宏突然大喝一聲，踉蹌而退，這一次，唐天宏大約傷得很重，一連退後了七、八步，一屁股跌坐在地上。

楊鳳吟冷冷地說道：「閣下心中服了嗎？」

唐天宏黯然說道：「唐家神拳的威名，想不到竟然栽倒在姑娘手中！」喘了兩口氣，接道：「在下既和姑娘有約，自然要遵從約言，不過，我受傷不輕，至少需要三日療傷，三日後，在下再來此受命。」

楊鳳吟道：「三日後，我也許不在此地，不過我要她傳命給你。」目光一掠齊麗兒。

唐天宏望了齊麗兒一眼，道：「就此一言為定，在下去了。」掙扎而起。

齊麗兒緊隨唐天宏身後，行出室外。

楊鳳吟目睹兩人去後，低聲對雷化方道：「有勞老前輩關上室門。」

雷化方快步行去，掩上室門。

楊鳳吟取下面具，張嘴噴出一口鮮血。

慕容雲笙吃了一驚，急急行了過來，道：「姑娘傷得很重嗎？」

楊鳳吟淡然一笑，道：「我要沒戴人皮面具，他決然不會認輸，他會從我臉色神情中，瞧出我也在勉力支撐。」

申子軒道：「唐家神拳，十步外能擊斃虎牛，姑娘要……」

楊鳳吟接道：「不用為我擔心，我受傷未癒，又和他一番劇鬥，震動了內腑氣血，使傷勢

惡化，不過不要緊，休息三、五天就可以恢復。」

慕容雲笙道：「姑娘要多多保重。」

楊鳳吟道：「三聖門中，雖然是高手如雲，和我們動手的人，在三聖門充其量不過是二流角色，但我已勝得很勉強，算起來，應該是兩敗俱傷。」

申子軒道：「姑娘先行療傷要緊，暫時不用想這些煩心的事。」

楊鳳吟道：「除了三聖門高手之外，唐天宏是數月所見，武功最強的人，這人必要收他入飄花門中才成，不然，亦將爲三聖門所用。」

目光轉到慕容雲笙的臉上，接道：「幫我一個忙，好嗎？」

慕容雲笙道：「但得力能所及，無不全力以赴。」

楊鳳吟道：「我要你留在這裡幫我療傷。」

慕容雲笙微微一怔，道：「在下不通醫道，如何能助姑娘。」

楊鳳吟道：「不要緊，只要你答應留下就成，你雖不通醫道，但我卻很精醫道，其實，你本身也傷得很重，應該留下來療息才是。」

慕容雲笙正待答話，申子軒卻搶先說道：「既是楊姑娘需你留此，你就留下好了。」

雷化方道：「姑娘療傷要緊，我等先行告辭。」

慕容雲笙道：「兩位叔父行蹤何處，咱們以後要如何會聚？」

楊鳳吟：「不勞費心。」

緩緩從懷中取出一個密封，遞向申子軒，接道：「這密封之中，已寫明了咱們會合之處，時間及地點，都注明甚詳，老前輩請拆開瞧看，要默記心中，然後，就火焚去，最好不要對別

人談起，需知多一人知曉，就多一個洩漏的機會。」

中子軒神情嚴肅地點點頭，就燭火前拆開密封，仔細瞧去。

雷化方退後三步，避立五尺開外。

中子軒看了幾遍，就火燒去密函。

楊鳳吟道：「希望你們及時趕到，先到者等候後到之人，不見不散。」

中子軒道：「就此相約爲定。姑娘多保重，我等去了。」

帶著雷化方，轉身向外行去，順手帶上室門。

楊鳳吟回顧了慕容雲笙一眼，道：「你是否有些奇怪，我留你助我療傷？」

慕容雲笙道：「是的，在下確實有些奇怪，難以測出姑娘留我用心。」

楊鳳吟伸手取出一個玉瓶，拔開瓶塞，倒出了兩粒白色丹丸，道：「先吃下這顆九轉丹，我再傳授你療傷口訣，咱們要在這室中停留三日以上，療好了傷勢，再談不遲。」

慕容雲笙心中暗道：「她此刻不肯說，問她也是枉然，她似是對每一件事，都已有了很周密的計劃，等著她自己說吧。」

心中念轉，伸手接過丹丸，投入了口中，楊鳳吟也吞下手中丹丸，簡明地說出療傷之法。

慕容雲笙閉上雙目，盤膝而坐，依法施爲，只覺神智漸漸暈迷，睡意漸濃，不覺間睡熟了過去。

待他一覺醒來，已是天色大亮的時候，迷濛的意識中，感覺坐的地方不對，身體也有著一種輕微的異樣之感，但是又無法說出哪裡不對。

轉目望去，只見楊鳳吟仍然盤膝而坐，身上白衣如水淋一般，眉宇間的汗水尚未乾，心中

大感奇怪，暗道：「她好像經過了一番劇烈的搏鬥一般，不知是何緣故。」

運氣相試，內腑中苦疼已消，似是傷勢已經痊癒。

回想昨宵經歷，楊鳳吟傳授自己的似是一種深奧的坐息之法，縱有療傷之用，也不致如斯神速，難道是那九轉丹的神效不成。

忖思之間，瞥見楊鳳吟啓目一笑，道：「慕容兄，傷勢好了麼？」

慕容雲笙道：「姑娘丹藥神奇，在下的傷勢已癒。」

楊鳳吟道：「那很好，現在，該你幫我了。」

慕容雲笙道：「要在下如何幫助。」

楊鳳吟道：「大約再過一個時辰，我會突起而舞，留神看著我，當我筋疲之時，就把我拉著，拍我『神庭』、『命門』兩處穴道。」

慕容雲笙怔了一怔，道：「這兩處都是致命要穴，如何能夠輕易動得。」

楊鳳吟道：「所以，我不敢假手他人，要找一個我最信任的人。」

慕容雲笙道：「既是姑娘以性命相托，在下也不再推辭了，就請姑娘在我頂門之上，先行劈下一掌，力道足以閉穴，卻不傷腦子。」

楊鳳吟道：「好，我就做給你瞧了。」

舉步行近慕容雲笙，舉手在他頂門上拍下一掌。

慕容雲笙只覺頭腦一昏，暈暈欲睡。

楊鳳吟迅快地又在頂門拍下一掌，慕容雲笙有如迷濛中，陡然被人在身上潑了一身冷水，一下子醒了過來。

楊鳳吟舉手理一下鬢角散髮，笑道：「這不是很容易嗎？」

言罷，閉上雙目，不再理會慕容雲笙。

過約一個時辰，果見盤膝而坐的楊鳳吟挺身而起，揮袖起舞。

慕容雲笙心中暗道：「她心中明知要有此一舞，不知何故，又不肯設法防止。」

凝目望去，只見楊鳳吟臉上是一片虔誠、肅穆的神色，似是這揮袖起舞一事，十分莊嚴。

但見她舞姿優美，有若天女散花，由慢而快，愈舞愈急。

漸漸的，慕容雲笙已無法看清楊鳳吟那優美的舞步，只見一團風影，滿室流動。

這時，慕容雲笙才陡然警覺，這似是極高強的武功，一種若雲氣流動，快速的無法捉摸的奇奧身法。

不知何時起，那快速的身法，突然間由極快而逐漸地轉緩。

片刻後，又可見那優美的舞步。

慕容雲笙細看之下，不禁吃了一驚。

原來，楊鳳吟身上白衣，已完全為汗水濕透，有如剛由水中拿起一般。

慕容雲笙看情形，已知她累得筋疲力盡，急急說道：「姑娘，快些休息吧！」

楊鳳吟輕舞如故，似是根本不知曉有人叫她。

慕容雲笙心中暗道：「她說過，如若她舞得無法休止時，就要設法助她一臂之力。」

心中念轉，人卻突然向前欺去，右手一伸，抓住了楊鳳吟。

楊鳳吟雖然已累得不停喘氣，人卻仍然是掙扎欲舞。

慕容雲笙突然想到那楊鳳吟相告之言，急急在她「神庭」穴上拍了一掌。

楊鳳吟身子一顫，突然停了下來。

慕容雲笙右手揚動，又輕輕在楊鳳吟「命門」穴上拍了一掌。

楊鳳吟立刻安靜下來，閉上雙目，似是熟睡了過去。

低頭望去，只見楊鳳吟那原本紅裡透白、艷若桃花的臉上，此刻卻變得一片蒼白，鳳目緊閉，櫻唇輕合。

慕容雲笙抱著楊鳳吟行到靜室一角，脫下了自己身上青衫，鋪在地上，把楊鳳吟放下，望著楊鳳吟呆呆出神。

原來楊鳳吟只告訴他如何拍她兩處穴道，卻未說明何時何情之下，應該解她的穴道。

慕容雲笙又不敢自作主意，只怕傷了楊鳳吟，只好望著楊鳳吟坐以觀變。

不知過了多少時間，忽見楊鳳吟那蒼白的臉上，泛起了一片艷紅，櫻唇啓動，星目微睜，緩緩挺身坐了起來。

慕容雲笙恍然大悟，忖道：「是了，我這拍穴力道輕，只要氣力恢復，隨便就可運氣自解了。」

楊鳳吟望望身子下面的長衫，又望望慕容雲笙，舉手一掠秀髮，笑道：「你等得急嗎？」

慕容雲笙道：「不要緊，妳完全恢復了？」

楊鳳吟道：「完全恢復了，這要多謝慕容兄的幫忙了。」

慕容雲笙道：「一點微勞，何足掛齒，說起倒叫在下汗顏了。」

楊鳳吟道：「慕容兄有此看法，但我卻不然，我有過一段很長時間的脆弱，不論何人，在那段長時間中，都可取我之命，也可輕而易舉的廢去我一身武功，他可以在我身上施下毒手，

威迫我以後聽他之命。」

慕容雲笙道：「姑娘想得很多。」

楊鳳吟道：「如若我沒有經過一番思慮，如若對你沒有絕對的信任，我也不敢這樣冒險了。」

慕容雲笙道：「在下有幾句不當之言，不知可否問問姑娘？」

楊鳳吟道：「什麼事？」

慕容雲笙道：「姑娘適才可是練的武功嗎？」

楊鳳吟道：「不錯，是一種很奇怪的武功，看起來像跳舞一樣。」

慕容雲笙道：「那是什麼武功，有何用途？」

楊鳳吟道：「那武功名叫『飄花步』，又名『十二化身步』，適宜在強敵環伺之中施用，或是用來對付武功高過自己的人。」

卅六　以口比武

楊鳳吟突然長嘆一聲，神情肅然地說道：「目下我們正處在險惡的境遇中，我們的實力如何，我自己心中最爲清楚。目下已經騎上虎背，唯一的辦法，就是設法找出三聖門真正的首腦，和他們放手一拚，因此，我決定找上三聖堂，查看一下三聖門真正的內情……

「如是能夠找出三聖，那是最好，否則至少也該了解，三聖門中控制屬下的特殊方法，咱們要查出，爲什麼那麼多武林高手，願意替他們賣命。」

慕容雲笙道：「不錯，這等追本求源，才是真正辦法。」

楊鳳吟道：「我再三的思索之後，覺著進入聖堂時，力求隱秘，而且不能人數太多。」

慕容雲笙聽她口氣，似是早已成竹在胸，當下說道：「姑娘準備帶什麼人同去呢？」

楊鳳吟道：「你、我，再加上齊麗兒和唐天宏，大約差不多了。」

慕容雲笙道：「姑娘一切安排，一向均甚妥善，在下遵命行事就是。」

楊鳳吟道：「先說給你聽，是要你幫我想想主意，如是聽出有什麼不妥之處，只管提出來，咱們再做商議。」

慕容雲笙道：「姑娘的安排，縝密至極，只是其間，有兩點必得再做推敲。一是那唐天宏會不會如約趕來？是否可用？」

楊鳳吟道：「咱們在此，還有三天時日小息，唐天宏若能如期趕來，那是最好不過，萬一他不能趕來，咱們就少去一人。」

目光轉到慕容雲笙的臉上，接道：「我聽那齊夫人說，你武功很高強，她輕易不肯稱讚別人，足見這幾個月中，你已學得令尊遺留下來很多武功。你和我，再加上齊麗兒和唐天宏，應該算是很強的聯手陣勢，我想縱不能進而取敵，退求自保，應該是沒有很大的問題。」

楊鳳吟不見慕容雲笙答話，忍不住笑道：「你在想什麼？」

慕容雲笙道：「我在想，那唐天宏是否可靠，我們深入三聖門，何異闖入了龍潭虎穴，如是那唐天宏中途變節，豈不是反誤大局，我們的行動，取乎隱秘二字，如是內有可憂之慮，那就不如少一人好些了。」

楊鳳吟道：「你怕那唐天宏是三聖門派來的臥底奸細，是嗎？」

慕容雲笙微微一怔，道：「怎麼，難道他也是奉姑娘花令召來此地嗎？」

楊鳳吟搖搖頭道：「那倒不是，以他爲人的倨傲，豈肯受我花令之召。」

慕容雲笙道：「那他爲何而來？」

楊鳳吟道：「名利、情關，最難勘破，尤其一個情字，乃心之所念，靈犀所繫，他不知不覺就來了，一個字曰情。」

慕容雲笙若有所悟地點點頭，道：「我明白了，我明白了。」

楊鳳吟道：「你倒說說看，你明白了啥？」

慕容雲笙道：「齊麗兒。」

楊鳳吟道：「是啊，你再仔細的想想看，她是不是很美麗？」

慕容雲笙沉思了一陣，道：「不錯，的確是個很美的女孩子，不過，她如和姑娘……」忽然想到，出口之言，太過輕浮，立時忍下不言。

不料楊鳳吟偏偏追問了一句，道：「比我怎麼樣？」

慕容雲笙道：「比姑娘差遠了，齊麗兒誠然是嬌媚可人，但她和姑娘仍有著雲泥之別。」

楊鳳吟道：「但她比我好福氣，有人爲她追蹤千里，我卻是爲人……」嫣然一笑，住口不言。

慕容雲笙聽她中途住口，也未用心推測下面的話。

楊鳳吟轉眼望去，只見慕容雲笙神情平靜，對自己並不留心，不禁輕輕嘆息一聲，道：「如是咱們這次落入三聖門安排的陷阱之中，不幸死亡，唐天宏和齊麗兒，一點也不冤枉。」

慕容雲笙道：「他們都還年輕，來日方長，怎能說死得不冤。」

楊鳳吟道：「唐天宏求仁得仁，雖然未和齊麗兒生爲夫婦，但能夠死葬一穴，那也算償了一半心願，至於齊麗兒，也許她還不曉得唐天宏爲她千里而來，但如到死亡邊緣之時，唐天宏定會一吐心聲。」

舉手理一下長髮，接道：「就算那齊麗兒不知道吧，但有人能爲她冒險犯難，陪同死亡，郎情如斯，齊麗兒死也可以瞑目了。」

慕容雲笙只覺她言有所指，但卻不知如何答覆，只好默然一笑。

只見楊鳳吟突然緩緩站起身子，道：「慕容兄，去拴上門，我要試試你的武功。」

慕容雲笙怔了一怔，但仍然依言拴上室門，道：「姑娘體能已經恢復了嗎？」

楊鳳吟搖搖頭，道：「哪有如此之快？」

慕容雲笙道：「那妳如何和我動手？」

楊鳳吟道：「君子動口，咱們用口來比武，也是一樣。」

慕容雲笙道：「這倒是從未聽聞過的事情，如何一個比法？」

楊鳳吟道：「我用口說出攻你的掌勢、劍招，你用口回答如何破解，中間擊掌記時，掌響三次，如是還不能回答出口，那就算敗了。」

慕容雲笙心中暗道：「動手相搏，固然是間不容髮，但應對的手法，卻和習武人的本能、意識相關，而且應變之道，不限一法，這等用口對答，必需要把應對之法，用口說出，而且還要應對適切，不能有絲毫投機取巧，那是比動手相搏更加困難了。」

心中念轉，口中卻應道：「在下恭敬不如從命，那就勉力一試吧！」

楊鳳吟道：「小心了，我左掌用『傍花拂柳』，攻你右側，右手長劍『浪擊礁岩』，點你前胸。」

慕容雲笙道：「好厲害，一動手就劍掌齊施……」

但聞啵的一聲輕響，楊鳳吟雙掌，互擊一響。

慕容雲笙急道：「我右手長劍『玄鳥畫沙』，封妳劍勢，身軀側轉，左手『畫龍點睛』，點妳左腕脈穴。」

楊鳳吟微微一笑，道：「我左掌『腕底翻雲』，反扣你的腕穴，右手長劍『鐵牛耕地』，刺你下盤。」

慕容雲笙一怔，道：「妳一點不肯退避。」

楊鳳吟淡淡一笑，玉掌輕擊一響。

慕容雲笙腦中迅即勾勒出一幅，楊鳳吟攻襲自己的畫面，以尋求破解之法。

掌式劍招，一一從腦際之中閃過，但卻想不出適宜破解之法。

這只是普通的劍招、掌法，只因楊鳳吟用出的時地適切，使劍掌都發揮了極大的威力。

啵的一聲，第二掌輕輕響過。

慕容雲笙心中一急，道：「我長劍回轉『橫斷雲山』，左掌……」

楊鳳吟接道：「不能用左掌，這是同歸於盡的打法，我非要向後退避不可。」

慕容雲笙尷尬一笑，道：「慚愧，慚愧，在下被姑娘攻襲兩招，就迫得非要拚命不可了。」

楊鳳吟道：「口頭比武，不同於真正動手，如是咱們真的動手，我想你定會施用『盤馬彎弓』，破我的『鐵牛耕地』，『玉女投梭』，破我的『腕底翻雲』。」

慕容雲笙恍然而悟，暗道：「不錯啊！這兩招並非奇學，怎麼我就是想不起來，用以破敵呢？」

但聞楊鳳吟道：「剛才我先行出手，搶了先機，現在你先攻我。」

慕容雲笙心中一動，暗道：「我如搶先攻她，那決不能又被她三、五招內逼敗，使她輕視於我。」

爭勝之念一動，腦際間迅快地閃過苦習父親遺留劍招掌法。

楊鳳吟看他神情凝重，知他在苦思求勝之機，靜坐一側，微笑不言。

這一刻時光中，慕容雲笙匯集了畢生的智慧，把學得父親遺留的武功，從頭到尾地思索一遍。過去本有甚多不解之處，也在這一瞬間融通了然。

但這一刻，也是他心智耗消最大的一刻，眉宇間泛起隱隱的倦意。

楊鳳吟冷眼旁觀，看得十分真切，輕輕咳了一聲，道：「慕容兄，你很累，是嗎？」

慕容雲笙緊張的心情，突然間鬆懈下來，微微一笑，道：「不錯，不知何故，我有些疲累的感覺。」

楊鳳吟道：「恭喜慕容兄了。當年我學『飄花步』時，總是有很多地方想不明白，有一次在父母譏笑之下，我全神苦思，那一刻時光中，我覺著自己突然長大了很多，很多不解之處，也為之豁然貫通，和慕容兄一樣，也有著疲累異常的感覺。」

慕容雲笙微微一笑，道：「多謝姑娘的指點。」

慕容雲笙此刻心中已經有些了然，那楊鳳吟並非是真的要和他比武，而是要再施用一種方法，激勵他的武功。

兩日時光，彈指而過，在這兩日之中，楊鳳吟用口試比武之法，逼使慕容雲笙把父親遺留劍招、拳法，全都用了出來，使慕容雲笙獲益極大。

第三日薄暮時分，唐天宏如約而至，三日養息，已使唐天宏完全恢復。

楊鳳吟戴上人皮面具，在靜室設下一席酒宴，而且把齊麗兒也安排宴席之上。

唐天宏很沉著，直待酒過三巡之後，才望著楊鳳吟，道：「唐某三日之約，今日如約趕來。姑娘有何差遣，可以說出來了。」

楊鳳吟道：「我想要唐大俠，去一趟三聖堂。」

唐天宏似是未料到楊鳳吟會提出這麼一個問題，不禁一怔，道：「可是那三聖門的聖堂嗎？」

楊鳳吟道：「不錯，正是三聖門的發號施令所在。」

唐天宏端起面前酒杯，一飲而盡，道：「在下答允受姑娘差遣三事，姑娘吩咐出口，唐某自是不能推辭，不過，說來很慚愧，唐某人並不知那聖堂所在。」

楊鳳吟微微一笑，道：「咱們也不能故意的刁難唐少莊主，我的用意，只是問問你敢不敢去？」

唐天宏道：「三聖門誠然是龍潭虎穴，以三聖門在武林中實力的龐大，那發號施令之處，定然守護森嚴，但在下有言在先，然縱是刀山油鍋，那也是義無反顧了。」

長長吁一口氣，接道：「不過，在下不願整個唐家，和三聖門為敵作對，因此，在下不能以唐天宏的身分去探聖堂。」

楊鳳吟道：「好，就依唐少莊主之意，易容改裝，隱起本來面目去那三聖堂，但如是要唐少莊主一個人去查出那聖堂所在，總是一件十分凶險的事，因此，我想咱們最好結伴同行。」

唐天宏道：「結伴同行?那是說姑娘也要去了?」

楊鳳吟道：「不錯，就是咱們四個人。」

唐天宏望了齊麗兒一眼，點頭應道：「悉聽姑娘吩咐。」

楊鳳吟道：「我希望能避開三聖門的耳目，悄然進入聖堂，因此，咱們四個都得易容改裝才行，見機行事，隨時改換身分。」

唐天宏道：「姑娘說得是。」

楊鳳吟道：「咱們明晨一早動身如何？」

唐天宏道：「姑娘決定，在下唯命是從。」

楊鳳吟目光轉到齊麗兒的身上，接道：「你替唐少莊主安排一個宿住之地。」

齊麗兒應了一聲，起身向外行去。

楊鳳吟道：「少莊主請趁此時光坐息一夜，咱們明日登程後，只怕難再有休息時光了。」

唐天宏微微一笑，道：「多謝姑娘關懷。」

齊麗兒一直等候門外，等待唐天宏行出室門之後，才順手帶上室門。

楊鳳吟緩緩站起身子，道：「咱們也該走了，我已要他們爲你準備了一間舒適的臥室，我帶你去吧。」

楊鳳吟起身向外行去，慕容雲笙緊隨楊鳳吟身後而行。

楊鳳吟步入後院，到一座廂房前面，說道：「就在此地了，室中已備好臥具。」

慕容雲笙推門而入，果見靠壁處擺著一張竹榻，榻上被褥俱全。

一宵無話，次晨天色微亮，齊麗兒已在室外，招呼慕容雲笙起床。

趕到大殿，楊鳳吟已在等候。

片刻後，齊麗兒帶著唐天宏步行入殿。

楊鳳吟道：「咱們四人分成兩批動身，有時情況逼人，難免無法走在一起，彼此用暗記聯絡，如是情形有變，不妨再分成單獨行動，重要的是不要失去聯絡。」

當下把先行想好的暗記和聯絡之法，告訴他們，三人默記，易裝動身。

楊鳳吟讓慕容雲笙扮做一個訪學求名的書生，自己卻扮做一個隨身書僮。

唐天宏和齊麗兒，分扮做兄弟模樣，一色的青色長衫，青色風帽，馬鞍前掛著長劍，得得並馳，絕塵而去。

楊鳳吟望著兩人的背影，笑道：「人家都快走得不見了，咱們也該上路了。」

兩人都戴了人皮面具，本是一對珠聯璧輝的玉人，此刻卻成了一對醜陋的主僕。

兩人相視一笑，騎馬向前行去。

爲了避人耳目，四人忽合忽散，而且緩馬慢行，毫無急急之狀。

日落時分，唐天宏和齊麗兒到了一座山坡之下。

唐天宏打量了四周形勢一眼，低聲說道：「這地方就是貴上約咱們會面之處。」

齊麗兒道：「地方很像，咱們在道旁等等吧。」

兩人牽馬行到一株大榆樹下，倚樹而坐。

落日餘暉，逐漸消退，天色慢慢暗了下來。

兩人一路行來，唐天宏一直對那齊麗兒十分遷就，處處討她歡心。

兩人又等了一個時辰之久，仍然不見慕容雲笙和楊鳳吟趕來。

唐天宏雖然等得心急，但他卻強自忍下不言，倒是那齊麗兒等得焦急起來，忍不住說道：

「少堡主，敝上和慕容公子，還不見趕來，會不會是出了麻煩？」

唐天宏道：「哪位慕容公子？」

齊麗兒道：「就是和我們花主走在一起的慕容公子，你還不認識嗎？」

唐天宏道：「可是慕容長青的遺孤？」

齊麗兒點點頭，道：「就是那位慕容公子。」

唐天宏道：「貴上一直未爲在下引見過……」

突聞蹄聲得得，傳了過來，打斷了唐天宏未完之言。

凝目望去，夜暗中只見一點白影，緩緩行近，藉滿天繁星微弱之光，只見一個一身白衣的女子，騎著一匹白馬，緩緩行了過來。

行近兩人身側時，白馬忽然停下。

一個清脆有如銀鈴的聲音，由馬上人口中傳出，道：「深夜之中，兩位停在這等前不靠村、後不倚店的荒涼之地，是何用心？」

唐天宏心中暗道：「好啊！深夜之中，妳一個孤身女子，單人一騎，在這等荒涼之地行走，又是何用心呢？」

心中反駁，口裡卻緩緩應道：「我們兄弟，行經此地，坐馬傷蹄，不得不少息片刻，再行趕路。」

白衣女冷漠一笑，道：「兩位意欲何往？」

唐天宏道：「探友開封府，路過此地。」

馬上白衣女心中疑念未消，仍然冷冷地說道：「你們到開封府探訪何人？」

以那唐天宏的性格而言，早就要反唇相譏，但他早得那楊鳳吟囑咐，非絕對必要，最好不要和人動手，強忍心中怒火，道：「開封馬大先生，姑娘這般追問，不知是何用心？」

白衣女笑道：「是馬回子嗎？」

唐天宏道：「不錯。」

白衣女不再多問，一抖韁繩，白馬陡然間向前衝奔而去，眨眼間消失不見。

齊麗兒望著那白衣人遠去的背影，道：「少堡主，這女人有些可疑。」

唐天宏笑道：「不錯，有些可疑。」

回顧了齊麗兒一眼，接著道：「妳叫我少堡主，不但聽來有些生疏，而且容易露出馬腳。咱們既裝做以兄弟相稱，妳叫我大哥就是。」

齊麗兒嫣然一笑，道：「叫你大哥，行麼？咱們的身分不相稱，你是我們花主的貴賓，我只是一個丫頭身分啊。」

唐天宏道：「英雄不怕出身低，姑娘投效飄花門時日不久，就算追隨花主身側，也不算丫頭身分。」

齊麗兒道：「你怎麼知道？」

唐天宏道：「在下費了不少心機，才打聽出姑娘的出身來歷。」

齊麗兒臉蛋一繃，冷冷地說道：「你把我打聽這樣清楚幹什麼？」

唐天宏微微一怔，半晌答不出話。

齊麗兒望著唐天宏尷尬神情，忍不住嗤的一笑，道：「你們唐家神拳，揚名天下，不知道可不可以傳給外人？」

唐天宏道：「我唐家本有規戒，神拳傳媳不傳女。」

齊麗兒道：「哼，這算什麼規矩，要學你們唐家神拳，非要嫁給你們唐家人了？」

唐天宏道：「唐家神拳一直沒有流傳出去，就是這條規矩束縛所致，不過……」

齊麗兒道：「不過什麼？」

唐天宏道：「如是姑娘要學，在下可以破例傳授。」

齊麗兒略一沉吟，道：「你傳我唐家拳，豈不是違犯了你們唐家的戒律嗎？」

唐天宏道：「犯了戒律，自有家法制裁，至多斬去一手。」
齊麗兒怔了一怔，道：「那麼重？」
唐天宏道：「如是妳不忍讓我斬下一手，自然還有別的辦法了。」
齊麗兒道：「什麼辦法？」
突然間，心有所悟，冷笑一聲，道：「你壞死了。」
一番交談說笑之聲，情感上似增進了不少。
談笑之間，時光易過，不知不覺間已是三更過後時分。
齊麗兒抬頭看看天色，無限焦慮地說道：「他們怎麼還不來呢，是不是出了事情？」
唐天宏雖然亦很焦急，但他表面上，卻保持著鎮靜，微微一笑，道：「貴上武功高強，智謀絕倫，縱然遇什麼變故，也足可應付，不用咱們擔心。」
唐天宏突然低聲說道：「有人來了，目下敵友莫辨，妳要沉住氣。」
但聞蹄聲得得，兩匹馬並轡而來，直奔到兩人停身之處。
齊麗兒抬頭看去，只見來人正是慕容雲笙和花主扮裝的一對主僕。
唐天宏雖然和慕容雲笙見過幾次，但一直不知他就是慕容公子，此刻見面，不自覺地多望了慕容雲笙一眼。
慕容雲笙微微一笑，道：「唐兄，我們來晚了，有勞久候。」
唐天宏道：「兩位可是在途遇變？」
慕容雲笙道：「此地不是談話所在，咱們換個地方談吧。」
唐天宏不再多言，解開韁繩，望著齊麗兒道：「上馬吧！」

齊麗兒頷首一笑，縱身上馬。

慕容雲笙眼看那唐天宏對齊麗兒的惜愛之情，不禁心中一動，暗道：「楊鳳吟武功雖然強我甚多，但她終不過是一個十幾歲的女孩子，我年長她幾歲，以後，也該好好的待她才是。」心中念轉，不覺地轉眼向楊鳳吟看去。

楊鳳吟兩道目光，也正向他投注過來，四目相觸，彼此都不禁微微一笑。

唐天宏只待齊麗兒坐穩馬鞍，才躍上馬背，道：「咱們到哪裡去？」

楊鳳吟道：「我帶路。」一抖韁繩，當先向前奔去。

唐天宏、齊麗兒縱馬相隨，慕容雲笙斷後而行，四馬藉夜色掩護，直奔正北方向。

行約十餘里，到了一座山谷口處，楊鳳吟一帶馬頭，折入谷中。

三騎馬，隨後入谷。

又行里許，到了一座山神廟外，楊鳳吟才翻身下馬，解下馬身鞍鐙。

楊鳳吟望著健馬，輕輕嘆息道：「殺了牠，有些殘忍，但留著牠，又怕給予人追覓咱們的線索。但咱們的舉動，已然引起了敵人的注意。」

唐天宏道：「可是三聖門中人？」

楊鳳吟道：「目下還無法證實，但他們已然追蹤咱們甚久了。」

齊麗兒接道：「可是一個穿白衣的女子，騎了一匹白馬。」

楊鳳吟道：「你們也碰上了？」

唐天宏道：「我們在和姑娘指定會晤之地，等候姑娘時，遇上了她。」

楊鳳吟道：「她有何舉動？」

唐天宏道：「她問我等爲何在深夜之中，坐在那等荒涼的所在。」

楊鳳吟道：「你如何回答她？」

唐天宏道：「在下給她胡扯一通，告訴她去開封府訪馬大先生，至此馬兒失蹄受傷，所以留在此地休息。」

楊鳳吟道：「這麼看來，事情已經很明顯，他們是有意的追蹤我們了。」

唐天宏道：「兩位也遇上過那白衣女麼？」

楊鳳吟道：「我們和她相遇數次，途中還遭人攔劫，被迫動手，才讓唐少堡主久候了。」

唐天宏望望天色，道：「那麼，此刻咱們要作何打算？」

楊鳳吟道：「咱們在此坐息一陣，然後變換一種引不起他們懷疑的身分。」

唐天宏道：「三聖堂可是就在附近嗎？」

楊鳳吟道：「就我所得消息，那神秘莫測的三聖堂，就在孤懸江中的大孤山中，距江州不遠。不過，我心中有些懷疑……我打聽過大孤山的情形，那只是一座孤立汀水中的石山，山上除了少許的樹木，和一些怪石之外，再無他物，天下盡多隱秘險要之地，三聖堂爲什麼會選擇那樣一無是處的地方，做爲它發號施令的地方。」

唐天宏道：「姑娘分析甚是，在下亦覺著那大孤山，不宜設置一個號令天下的總壇。」

楊鳳吟道：「我已經問過了十餘個三聖門中人，都異口同聲說那三聖門在大孤山中，這證明那大孤山中確有一處聖堂。」

楊鳳吟淡淡一笑，道：「不過，那並非是真正的三聖堂。三聖堂主腦的狡猾，就在此地，他們不但騙敵人，而且連自己人也要騙。」

唐天宏道：「那咱們應該如何？」

楊鳳吟道：「目下咱們只有先到大孤山中瞧瞧，如若證實了我的推斷不錯，咱們必得另外設法去找那三聖堂了。」

慕容雲笙道：「有一點，使在下不解，他們組織龐大，人員眾多，聖堂要地，必然住了很多高手，如若他們真正的聖堂不在大孤山中，姑娘逼問甚多人，異口同聲說出那大孤山，至少那地方，應該住有很多人了。」

楊鳳吟略一沉吟，道：「這就是他們高明的地方了，三聖門中的首腦人物，實是集今古大成的巨奸，他們不但步步設防，而且，還替自己留下了退路，我曾經試用了各種方法，均無法證實那所謂三聖是何等模樣一個人物？如若三聖門一旦失敗，死亡或被擒的，都是他們收羅的屬下，真正的首腦人物，卻隱於幕後，他們仍然不會損失他們在武林中建立起的地位。」

唐天宏微微一怔，道：「聽姑娘一番高論，倒使在下想起了一件事來……」

他似是自知失言，急急住口。

看他惶急的神色，楊鳳吟和慕容雲笙，都瞧出了他內心之秘，是以，未再多問。

但齊麗兒卻一揚柳眉，追問道：「你想起了什麼事？怎麼不說啦。」

唐天宏無可奈何地說道：「因爲此事和家父有關，在下說出之後，希望諸位記於心中，不可再轉告他人。」

楊鳳吟道：「我們答應少堡主，絕對代爲守密，但少堡主如有難言之隱，不說也不要緊。」

卅七　巧計安排

唐天宏見楊鳳吟允爲守密，才道：「諸位既答允守密，在下豈有不說之理。」略一沉吟，接道：「家父說，三聖門已經給足了我們唐家堡的面子，允諾我唐家獨行其是，而且也不再迫我們加入三聖門，供其驅使，要晚輩在江湖走動時小心一些，盡量避免和三聖門中人衝突……」

話到此處，突又住口不言。

齊麗兒正聽得全神貫注，唐天宏突然又停了下來，心中大爲氣怒，冷笑一聲，道：「你這人是不是有毛病啊？」

楊鳳吟和慕容雲笙都想明白下文，也不出言阻止。

唐天宏尷尬一笑，道：「家父告訴我一句話，囑咐我在遇上高手搏鬥時，找一個適當的時機，不著痕跡的說出來，如若對方不是三聖門中人，無法聽懂話中含意，如是三聖門中人，就罷手而去，不再戀戰，以免造成誤會……

「那句話，在下可以說出來，不過，諸位不能隨便說出，畢竟家父年紀已大，在下不願由我爲唐家招惹下滅門之禍。」

語聲一頓，接道：「那暗語是聖堂九門，八方絕地。」

突然間，幾聲馬嘶，傳入廟中，緊接著一陣急亂的蹄聲，得得而去，似乎四匹健馬，突然受到極大的驚駭，掙奔而去。

慕容雲笙、唐天宏不約而同的一躍而起，疾如流星一般，飛撲廟外。

星光下凝目望去，只見幾匹健馬疾向同一方向奔去。

慕容雲笙望了那奔行的快馬一眼，並未追去，卻緩緩回身望去。

唐天宏幾乎同時和慕容雲笙一齊動作，停下身子，轉目相顧。

夜色中只見一個身軀高大的黑影，雙手各牽著一隻巨豹。

唐天宏輕輕咳了一聲，道：「什麼人？」

但聞那黑影應聲道：「豹人李達。」

唐天宏道：「聞名久矣，今日幸會。」

豹人李達冷肅地說道：「閣下何許人？」

唐天宏為了要隱秘身分，只好隨口應道：「區區無名小卒，不見經傳，說出來，閣下也不知曉了。」

只聽李達冷冷地說道：「閣下既知區區之名，想來自非無名之輩，不知何以不肯以真實姓名見告？想來你是活得不耐煩了！」

唐天宏淡淡一笑，道：「久聞你馴豹有術，能使那凶殘之獸，聽你號令行事，今日如能叫我們開開眼界，那也算難得奇遇了。」

豹人李達冷哼一聲，道：「我這雙豹，訓練有素，而且彼攻此退，配合極佳，如人雙手，一個人縱有伏虎馴獅之能，但卻未必能夠通過我雙豹合襲。」

唐天宏冷哼一聲，道：「在下知閣下馴豹之技，冠絕天下，不過，這人間卻有不怕豹子的人，你雙豹傷了在下，那是怪我命短，如是在下傷了你的豹子呢？」

李達道：「你傷不了牠們。」

突然一抬左手，左面巨豹一躍而起，挾一股疾風，直撲過來。

唐天宏早已有備，左掌一起，劈出一掌，人卻疾向旁側閃開。

要知唐家神拳，有百步打牛之能，對付虎豹最是有用，但他怕暴露了自己身分，不敢施用。

只見李達右手一揚，右面一豹疾撲而上。

左面攻上的一豹，卻一側頭，呼的一聲，從唐天宏的身側掠過，也避開了唐天宏的掌勢。

唐天宏一掌劈空，右面一豹的利爪，已然逼到前胸，張嘴露出森森白牙。

但見那豹人李達左手一收，掠著唐天宏身側的巨豹，突然轉過頭來，悄無聲息地撲向唐天宏的身後。

唐天宏身當二豹合攻，心中更是震駭，只覺二豹有如武林高手，進退有序，頓消輕敵之念，凝神對敵，一面揮掌還擊，一面縱身躍避。

人豹交手，卻有如高手過招一般，片刻間相搏了二十餘回合，二豹未能傷到唐天宏，唐天宏也未擊中二豹一掌。

突然，豹人李達雙手一收，兩隻巨豹疾快地向後退去。

只聞李達冷冷說道：「閣下能夠從容鬥牠們二十招，不露敗象，必非無名之輩了，閣下可否以真實姓名見告。」

唐天宏道：「我說過，區區不過一個無名小卒，說出了姓名，閣下只怕也不認識。」
李達冷冷說道：「閣下既然不願通名，在下也不勉強了。」
突然轉身一躍，人豹並起，疾奔而去，轉眼間消失不見。
只聽楊鳳吟的聲音傳入耳際，道：「二位請回來吧！咱們要研究應變之策。」
慕容雲笙、唐天宏齊步行入廟中。
唐天宏低聲說道：「姑娘言中之意，可是指那豹人李達和三聖門有關。」
楊鳳吟道：「我想是一定有關……」
唐天宏接道：「在下剛才應該早下辣手殺了他，如今縱虎歸山。」
楊鳳吟笑道：「有很多情況變化，和我早時預想的不同，我也有些迷惑了，咱們正需要一個人爲咱們帶路，那豹人李達及時而來……
「我三思之後，覺著那大孤山是一個布置好的陷阱，不論咱們改扮何等身分，到那江心孤島上，都無法掩飾，因此，與其我們歷盡千辛萬苦去找他們，爲何不讓他們帶我們去呢？」
唐天宏道：「可是追蹤那豹人李達。」
楊鳳吟道：「我的法子很冒險，不知諸位是否同意？」
唐天宏道：「花主請說。」
楊鳳吟道：「如是咱們被擒之後，不知三聖門的規矩，是否就地加害。」
唐天宏心中暗道：「果然是異想天開，這等行險之法，也虧她想得出來。」
心中念轉，口中說道：「在下之見，那要看被擒人的身分了，如是被擒人藉藉無名，我想他們不會勞師動眾，把咱們解往聖堂。如若被擒的是慕容公子，或飄花令主的身前花女，那身

分自是不同了。」

楊鳳吟道：「好，那咱就重新改裝一下，我和齊麗兒，扮做飄花門的兩位花女，委屈少堡主請扮做慕容公子的從人，咱們冒一次大險，看看能否找出三聖堂？」

唐天宏道：「在下有一些不明之處，要先行請教花主。咱們在身遭生擒之前，必然會被人點中穴道，到時該如何呢？或是咱們如若面對身遭殺害之情，是否要出手反擊呢？」

楊鳳吟道：「那是自然，如是面對身遭殺害之危，裝作自是無用，問題至此，必要留下兩個活口，問出內情……」

唐天宏道：「這是一石兩鳥之計，如若情勢有變，咱們就設法殺去押解之人，扮做三聖門中人物，是嗎？」

楊鳳吟道：「不錯，正是這番主意。」

唐天宏目光轉到慕容雲笙的臉上，道：「慕容兄，意下如何？」

慕容雲笙笑道：「在下同意。」

楊鳳吟道：「好！兩位既然都同意了，咱們就依計而行。」

慕容雲笙、唐天宏同時退到室外，其中慕容雲笙改扮最是簡單，洗去了臉上的易容藥物，恢復了本來的面目，唐天宏則是換件青衫，扮做一個僕從模樣。

就在兩人剛剛改裝完成，耳際間已響起了一陣豹吼之聲。

緊接著幾條人影，疾奔而至。

慕容雲笙凝目望去，只見豹人李達一馬當先，身後緊隨著兩個五旬左右的老者。

唐天宏望了那兩個老者一眼，認出是江湖上有名的兩大魔頭，左面一個是攝魂掌金釗，右

面一個是流星刀王鐵山。

他雖然認出兩人，但卻不便當面點破，只好忍下不言。

只聽左首的攝魂掌金釗說道：「就是這兩個人嗎？」

豹人李達雖然覺出兩人衣著面貌有些不對，但情勢又使他不能不硬認下來，只好點頭應道：「不錯，就是這兩個。」

金釗突然欺身而上，越過李達，兩道冷峻的目光，掃掠了慕容雲笙和唐天宏一眼，道：「兩位怎麼稱呼，深更寒夜，跑到這荒涼之地，意欲何為？」

唐天宏道：「閣下這話問得奇怪了，這地方不能來嗎？」

金釗道：「可以來，不過要看他的身分，和來的時間。」

慕容雲笙淡淡一笑，道：「江州慕容雲笙，份量夠麼？」

金釗呆了一呆，道：「慕容公子。」

慕容雲笙道：「正是區區，在下還未請教兩位如何稱呼？」

只見金釗一抱拳，道：「在下金釗，有個不雅之號，稱作攝魂掌。」

流星刀王鐵山，也搶先說道：「兄弟流星刀王鐵山。」

慕容雲笙道：「兩人都是大名鼎鼎的人物，今宵幸會了。」

金釗道：「慕容公子出現江湖一事，咱們已然聽聞，想不到今日在此相會。」

慕容雲笙心中暗道：「必得設法激怒他們，動手相搏，我們才能有身遭生擒的機會。」

心中念轉，口中冷冷說道：「諸位深夜之中，攜猛獸而來，驚走了我等馬匹，不知是何用心？」

金釗笑道：「區區幾匹馬兒，算什麼？不知公子一共走了幾匹馬兒，明日在下送還公子就是。」

慕容雲笙道：「四匹。」

金釗微微一笑，道：「公子兩人同行，怎麼會走了四匹健馬？」

慕容雲笙道：「誰說我們是兩個人了？」

金釗心中暗道：「這小子果然嫩得很，看來只要用話套他，他就不難說出內情了。」

心中高興接口說道：「既是慕容公子還有朋友，定然非無名之輩了，不知可否請出來讓我等見識一下？」

但聞一個嬌脆的聲音接道：「真要見麼？」

轉目望去，只見楊鳳吟和齊麗兒，相扶而出。

楊鳳吟臉上仍用了藥物遮掩，齊麗兒卻恢復了本來的面目。

王鐵山目光轉到慕容雲笙的臉上，道：「這兩位是……」

慕容雲笙道：「飄花門中的花女。」

心中暗忖：「現在該找個碴兒和他們動手了。」

冷笑一聲，道：「三位對在下問得很多了，現在，該在下問問三位了。」

金釗笑道：「好，慕容公子問什麼，咱們自當竭盡所能的回答，不過，此地不是談話之處，可否到舍下小坐片刻。」

慕容雲笙回顧了楊鳳吟一眼，道：「兩位姑娘意下如何？」

楊鳳吟道：「但憑公子做主。」

慕容雲笙略一沉吟，道：「好吧，三位如此盛情，在下就叨擾一次了。」

金釗道：「好！在下帶路。」轉身向前行去。

幾人越過兩重山脊，到了一座廣大的莊院前面。

慕容雲笙目光轉動，只見那宅院建在一座山谷之中，四面林木環繞，十分隱密。

莊院大門已開，豹人李達早已在大門口處等候。

金釗停下腳步，欠身說道：「慕容公子請。」

慕容雲笙暗中運氣戒備，舉步逕入。

廳中燈火輝煌，早已擺好了酒席。

金釗欠身道：「諸位請入廳中坐吧！」

慕容雲笙當先而入，一面留神四周景物，只見迎面壁間掛著一幅奇大仕女圖外，廣敞的大廳中，再無其他陳設。

兩個身著綠衣的年輕女婢，早已在廳中恭候客人。

金釗揮手說道：「慕容公子請上座。」

慕容雲笙也不客氣，大步行到首位上坐了下來。

楊鳳吟一拉齊麗兒，也不要人禮讓，自行在慕容雲笙對面坐了下來。

唐天宏快行兩步，在慕容雲笙旁邊坐了下來。

金釗和王鐵山已無法選擇坐位，兩人相對望了一眼，分在左右兩側坐下。幾人不過剛剛坐好，兩個女婢已然替幾人斟滿了酒杯。

金釗端起酒杯，道：「昔年慕容大俠威震江湖，區區有幸，曾和令尊見過一面，也曾在貴府中受過慕容大俠的款待，這杯酒奉敬公子，聊表謝意。」

慕容雲笙端起酒杯，作了一個樣子，笑道：「在下力不勝酒，金兄的心意，在下這裡拜領了。」

金釗卻舉杯一飲而盡，道：「公子隨意，在下這裡先乾爲敬。」

慕容雲笙放下酒杯，一抱拳，道：「在下這裡謝領了。」

王鐵山舉筷說道：「公子既然不善飲酒，請進點粗餚吧，山野之中，沒有美味款待佳賓，粗菜淡酒，不成敬意。」當先舉筷食用。

慕容雲笙心中暗道：如若這餚中有毒，他們也不會吃的這樣大膽了，我如再不食用，只怕要被他們小看了。心念一轉，舉筷食用，不過進食之物，都是王鐵山先行試用過的菜餚。

金釗並未勸酒，卻望著慕容雲笙笑道：「令尊遇難一事，武林同道，無不同聲一哭，公子此番出現江湖，想必要設法追查殺父的仇人了？」

慕容雲笙道：「在下武功，才智，難及先父萬一，只怕心餘力拙。」

金釗道：「令尊昔年結交了甚多好友，其中不乏江湖奇人，只要公子登高一呼，必有甚多高手，聞風助拳。」

慕容雲笙略一沉吟，道：「金老前輩是否也有此心呢？」

金釗似是未想到他會問的這般單刀直入，不禁微微一呆，道：「這個麼？只怕在下武功平庸，無能爲公子效勞。」

唐天宏突然接口說道：「如是我家公子，拜請相助呢？」

金釗哈哈一笑，道：「如是慕容公子能夠看得起在下，那自是應該勉力以赴了。」

慕容雲笙緊接一句，道：「多謝盛情，眼下就有一事，勞請老前輩相助一臂。」這等步步緊迫之言，直把個金釗問的呆在坐位上，良久之後，才緩緩說道：「公子有什麼事？」

慕容雲笙道：「金老前輩久年在江湖走動，想必知曉三聖門吧？」

金釗道：「慕容公子不用客氣，老前輩這稱呼，區區如何敢當，在下虛長幾歲，公子稱我一聲金兄，區區就受寵若驚了。」

輕輕咳了一聲，接道：「關於三聖門，在下確也聽人說過，不過，區區隱息已久，對江湖中事，知曉不多，只聽說那三聖門乃目下武林中實力最為強大的一個門派，詳細內情，在下就不太明白了。」

慕容雲笙道：「金兄見過三聖門中人麼？」

金釗道：「在下未遇到過。」

慕容雲笙道：「聽說那三聖門中，不但擁有無數高手，而且它組織神秘，如若不知他們的聯絡之法，就算三聖門中人在我們身邊，我們也不知曉。」

金釗被慕容雲笙犀利的言語，逼得有些招架不住，乾笑兩聲，道：「這個麼，在下就不清楚了。」

慕容雲笙淡然一笑，道：「看來金兄並無相助在下的誠意了。」

金釗道：「話不是這麼說，慕容公子為令尊報仇，在下自然是樂意效勞，但三聖門並非是殺害令尊的仇人啊！」

慕容雲笙心中暗道：如再逼他，勢必要鬧成僵局了。當下笑道：「金兄放心，在下只不過

說說而已，金兄已然息隱林泉，就算真有相助在下之心，我也不敢勞動大駕。」

金釗臉上一熱，訕訕說道：「只要公子能找出殺父兇手，到時候，區區也趨到場中，相助一臂之力就是。」

王鐵山突然站起身子，道：「諸位請稍坐片刻，在下告便一下。」

金釗道：「王兄請便。」

王鐵山一抱拳，大步行出敞廳。

慕容雲笙目注王鐵山的背影消失廳外，也隨著站起，道：「叨擾了一頓酒飯，盛情銘心，在下等也要告別了。」

金釗心中大急，道：「公子急什麼？再坐一會，老朽還有事請教。」

慕容雲笙微微一笑，道：「什麼事？」

金釗輕輕咳了兩聲，道：「關於三聖門的事，老朽想起來了一點內情。」

慕容雲笙站起的身子，重又坐了下來，道：「在下洗耳恭聽。」

金釗心中明白，此刻如若不提起三聖門中事，恐無法留下慕容雲笙。當下說道：「半年之前，老朽有一個多年的故交，來此看我。」

唐天宏接道：「你那位朋友是三聖門中人，所以，知曉甚多內情。」

金釗冷冷望了唐天宏一眼，似想發作。卻又強自忍了下去，接道：「老朽那位故交，是否三聖門中人，老朽不知，但他卻和老朽談了甚多三聖門中事。」

唐天宏道：「談些什麼？」

金釗道：「天下即將大變，三聖門多則兩年，少則一年，就可雄霸武林了。」

慕容雲笙道：「還有嗎？」

金釗道：「他還說天下高手，半數都投入了三聖門。武林之中，再也沒有任何力量能阻止三聖門了，就算令尊慕容大俠還魂重生，也是無能爲力。」

慕容雲笙道：「金兄相信他的話嗎？」

金釗道：「區區本來不信，但經他分析了天下大事之後，區區是不得不信了。」

唐天宏道：「閣下既然相信了，就該投入三聖門中才是。」

金釗道：「一則區區已退出了江湖，二則就算有投奔之心，也無引薦之人。」

慕容雲笙淡淡一笑，道：「瓦罐不離井口破，將軍難免陣上亡，金兄既已退出江湖，還望能夠善自保重，也好落個善終。」說罷，起身向外行去。

金釗眼看無法再留，只好一沉臉，道：「一個年幼晚輩，說話怎的如此無禮。」慕容雲笙心中還真怕他把自己恭送離此，那時要設法轉彎，恐非易事，見他忽而變臉，正合心意，當下一笑，道：「金兄說的是在下嗎？」

金釗道：「自然是你了。」

唐天宏突欺身而上，道：「閣下膽子不小，敢罵我家公子。」右手一揮，橫裡拍出一掌。

金釗道：「好！老夫先教訓你這個僕從，再教訓你們主人。」抬起手接下一掌。

兩人掌勢齊出，砰然一聲，雙掌接實。

唐天宏和金釗雙掌接實，各自退了一步。

兩人互拚一掌之後，半斤八兩，秋色平分。

金釗心中暗暗吃了一驚，忖道：這人只不過是那慕容公子一個僕從，怎的武功如此高強，

想那慕容公子，更非小可。

心念一轉，第二招竟是未再攻出。他心中原想，縱然不能一擊使對方受傷，至少可使對方吃些苦頭，想不到竟被震退一步。

突然見人影一閃，楊鳳吟和齊麗兒搶先越眾而出。慕容雲笙還未來得及喝問，齊麗兒嬌軀一長，撲向金釗。雙手齊出，眨眼間攻出四掌。這四招連環搶攻，一氣呵成，迫得那金釗連退四步。

金釗臉色一變，冷冷說道：「慕容公子，老夫看在令尊份上，不願施下毒手，但公子的友人、屬下，卻苦苦相迫，那就別怪老夫手下無情了。」

慕容雲笙心中忖道：他有攝魂掌之稱，只怕要用他看家本領了。

正在籌思回答金釗之言，唐天宏已搶先接道：「閣下有什麼驚人武功，只管施展，就憑閣下這點武功，在下相信還用不著我家公子出手。」

金釗緩緩舉起右手，臉色也逐漸轉變的十分嚴肅。

慕容雲笙凝目望去，只見金釗舉起的右掌上，泛現出一片青紫之色。

但見金釗右手一揮，直對唐天宏招來。

唐天宏知他用出了看家的本領攝魂掌，心中大為猶豫，不知應該如何對付。正感為難之間，突見人影一閃，楊鳳吟已然衝過了唐天宏的身前，接下一掌。

但見楊鳳吟身子一顫，倒摔在地上。

唐天宏呆了一呆，正待伸手去扶楊鳳吟，突聞一個細微的聲音，傳入耳際之中，道：「閉氣護住心脈。」

那聲音，正是楊鳳吟施展的傳音之術。

慕容雲笙眼看楊鳳吟倒摔在地上，心中大驚，欺身而上，撲向金釗。

金釗翻身避開慕容雲笙的掌勢，飄身而退，冷冷道：「公子自重，在下不願傷害公子。」

慕容雲笙回顧了臥在地上的楊鳳吟一眼，道：「你用惡毒的方法傷了她！」

金釗哈哈一笑，道：「在下這攝魂掌的外號，難道是讓人白叫的麼？」

慕容雲笙正待接言，突聞唐天宏傳音之聲道：「護住心脈，不要強行和他的掌力抗拒。」

忽見齊麗兒側身而上，悄無聲音的擊出一掌，攻向那金釗。

金釗身子一閃，回手拍出一掌。齊麗兒似是讓避不及，砰的一聲，倒摔地上。

唐天宏心中雖然想到那齊麗兒可能早已得到楊鳳吟教導，裝作中掌之法，但他關心過甚，仍是情不自禁的撲了過去。只見齊麗兒雙目一啓，立刻閉上，顯是裝作受傷而倒。

唐天宏心中一寬，還未來及抬頭，突覺一股暗勁，直逼過來。潛力中挾帶著一股寒意，知是那金釗的攝魂掌力，趕忙運氣護住心脈，硬承一掌。

攝魂掌風掠身而過，一股寒意，直湧心頭。

唐天宏心中暗道：原來這攝魂力，是一種專以摧人心脈的掌力，那楊鳳吟能在承受一擊之下，已然找出這掌力的惡毒之處。心中念轉，人卻仰身倒摔下去。

這會，同來四人之中，只餘下一個慕容雲笙還未倒摔下去，攝魂掌金釗膽氣大壯，哈哈一笑，道：「慕容公子想見三聖門中人，是嗎？」

慕容雲笙道：「在哪裡？」

金釗道：「就是區區。」

慕容雲笙道：「金兄？」

金釗道：「不錯，區區之外，那位王鐵山和豹人李達，都是三聖門中人。」哈哈一笑，接道：「區區也聽說過飄花門中的花女，個個武功高強，想不到竟然受不了區區一掌。」

望了那倒在地上的楊鳳吟和齊麗兒一眼，接道：「自然慕容公子要強過他們甚多，但公子如若就憑這些人手，幫你復仇，唉！那未免有些癡人說夢了。」

慕容雲笙道：「你施用什麼武功傷了他們？」

金釗道：「攝魂掌，專以摧傷人的心脈。」

慕容雲笙道：「金兄準備也要在下身上試試那攝魂掌了。」

金釗道：「也許區區一人難是公子敵手。不過，區區也不準備和閣下單打獨鬥。」慕容雲笙道：「閣下準備群毆了？」

金釗道：「不錯，在下準備以群毆對付公子，除非公子自願束手就縛。」

慕容雲笙道：「如若在下束手就縛呢？」

金釗道：「善待公子，和你的從人、朋友。」

慕容雲笙道：「以後呢？」

金釗道：「在下當飛鴿傳書，呈報聖堂，一、兩日內，就有聖諭到此，如何處置公子，就非在下所能做主了。」

慕容雲笙道：「他們爲你攝魂掌力所傷，是否能夠恢復呢？」

金釗道：「如是公子願意束手就縛，在下自當救醒他們，如果公子破圍而去，貴友和屬下都不需在下呈報聖堂，說不得只好就地處置了。」

慕容雲笙心中暗道：「看來他們對我的估計甚高。」

故做惶惑地望了楊鳳吟和唐天宏一眼，嘆道：「好吧！閣下要如何處置在下？」

金釗笑道：「區區說過了，善待公子和貴友，不過，公子必須讓區區用牛筋綑起雙手。」

金釗舉手一揮，接道：「慕容公子已願束手就縛，你們還不上去動手。」

兩個黑衣大漢，拿著一圈牛筋而上，牢牢地把慕容雲笙雙手綑起。

金釗目光轉到楊鳳吟等幾人身上，道：「還有這幾位，一齊綑起來。」

慕容雲笙怒道：「姓金的，你講話算是不算？」

金釗陰森一笑道：「這就是公子的不對了。咱們敵對相處，還有什麼道義可言，公子如若能夠在未就縛之前，先要在下救醒你的屬下、朋友，區區自然不得不守信諾，可惜的是，閣下竟然未能利用機會，如今你已雙手被縛，難道還要在下守信嗎？」

慕容雲笙道：「你很卑下。」

暗中運力一試，只覺雙腕上綑綁的牛筋，堅牢無比，再深厚的內功，也是不易把它掙斷。

但見兩個大漢齊齊動手，很快把楊鳳吟等三人的雙手綑在一起。

金釗目光一掠四周從人，接道：「帶他們到石牢中去。」

四個從人應了一聲，各帶一人，向外行去。

四個大漢把慕容雲笙等四人，帶到後院一座陡峭的山壁之下，打開一座鐵門，道：「各位自己進去吧。」

唐天宏、楊鳳吟、齊麗兒、慕容雲笙等，相繼行入石洞之中。

但聞砰然一聲，鐵門關閉。

這是一座兩丈多深天然石洞，兩面俱是堅硬的石岩。

唐天宏直行到石洞盡處，緩緩坐了下去。

楊鳳吟低聲道：「麗兒，受傷了嗎？」

齊麗兒搖搖頭，道：「我聽到姑娘指示，運氣護住了心脈，中掌後有些不適，但經我暗中調息之後，已經完全復元。」

楊鳳吟道：「只要咱們無人受傷，那就不用怕了。」

慕容雲笙道：「但這綑手的牛筋，十分堅韌，只怕不易掙斷。」

楊鳳吟微微一笑，道：「不要緊，施用縮骨法，脫去腕上牛筋，並非難事，可是目下，如若解開腕上綑綁的牛筋，必將被人一眼瞧穿，這麼辦吧！我給你們每人一把短小的匕首，你們握在手中，不要被人瞧見，如是我們途中無法相互照應時，你們就自斷腕上牛筋。」

慕容雲笙道：「看來，那也只有如此了。」

只見楊鳳吟被綑雙腕，突然自動收縮，雙手緩緩搖動幾下，退了出來。

那綑在腕上的牛筋，仍然保持著原樣未變。

楊鳳吟探手從懷中取出了三枚鋒利的小匕首，分交到三人手中，笑道：「這是千年寒鐵冶鑄之物，鋒利堅銳，專破金鐘罩、鐵布衫一類橫練氣功，我帶了六把在身上，以備需要，你們好好收藏起來，不可隨便棄擲。」

三人頷首，收入掌中。

卅八　得道多助

第二天近午時分，金釗、王鐵山，帶著四個屬下，執著兵刃行了進來。

只見楊鳳吟等倚壁而坐，除了慕容雲笙之外，其餘三人，俱已經目失神彩，一副疲倦不堪的形貌。

金釗搖搖頭道：「這一男二女，只要餓上兩天，不死也差不多了，如若此刻挑斷他們筋脈，只怕很難撐到聖堂，唯一可怕是慕容公子，但那聖諭上說得明白，不許咱們傷他，只有在鐵籠上，再加上兩條鏈子了。」

金釗目光轉到慕容雲笙身上，笑道：「不過，慕容公子是識時務的俊傑，想來是不會給咱們添麻煩的。」

慕容雲笙冷哼一聲，不予理會。

金釗臉色一變，冷冷說道：「四位請吧！慕容公子請走前面。」

只見四架用兒臂粗細的鐵條做成的鐵籠，鐵門早已打開。

慕容雲笙行入第一架鐵籠之中，楊鳳吟、齊麗兒、唐天宏依序行入鐵籠。

金釗一揮手，道：「加上鐵鎖。」

四個大漢應聲閉上鐵門，加上了十五斤重的大鎖。

鐵籠內綑有一張木椅，人在籠中，可以坐下。

但聞金釗說道：「放下垂幕。」

那垂下的帷幕，十分厚重，遮住了四周的景物。

王鐵山突然提高了聲音說道：「慕容公子，我們奉有聖諭，不許傷你，但那聖諭上也曾說明，如是公子反抗，我等只要送去公子的屍體，十二個隨行押送的高手，個個都帶著淬毒的梅花針，只要公子等稍有反抗舉動，六十枚淬毒梅花針，分由四面八方射向公子，不論你武功如何高強，只怕也無法閃避開去。」

慕容雲笙道：「在下聽到了。」

金釗道：「聽到就好，咱們走吧！」

輪聲轆轆，四輛篷車，魚貫向前行去。

四人各置於一輛篷車之中，重重篷罩掩遮，彼此既難相見，也無法見到外面景物。

突覺那奔行的篷車，忽的停了下來。

緊接著聽到了一個粗豪的聲音，傳了過來，道：「留下四輛篷車，諸位就可以走了。」

金釗縱聲大笑道：「朋友知道車中放的什麼？」

那粗豪的聲音道：「十萬兩鏢銀，夾著一箱黃貨，咱們要摸不清底兒，還會下手麼。」

金釗道：「瞎眼奴才，三聖門中的東西也敢……」

只聽噹的一聲金鐵大震，打斷了金釗未完之言。

緊接著一陣兵刃交擊之聲，起自四面八方，顯然，攔劫之人早已在四面設了埋伏。一聲令下，四方搶攻。

慕容雲笙無法看見外面的景物，只好凝神傾聽。

但聞兵刃相觸之聲，急促熾烈，不時夾帶著一聲慘叫，想是外面的惡鬥十分凶殘。

忽然間一聲馬嘶，篷車又向前衝去。

但行不過數丈，篷車突然倒了下來，鐵籠也滾出車外。

鐵籠在地上打了幾個滾，翻起了四周黑色帷子。

慕容雲笙轉首望去，只見那拖車的兩匹健馬已受了重傷，篷車撞在路旁一棵大樹上，想是健馬受傷後，忍疼狂奔，失了控制，撞毀了篷車。

四周仍有著劇激的戰鬥，兩個蒙面人，正和王鐵山、金釗，打得難解難分。

十二隨行押車的大漢，已然十傷七、八，只餘下四個人還在反抗。

慕容雲笙緩緩坐起身子，細看攔劫之人，都穿著一身黑色勁裝，每人都用黑布把臉包起，一律用劍。

但聞幾聲慘叫，僅餘的四個押車大漢，也被那些黑衣的劍手殺死。

這時，除了金釗和王鐵山外，所有的隨行之人都已遭那些黑衣劍手殺死，奇怪的是，那些黑衣劍手竟不管另兩個蒙面人和金釗、王鐵山的劇鬥，呼嘯一聲，疾奔而去。

忽聞一聲慘叫，王鐵山突然轉身向後奔去。

那蒙面人似是已下了趕盡殺絕的決心，縱身急追。

只見王鐵山回首揚動，一線銀芒，連綿射出。

蒙面人揮劍擊擋，銀針紛紛落地。

但這一陣耽誤，那王鐵山已藉勢奔出了四、五丈。

他情急逃命，奔行奇快，那蒙面人似是自知已追趕不及，但心中卻有不甘似的，望著那王鐵山的背影，直待王鐵山奔行不見，才回過頭，揮劍夾攻金釗。

慕容雲笙暗道：「這蒙面人不知是何來路，出手都很殘忍，看來是不能坐以待變了。」

心中念轉，取出掌中暗藏匕首，迅快地割斷手中牛筋。

他不過剛剛割斷手腕上牛筋，兩個蒙面人已合力把金釗殺死，聯袂行了過來。

這些蒙面人出現地很突然，慕容雲笙也無法斷定這些人是敵是友，只好暗中運氣戒備，蓄勢待敵，準備應變。

兩個蒙面人行近慕容雲笙的身前，揮動手中長劍，斬開鐵鎖，道：「慕容公子，請救了你的同伴，逃命去吧！」說完話回頭就走，竟是片刻也不停留。

慕容雲笙大聲叫道：「兩位止步。」

但見兩人完全不理慕容雲笙呼叫，放腿向前奔去，眨眼之間，人已蹤影不見。

慕容雲笙望著那人背影，長長吁一口氣，正待回身去打開囚車，卻聽身後一聲輕輕嘆息，道：「幫你的人太多了，只可惜這些力量太過分散，無法把他們集中一起。」

回頭看去，只見那說話之人，正是站在身後的楊鳳吟。

只見另外兩輛馬車上篷布翻動，唐天宏和齊麗兒先後飛躍而出。

慕容雲笙尷尬一笑，道：「這些人壞了咱們的事。」

唐天宏道：「慕容兄，可否告訴在下，這些人都是何等身分？」

楊鳳吟緩緩接道：「這些人身分不難了然，他們是三聖門中人。」

慕容雲笙道：「什麼？三聖門中人！」

楊鳳吟道：「不錯，乍聽起來，確是有些叫人難信，但如仔細推敲，那就不難了然，咱們被擒之事，不足一日工夫，除了三聖門，還有什麼人能夠這樣快知道這消息？」

唐天宏道：「姑娘的推論不錯。」

楊鳳吟道：「慕容大俠在世之日，恩澤廣被，很多人受過他的恩德，慕容大俠被害之後，這些人爲勢所迫，投入了三聖門下，自然，有不少已身居高位，得悉慕容雲笙被擒之情，結伴相救，也許他們和金釗等相識，故而蒙臉，只看他們下手的毒辣，不留一個活口，用心就是害怕洩露了身分……」

目光轉到慕容雲笙身上，笑道：「他直呼你慕容公子，顯然認識你了。」

慕容雲笙怔了一怔，道：「姑娘推論有理，不過，他們破壞了咱們計劃啊！」

楊鳳吟道：「世間原本也沒有十全十美的事，目下咱們只有別籌良策了。」

唐天宏道：「還有什麼法子，能使咱們混入三聖門去。」

楊鳳吟道：「要偏勞唐兄和慕容公子了。你們扮做趕車之人，躺在此地，裝做受傷模樣，我想那三聖門，很快就有人趕到。你們身分雖然不高，但卻是僅有的兩個活口，他們爲了推卸責任，可能把你們送往聖堂。」

唐天宏道：「這法子倒是不錯，但花主和齊姑娘呢？」

楊鳳吟道：「我們兩人要扮做兩位身分，故意現身幾次，引起三聖門中人的注意，再找機會混入聖堂。」

唐天宏道：「我們混入三聖門之後，要做些什麼事？如何聯絡？還望姑娘事先有個安排。」

楊鳳吟略一沉吟，道：「三聖門中的情況如何，我也是全然不知，你們如何對付，要看你們的隨機應變了。總之，這是一場賭，而且是一場豪賭，咱們全憑智慧和勇氣，進行這一場冒險。」

楊鳳吟抬頭看看天色，道：「時間不早了，你們也該易裝了。」

唐天宏道：「花主和齊姑娘請上路吧！在下相信我等能夠應付得來。」

楊鳳吟道：「憑兩位武功，就算三聖門中圍攻，也有突圍之能，記著我一句，一旦驚變，不可戀戰，咱們只是想瞧瞧三聖門的巢穴何在。」

帶著齊麗兒，急急而去。

唐天宏目睹兩人背影消失，才和慕容雲笙動手改裝，兩人改裝之後，相互檢查了一遍，不見有何破綻，才躺到地上。

大約過了半個時辰，耳際間傳來了急促的馬蹄之聲。

兩人選擇的停身之處，也經過一番心機，啓目張望，可見地域甚廣，且不易為人發覺。

只見兩匹奔行的快馬，行近了篷車之後，突然間停了下來。

當先一人，年不過二十五、六，一襲白色長衫，赤手空拳，看上去十分斯文。

白衣少年身後，緊隨著一個十六、七歲的青衣童子。

那白衣人目光轉動，四顧了一眼，翻身躍下馬背。

白衣人很留心那些倒臥在地上的屍體，每一具，都看得很仔細，有時，還蹲下身去，查看那些屍體的傷口。

逐漸的，白衣人行近了兩人停身之處。

雙方距離近了，慕容雲笙才發覺那斯文的白衣人，有著兩道冷電一般的眼神。

就是那兩道冷厲的眼神，使得那形貌斯文的白衣人，透出了一種冷肅的殺氣。

慕容雲笙心中暗暗震駭道：「這人決不是好與之輩。」

突然間，那白衣人兩道冷厲的目光，射到自己身上，說道：「那邊有個活人，快把他抱了過來。」

青衣童子應了一聲，急奔而來，抱起了慕容雲笙。

慕容雲笙運氣閉住了部份經脈，使呼吸微弱，以便讓人覺著他傷得很重。

那青衣童子把慕容雲笙抱到白衣人身前，緩緩放下。

白衣人道：「那邊似是還有一個活人，去把那人也帶過來。」

青衣童子應了一聲，片刻之後，把唐天宏也抱了來。

白衣人只是冷冷地望著兩人，良久不言。

慕容雲笙和唐天宏都知道遇上了厲害人物，心中也暗作準備，好在兩人早有了默契，還能沉得住氣。

足足等過一刻工夫之久，那白衣人才冷冷地說道：「你們是趕車的？」

唐天宏有氣無力地應道：「是的。」

白衣人冷漠地道：「你會武功？」

唐天宏仍用著微弱的聲音應道：「粗通拳腳。」

白衣人嗯了一聲，回顧那青衣童子一眼：「助他一口真氣，我要問他些事情。」

青衣童子應了一聲，扶起唐天宏，右手一伸，頂在唐天宏的命門穴上。

唐天宏驟覺熱流滾滾，攻向內腑，心中好生驚異，暗道：「一個隨從童子，如此武功，主人可想而知，這白衣人不知是何許身分。」

只聽白衣人道：「現在回答我的問話。」

唐天宏道：「你是誰？」

白衣人道：「你沒有聽金釗講過？」

唐天宏搖搖頭，道：「沒有聽過。」

白衣人冷笑一聲，道：「不論我是誰，但我一舉手，就可以取你之命。我問你，什麼人攔截你們，爲什麼所有的人，全都被殺死，卻留你們兩個活口？」

唐天宏目光望了那躺在旁側的慕容雲笙一眼，道：「也許，那些人認爲小的是趕車的人，不放心上，故而未下毒手。」

白衣人略一沉吟，道：「那些人是何身分，你是否還能記得。」

唐天宏不聞白衣人再追問對方不殺自己之故，心中略寬，接道：「來人全用黑紗蒙面，只露出兩隻眼睛，一律施用長劍，埋伏四周，篷車到此，一躍而出，立時亮劍動手，未曾交談一言，身分、形貌，小的實也無法記得。」

白衣人道：「你們一共來了幾人？」

唐天宏搖搖頭道：「如若小的無法知曉你的身分，縱然被你殺死，也是不能多講了。」

白衣人雙目盯注在唐天宏的臉上瞧了一陣，道：「金釗是你們的什麼人？」

唐天宏道：「舵主。」

白衣人道：「他見了本座要垂首聽命。」

唐天宏心念一轉，緩緩說道：「閣下身分很高，但小的身分低微，不知如何稱呼閣下。」

白衣人冷肅的臉上，泛現出一絲微笑，道：「飛輪堂堂主，聽那金釗說過沒有？」

唐天宏故作驚訝地道：「原來是堂主之尊，小的們今日算大開眼界了。」

他這一番裝作，白衣人倒是真的相信了他的身分，也不責怪，淡淡一笑，道：「你們一共來了幾人？」

唐天宏道：「金、王兩位舵主親自押運，十二名隨行護送高手，加上小的們四個趕車的人，一共是十八個人。」

白衣人回顧了身後的青衣童子一眼，道：「你去查查看，一共有多少屍體？」

青衣童子片刻後回報道：「一十五具屍體，加上他們兩個活口，計有十七人，獨不見王鐵山舵主的屍體。」

白衣人四顧了一眼，道：「留下我的標記，要他們把屍體埋好之後，再去追尋王鐵山的下落。」

青衣童子道：「這兩個人呢？」

白衣人沉吟了一陣，道：「還要問他們一些事，把他們放入篷車……」

那青衣童子年紀不大，但兩臂力氣不小，一手夾起一人，行入篷車，把兩人放入車中，道：「兩位好好保重，如有特別不適之時，招呼我一聲。」

放下篷車垂幕，車中頓成一片黑暗。

慕容雲笙暗施傳音之術，道：「唐兄，看情形，似是把咱們解送聖堂了。」

唐天宏也用傳音之術，答道：「那白衣人不好對付，就是那青衣童子，也是狡詐之輩，咱們要小心一些才成，索性藉此時光養養精神，不用管把咱們送往何處了。」

慕容雲笙道：「唐兄說得是。」閉上雙目，靜臥養神。

篷車連夜行進，而且速度奇快，慕容雲笙和唐天宏，既不知行進方向，也不知行經何處，不知走了多少時候，只覺耳際間突然響起了濤濤的江流之聲。

篷車也突然停了下來。

只聽那青衣童子冷冷說道：「兩位傷得並不太重，休息了大半天，可以自己行動了吧。」

唐天宏道：「兄台有什麼事？但請吩咐。」

青衣童子道：「你們可以出來了！」

唐天宏應了一聲，掀幃而出。

白衣人冷冷地望了唐天宏一眼，道：「那一位怎麼樣了？」

唐天宏道：「他傷得比小的稍微重了一些，行動比小的遲緩。」

慕容雲笙把兩人對答之言，聽得十分清楚，緩緩由車上爬了下來。

抬頭看去，只見一艘帆舟，泊岸而停。

四個黑衣大漢，行了過來，當先一人，掏出兩條黑色的長巾，把兩人眼睛蒙了起來，然後背起他們登船，放於一座艙中，帆舟啓碇而行。

慕容雲笙、唐天宏，都不知身側是否還有人監視，也不敢打開臉上的蒙面黑巾，只好坐在那裡不動。

大約過了一個時辰，慕容雲笙和唐天宏又被人背下帆舟。

兩人臉上的黑巾未除，無法瞧到眼前的景物，感覺之中，似是行在一條崎嶇不平的小徑之上。

走了一炷香工夫，似是進入了一座房中，接著被人放在榻上。

只聽一個低沉的聲音，道：「兩位躺下休息一會兒。」伸手解開了兩人蒙面黑巾。

這是一座堅牢的密室，除了一個小窗，一扇門外，再無可通之路。

兩個大漢解開慕容雲笙、唐天宏臉上的黑巾之後，未再多言，轉身而去。

這時，天已破曉，但室中未燃燈光，仍然一片黑暗。

慕容雲笙轉目向窗外望去，只見花色絢爛，這密室竟然建在一座花園之中。

唐天宏悄然下榻，輕步行到門邊，凝神傾聽片刻，不聞聲息，緩緩拉開木門，向外瞧了一眼，又關好木門，退回榻上，低聲叫道：「慕容兄，咱們躺下談。」

兩人仰身而臥，拉上棉被。

唐天宏道：「慕容兄瞧出這地方是何所在嗎？」

慕容雲笙道：「一座花園，曉光中遠山隱隱，決非懸於江中的大孤山。」

唐天宏道：「在下適才約略一眼，發覺這花園布置甚爲雅致，證明主人不致是一位粗魯的武夫，也可說是一位極善心機的人物，表面上不見防守之人，定然是有所仗恃，咱們等一會兒出去瞧瞧，記熟花園形勢，找出可疑的所在，夜晚行動時，也好有個計劃。」

但聞足步之聲，傳了過來，木門呀然而開。

唐天宏亦自警覺，急急住口不言。

一個身著青衫，留著山羊鬍子，形似管家一樣的人物，緩緩行了進來，打量了兩人一眼，道：「你們傷勢怎樣了？」話說得很和氣，不停頷首微笑。

唐天宏心知這等笑裡藏刀的人物難與，當下答道：「小的之傷已然大好。」

青衫人轉望著慕容雲笙道：「你傷勢如何了？」

慕容雲笙道：「小的傷勢較重，還未痊癒。」

青衫人道：「好吧！那你就留這裡好好休息一下。」

目光又轉到唐天宏的臉上，道：「那你跟我來吧！」也不待唐天宏答話，轉身向外行去。

唐天宏緩緩下了木榻，跟在那青衫人身後，向外行去。

小室中只留下了慕容雲笙一個人。

唐天宏走了足足有半個時辰左右，才緩緩行了回來，順手掩上雙門，登上木榻。

慕容雲笙道：「唐兄，什麼事？去了這久的時間。」

唐天宏神情肅然地說道：「他們把我召去，問了足足有半個時辰之久。如是我推想的不錯，人家已對咱們動疑了，唉！三聖門的確不可輕覷。」

慕容雲笙道：「什麼人問你的？」

唐天宏道：「不知道。那是一個很廣大的房間，中間有一張木椅，那青衫人帶我坐下之後，就悄然而去，然後，由一重垂簾後，傳出來一個聲音，要我回答他的問話，那垂簾很密，只聞其聲難見其人。」

慕容雲笙道：「他問些什麼？」

唐天宏道：「他問了很多事，咱們被劫經過，以及那金釗莊院中的情形。」

慕容雲笙道：「很多事咱們都不知道，你要如何回答？」

唐天宏道：「不知道，那人只是問話，卻從未反駁我一句，所以，我答覆的對和錯，自己根本無法知道。」

慕容雲笙道：「這麼看來，咱們得小心一些才成。」

唐天宏道：「又有人來了。」

慕容雲笙趕忙住口，那木門已呀然而開，一個年輕的女婢，提著一個飯盒，行了進來。

兩人料不到送飯的竟是女人，不禁爲之一呆。

那女婢緩緩放下飯盒，道：「你們吃東西。」轉身向外行去。

唐天宏挺身而起，道：「姑娘留步。」

那女婢停下身子，回頭說道：「什麼事？」

唐天宏輕輕咳了一聲，道：「姑娘送飯來，我們是感激不盡。」

那女婢冷笑一聲，說道：「不用感激，我只是奉命來此，給你們送飯而已。」

唐天宏道：「姑娘可是奉夫人之命。」

那女婢道：「怎麼，你認識夫人？」

慕容雲笙也不知那唐天宏葫蘆中賣的什麼藥，只好冷眼旁觀。

唐天宏道：「小的想請姑娘轉話夫人，就是小的想到了一樁很重要的事情，必要面報夫人才成。如姑娘肯代轉報，在下立了功勞，也有你姑娘一份。」

那女婢略一沉吟，道：「可惜夫人不在。不過，我可以把你的話，轉告我家姑娘。」

回頭向外行去。

直待那女婢去遠，慕容雲笙才低聲說道：「唐兄，你這舉動，有何用心？」

唐天宏微微一笑，道：「剛才，兄弟在那敞廳中受審之時，似是聽到一個女子的口音，因爲她講話的聲音很低，兄弟只聽到一句，所以不能確定，此刻，驟見這丫頭送飯到此，使我心中多了一份把握，故而用話詐她一下，想不到竟被我歪打正著，果然是有一個女人，主持大局。」

慕容雲笙道：「原來如此。」

唐天宏道：「目下咱們已完全爲人控制，必得設法打出一點新的局面才成。」

附在慕容雲笙耳際，低言數語。

慕容雲笙微微一笑，道：「好吧！」

片刻之後，那女婢果然又行了回來，道：「我家姑娘有請兩位。」

唐天宏站起身子，道：「小的已可行動，但那兄台傷得很重，還望姑娘扶他一把。」

那女婢皺皺眉頭，道：「好吧！要他扶在我的肩上。」

慕容雲笙站起身子，老實不客氣地把一隻手按在那女婢身上，隨那女婢舉步向前行去。

唐天宏緊隨在慕容雲笙身後。

只見一座廣大的花園，氣魄十分宏偉，那女婢帶著兩人，穿過一片花徑，到了一所建得很好的花廳之外，秀肩一縮，甩開了慕容雲笙按在肩上的手臂，冷冷說道：「到了！你們在這裡等等。」舉步行入花廳之中。

片刻之後，那女婢重又行了出來，冷冷說道：「你們進來。」

唐天宏、慕容雲笙，緩步行入花廳。

花廳很寬敞，布置得也十分雅致，一色的紫綾幔壁，廳中放了四束瓶花，兩束紫紅，兩束雪白，點綴得一座花廳，更爲清雅、明潔。

女婢指指廳中兩張並排而放的木椅，道：「你們坐下。」

唐天宏、慕容雲笙欠身應了一聲，在木椅上坐了下來。

那女婢緩緩轉過身去，道：「稟告姑娘，兩個人都到了。」

只見緊靠廳壁處垂簾啓動，一個姿容絕倫的綠衣少女，緩步行了出來。

但聞一個清脆的聲音傳入耳際，道：「你們是金釗的手下。」

唐天宏欠身應道：「是的，只是我們的職位低賤。」

綠衣少女道：「你說有重要事告訴我，不知是什麼事？」

唐天宏道：「關於那慕容公子……」

綠衣少女急急道：「慕容公子是什麼樣子，你見過嗎？」

唐天宏道：「長得很英俊，年紀很輕，不過二十來歲。」

綠衣少女道：「聽說他武功很好，你們主人如何能生擒於他。」

唐天宏道：「小的不清楚，大約是在酒菜之中下了迷藥吧！」

綠衣少女道：「我就知道如憑武功，金釗和王鐵山決然無法生擒那慕容公子。」

語聲一頓，接道：「你們途中被人攔截時，那慕容公子可曾受傷？」

唐天宏道：「那些人斬斷鐵鎖，放出慕容公子，以後的事，小的被人打昏了過去，就不太

清楚了。」

綠衣少女點點頭，道：「就是這些事嗎？」

唐天宏道：「還有那慕容公子的去處。」

綠衣少女道：「他在哪裡？」

唐天宏道：「聽那些人說，要帶慕容公子到什麼七星樓去……」

綠衣少女一揚柳眉，道：「七星樓，是什麼地方？」

唐天宏道：「這個，小的就不清楚了。」

綠衣少女道：「還有嗎？」

唐天宏搖搖頭道：「沒有了，小的適才想到這句話，覺著它很重要。」

綠衣少女道：「嗯！很重要，你暫時不許把此事講給別人知道。」

綠衣少女回顧了旁側女婢一眼，道：「你吩咐廚下，備些好酒好菜，讓他們好好吃一頓，再把那療傷小還丹，分贈他們每人一粒。」

說完，轉過身子，緩步行入簾後。

那女婢望了兩人一眼，冷冷說道：「你們可以回去了。」

唐天宏站起身子，扶著慕容雲笙道：「金兄，我扶你走吧！」

慕容雲笙起身，扶在唐天宏的手臂上，相攜而去。

兩人行回小室，唐天宏低聲說道：「那位姑娘似乎對慕容兄很注意。」

慕容雲笙笑道：「大約是三聖門懸有重賞，是故人人都想能生擒兄弟。只是，人家想法如何，咱們無法干涉，目下要緊的是，咱們如何和楊姑娘聯絡，又如何才能混入聖堂。」

唐天宏道：「咱們身處敵境，原本也沒有一定之規，在下想到，目下咱們應該在那位綠衣姑娘身上著手。」

慕容雲笙正待答話，忽聞室外傳入一陣步履之聲，立時住口不言。

只聽木門呀然，那女婢推門而入。

唐天宏挺身坐起，道：「姑娘有何指教？」

那女婢一直冰冷的臉上，突然泛現出一個微笑，道：「我家姑娘要我給兩位送來兩粒丹丸，這丹丸很珍貴，療傷頗具奇效，你們服用之後，再休息兩個時辰，大概就可以復元了。」伸手從懷中摸出兩粒丹丸遞了過去。

唐天宏接過丹丸道：「多謝姑娘。」

那女婢淡淡一笑，轉身而去。

唐天宏道：「她賜我們靈丹，用心在使我們傷勢盡早復元，以你我的身分，在三聖門中，算不得什麼，怎會受她如此重視呢？」

慕容雲笙突然一躍，直向門外撲去，右手一探，抓了過去。

只聽嚶嚀一聲，那女婢生生被抓入室中。

敢情那女婢去了之後，重又躡足行了回來，附在門外偷聽。

那女婢被拖入室中，定定神抬頭望了慕容雲笙一眼，道：「放開我。」

慕容雲笙冷冷說道：「姑娘如若想活命，最好是乖乖配合。」

那女婢緩緩說道：「我不信你們真敢殺了我。」

唐天宏道：「妳爲什麼不相信呢？」

女婢道：「因爲我家姑娘知曉我來此給你們送藥，如是盞茶工夫之後我還不回去，她定然心中動疑，自然會來查看了。」

唐天宏微微一笑道：「原來如此！不過，姑娘少算了一件事，我們的行藏已洩露，如是放了姑娘，我們也是一樣無法逃走，你知道情急拚命這句話吧！」

女婢呆了一呆，道：「你們說吧，要我做什麼？」

唐天宏接道：「看來姑娘很合作。」

又冷冷接道：「咱們問姑娘幾件事，妳如肯據實而言，也許會放了姑娘。」

那女婢道：「好！你問吧！」

唐天宏道：「這是什麼地方？主人何名？那位綠衣姑娘，又是什麼身分？」

女婢緩緩說道：「此地名叫清風堡，莊主雲飛，我家姑娘是雲堡主的妹妹雲小月。」

唐天宏道：「此地和三聖門是什麼關係？」

女婢道：「是三聖門中一個分舵。」

唐天宏道：「姑娘的芳名呢？」

女婢道：「我叫秋萍。」

唐天宏道：「慕容兄，放了她。」

慕容雲笙怔了一怔，依言放了手中女婢。

卅九　清風堂主

唐天宏道：「一個人只能死一次，因此，我希望姑娘珍重。」

秋萍略一沉吟，目光緩緩由唐天宏的臉上掃過，轉注到慕容雲笙的身上，接道：「閣下身手，快速絕倫，決非一般江湖人物，如是我猜得不錯，兩位中，定然有一位是慕容公子。」

唐天宏一閃身，擋在門口，冷冷說道：「姑娘太聰明了，必難長壽。」

秋萍神情鎮靜，長長吁一口氣，說道：「哪一位是慕容公子？」

慕容雲笙冷冷接道：「我……」緩緩舉起了右掌。

秋萍看他臉上神情凝重，急急接口說道：「小婢奉有敝幫幫主密令，接應慕容公子。」

慕容雲笙低聲說道：「妳是女兒幫中人？」

秋萍道：「不錯。」

慕容雲笙道：「貴幫主又怎知區區會到此地？」

秋萍道：「她不知道，但賤妾數月前已奉到密令，要我留心慕容公子，一旦遇到，就設法相助。」

慕容雲笙道：「這麼說來，姑娘也是混入三聖門中臥底來了。」

秋萍點點頭道：「賤妾已在此五年，甚得雲姑娘的信任，如非重大之事，敝幫主也不讓賤

妾插手，以免暴露了身分。」
微微一笑，道：「我不能在此久留了，兩位保重。」轉身向外行去。
慕容雲笙、唐天宏四隻眼睛瞧著秋萍離去，身影逐漸消失。
唐天宏低聲對慕容雲笙道：「慕容兄，她靠得住嗎？」
慕容雲笙道：「她說的都不錯，想來不會有問題了。」
唐天宏道：「人無遠慮，必有近憂。如若那丫頭騙了咱們，暴露了咱們身分，慕容兄準備如何應付？」
慕容雲笙道：「如若情非得已，那只有和他們動手了。」
唐天宏道：「對！挑了他們的分舵，大開一次殺戒。」
兩人商量好應對之法，心中反而坦然下來，閉目坐息。
半日時光，彈指而過。
天色入夜時分，秋萍重又行入石室，低聲對兩人說道：「我們莊主回來了。他不但武功高強，而且機詐萬端，兩位要特別小心一些才好。」
唐天宏略一沉吟，道：「此莊中主人，在三聖門中的身分如何？」
秋萍道：「三大堂主之一，你說他的身分如何呢？大約除了三聖之外，就該數到他了。」
一頓，又道：「好！話到此爲止，我不能停得太久，兩位多多保重，希望能相信小婢的話，不要擅自行動，也許你們正趕上看一場熱鬧好戲。」
慕容雲笙、唐天宏商討了一陣，決定遵照那秋萍之言，守在室中不動，坐以觀變。

兩人在木榻上盤坐調息，直等到三更之後，突聞嗤嗤兩聲破空的箭風，傳入耳際。

慕容雲笙站起身子，探頭向外望去。

只見一條人影疾如流矢一般，由假山之上，飛奔而下，落在小室外不遠之處。

來人穿著一身黑衣，臉上也用黑布包起，只露出兩隻眼睛，手中提著一柄長劍。

慕容雲笙看那人相距小室，不過一丈左右，立時運氣閉住呼吸。

只聽一個冷冷聲音，由數丈外一片花叢之中傳了過來，道：「放下兵刃。」

慕容雲笙聽得一怔，暗道：「表面看來這花園中一片寧靜，原來花叢中早已有了埋伏。」

那黑衣人也不答話，突然一提氣，縱身而起，飛落小室之上。

就在那黑衣人飛起的同時，兩支弩箭，破空而來，追蹤射到。

啵啵兩聲，兩支弩箭，吃那黑衣人揮劍擊落。

慕容雲笙停身之處，無法見到屋頂上的情形，但他卻憑藉敏銳的聽覺，聽出那黑衣人落在了屋頂之上。

但見對面花叢之中，同時躍飛起兩條人影，直向小室撲來。

慕容雲笙正待坐下身子，突聞砰然一聲，木門被人用腳踢開。

就在那木門被人踢開的同時，慕容雲笙以極快的速度，仰臥在木榻上。

轉目望去，只見那蒙面人，大步闖入室中，回手把木門掩上。

慕容雲笙心中暗道：「這人避入小室，分明是自陷絕地，不知是何用心。」

那蒙面人似是只留心到外面的敵人，未想到室中有人，背靠在牆壁之上，口中咬劍，騰出右手，拔下左臂上一支弩箭，右手迅快地從懷中取出一塊手帕，包紮起傷處。

原來，這黑衣蒙面人，已為弩箭所傷。

慕容雲笙忽然想到那唐天宏尚守在門口之處，不知此刻藏在何處。

目光轉過，四下搜望了一遍，竟然未發覺唐天宏藏身何處。

他在暗室中時間已久，目光已可適應夜暗，清晰可見室中景物。

但聞一個冷冷的聲音，傳入室中，道：「這小室是一片絕地，閣下生機已絕，如若棄劍受縛，還可饒你一命。」

那蒙面人已然包好了傷勢，右手取過長劍，突然一躍，下落到木榻之前。

長劍一探，指在那慕容雲笙前胸之上，低聲說道：「你叫一聲，我就取你之命。」

慕容雲笙心中暗道：「不論他是何人，但能來此探莊，可證明他敢與三聖門作對，應該暗中助他一臂之力，但我如助他，恐將暴露身分了。」

一時間，心中大感為難，不知該如何才好。

突然火光一閃，小室外，立時亮起了一盞燈籠。

緊接著木門大開，一個白衣人，舉著燈籠，緩緩行了進來。

慕容雲笙目光到處，看來人正是那日遭劫時所見之人，立時躺著未動。

只聽那白衣人冷冷說道：「拿開你手中兵刃。」

這聲音冰冷中，帶著一股不可抗拒的威嚴，那蒙面人竟然為之一呆。

就在他一怔之間，那白衣人突然以迅雷不及掩耳的快速舉動，一探右手抓住了那蒙面人的左腕，奪下他手中寶劍。

慕容雲笙暗暗吃了一驚，忖道：「這人的手法好快。」

蒙面人似是自知無法倖免，突然一頭撞向那白衣人的前胸。

這是同歸於盡的打法，雙方距離既近，那人又是出其不意，應該是萬無躲過之理，但那白衣人確有著人所難及的武功，右手一抬，輕快絕倫地接住了那黑衣人的腦袋，順手把那黑衣人臉上的蒙面黑紗扯了下來。

白衣人和蒙面人幾番交手，左手始終執著燈籠未動，因此這靜如山嶺，動如閃電的手法，只看得慕容雲笙心中驚愕不已。

只見那黑衣人身子一陣搖動，突然倒了下去。

原來，那黑衣人口中早已暗藏了極爲強烈的毒藥，自覺情勢不對，立刻吞了下去！

那白衣人緩緩蹲下身子，伸出手去，一探那黑衣人的鼻息，冷哼一聲，又緩緩站了起來，雙目轉注在慕容雲笙的臉上，冷冷說道：「你和他談了很多話。」

慕容雲笙道：「他並未問我什麼，如是重要之事，小的縱然死在他劍下，也不會回答。」

白衣人冷笑一聲，道：「因爲他知道的比你多，所以，他不用問你。」

慕容雲笙微微一怔，道：「爲什麼？」

白衣人道：「因爲他也是三聖門中人。」

白衣人目光轉動，打量了小室一眼，道：「還有一個哪裡去了？」

慕容雲笙亦是大感奇怪，想不出那唐天宏藏身何處，只好搖頭說道：「小的不知道。」

白衣人目光又轉到慕容雲笙的臉上，道：「你認識王鐵山嗎？」

慕容雲笙道：「小的認識，那日一戰之中，王爺可能未遭毒手。」

白衣人道：「他受了傷，我已遣人接他來此，大約明日可到。」

慕容雲笙心中雖然震驚，但表面上卻十分沉著，絲毫未現驚怯之容。

白衣人轉身向外行去，行到門口處，突然又回身說道：「你那位同伴，如是還能活著回來，要他好好守在室中，不要再亂跑了。」白衣人舉起燈籠，大步而去。

慕容雲笙知那白衣人武功高強，內功精深，不敢有絲毫大意。直到確定那白衣人去遠之後，才悄然起身，行到門口處向外望去。

最使慕容雲笙奇怪的是，唐天宏始終不見露面，忍不住低聲叫道：「唐兄。」

只聽一個低沉的聲音應道：「什麼事？」唐天宏由樑上飄身而下。

原來，他竟躍藏在屋頂樑之上。

慕容雲笙微微一笑，道：「你聽到那位雲堂主的話了？明日那王鐵山至此之後，咱們真相必被拆穿。」

唐天宏道：「所以，咱們要在王鐵山到達之前，有所行動。」

慕容雲笙道：「如何一個行動之法呢？」

唐天宏道：「兄弟適才暗中窺看，那雲飛奪取那蒙面人手中之劍，手法的確是高明，所以，求勝之機，要合咱們兩人之力才成，如是我一擊未中，慕容兄也立刻躍起施襲，咱們合力衝出此地。」

慕容雲笙道：「如若咱們尚可保密身分，是否也要如此呢？」

唐天宏道：「如若雲飛不對咱們動疑，自然用不著出手了。」

兩人計議停當，心中大為坦然，各自運氣，盤坐調息。

靜坐之中，隱隱聞得遙遠傳來了兵刃相觸之聲。

唐天宏低聲道：「有人動手。」

慕容雲笙道：「聽聲音似是在這座山莊之外，離此甚遠。」

唐天宏道：「大約這就是那秋萍姑娘告訴咱們看的熱鬧了，可是這些人，都已被阻於莊外，雲飛無暇理會咱們，匆匆而去，想來，也和此事有關了。」

忽聽一陣步履聲傳了過來，兩人急急住口不言。

突見人影一閃，直衝入室。

唐天宏回手拍出一掌，低聲說道：「什麼人？」

來人右手一抬，接下一掌。

但聞砰然一聲，雙掌接實。

耳際間響起一個低微的女子聲音，道：「我是秋萍。」

唐天宏急急收住攻出的掌勢，道：「有事嗎？」

秋萍低聲道：「你不是慕容公子。」

慕容雲笙道：「區區在此。」

秋萍心細如髮，直待聽出了慕容雲笙的聲音，才接口說道：「雲堂主已知曉你們是混來此地的奸細，並下令監視你們行動，他沒有回來之前，是你們唯一的逃命機會。」

慕容雲笙道：「多謝姑娘傳訊。」

秋萍道：「目下這花園之中的防守之力，十分薄弱，你們想走就要趕快，我還有事，失陪了。」轉身出室，電奔而去。

慕容雲笙道：「唐兄料事如神，兄弟好生敬佩。」

唐天宏道：「過獎了。目下最爲要緊的事，咱們要決定是否和雲飛一戰。」
慕容雲笙道：「唐兄之意呢？」
唐天宏道：「這雲飛既是三聖門中的堂主身分，在三聖門中，自然是數一數二的人物了，如若咱們和他過招，不論勝負，至少可以測出部份三聖門的內情。」
慕容雲笙被唐天宏說得躍躍欲試，道：「好！唐兄有此豪氣，咱們就鬥鬥雲飛。」
唐天宏道：「兄弟先到園中查看一下形勢，順便取些兵刃回來。」
話未落口，身子一閃，人已穿出小室。
唐天宏去得快，回來得亦快，不過片刻時光，手中執著二柄長劍，躍入小室。
慕容雲笙道：「外面的防守森嚴嗎？」
唐天宏道：「不夠森嚴，大概莊中人手，都被雲飛帶出拒敵去了。」
只聽一聲冷笑，室外有人接道：「不錯，但你們卻沒想到，雲飛回來得如此之快。」
唐天宏、慕容雲笙同時吃了一驚，暗道：「以我等耳目之靈，竟然不知他幾時到了室外，這人的武功，的確不可輕視。」
只聽雲飛冷冷接道：「兩位行藏已露，似是用不著再藏頭露尾了，你們出來和我動手呢，還是要我進去？」
唐天宏冷笑一聲，道：「很想和我們動手嗎？」
雲飛冷冷說道：「我要生擒你們，逼問出你們來歷。」
唐天宏道：「雲堂主不覺著太過自信了麼？」
雲飛道：「你們出手吧，我要在二十回合內，生擒你們兩人。」

唐天宏道：「如是二十回合勝不了我們呢？」

雲飛道：「放你們安然離此。」

唐天宏回顧了慕容雲笙一眼，道：「我先出手，如是不行，你再上不遲。」

慕容雲笙點點頭，道：「小心一些。」

唐天宏舉劍護身，緩步向前行去。

慕容雲笙緊隨身後，行出室外。

抬頭看去，只見雲飛一身白衣，肩插長劍，背負雙手，站在丈餘外一片草坪之中。

唐天宏緩步行近雲飛五尺左右處，停下腳步，道：「雲堂主可以亮劍了。」

雲飛右手一抬，長劍陡然出鞘，寒芒一閃，直劈過去，出手之快，直似雷奔電閃。

唐天宏舉劍一揮，響起了一聲脆鳴，架開了長劍。

雲飛長劍連揮，劍勢如虹，眨眼之間，攻出了十餘劍。

唐天宏用盡了全力，才架開了雲飛十餘劍的攻勢，但已被逼得連退了五步。

慕容雲笙眼看那雲飛劍法如此之快，唯恐唐天宏難以支持，橫跨一步，長劍探出，接道：

「在下領教雲堂主的劍法。」

雲飛劍勢漸幻起兩朵劍花，分刺慕容雲笙兩處大穴。

慕容雲笙劍勢上舉，一招「野火燒天」，封開了雲飛的劍勢。

雲飛冷哼一聲，長劍疾沉，唰唰唰連攻三劍，盡都是攻襲向慕容雲笙的下盤。

慕容雲笙疾退五步，避開了雲飛一輪快攻。

但一退即上，展開反擊，劍出如風，攻勢銳利至極。

雲飛雖以快劍見長，但在慕容雲笙的快攻之下，竟然是反擊無力，只有招架之功。

只見兩人劍來劍往，搏鬥極是激烈，颯颯劍風，森森劍氣，遠逼到七、八尺外。

搏鬥之中，雲飛突然向後退開兩步，冷冷說道：「住手！」

慕容雲笙聽到雲飛呼叫之言，停下手來，道：「什麼事？」

雲飛道：「閣下究竟是何身分？」

慕容雲笙答非所問地冷冷說道：「咱們動手幾回合了？」

雲飛怔了一怔，道：「三十五個回合。」

慕容雲笙道：「咱們動手三十餘回合，你雲堂主不但未能生擒我等，而且也未勝在下一招一式。」

雲飛道：「兩位想走嗎？」

慕容雲笙道：「走不走是我們的事了，但你雲堂主應該讓開去路了！」

雲飛淡淡一笑，道：「好！在下出口之言，決不反悔，不過，在兩位臨去之前，在下想請教一事。」

慕容雲笙道：「那要看你問什麼了？」

雲飛道：「江湖上盛傳慕容長青之子出現，要爲慕容長青報仇，不知是否閣下？」

慕容雲笙略一沉吟，道：「如若雲堂主願答覆在下一事，在下亦將奉告姓名。」

雲飛道：「什麼事？」

慕容雲笙道：「三聖堂設在何處？」

雲飛淡淡一笑，道：「如是在下據實而言，只怕你不肯相信，在下並不知道。」慕容雲笙道：「以你雲堂主在三聖門的身分，竟然不知聖堂何在？實是叫人難信了。那大孤山中的三聖堂，難道是假的不成。」

雲飛冷笑一聲，道：「大孤山中確有一座三聖堂……但除了大孤山外，天下至少還有兩、三處聖堂。」

慕容雲笙道：「雲堂主果然是極善詭辯。」

語聲一頓，接道：「慕容大俠沒有傳人，但在下卻能用慕容大俠劍法，我是何人，雲堂主自己去想吧！此刻，雲堂主可以閃開了。」

雲飛倒是很守信用，果然向後退開了兩步。

慕容雲笙回顧了唐天宏一眼，道：「咱們走吧！」

唐天宏急急上前兩步，兩人並肩向前行去。

兩人也不認識道路，放開大步向前行去，直到花園圍牆之處，雙雙飛身而上，越牆而出。

圍牆外面是一片空闊的原野，極目四顧，不見一點燈火、房舍。

兩人一口氣走出了七、八里路，慕容雲笙停下腳步，回目四顧，不見追蹤之人，才低聲說道：「唐兄，咱們雖未能找到三聖堂，但找到了雲飛這座莊院，那也算差強人意。」

唐天宏回顧了一眼，道：「前面有一處林地，咱們去瞧瞧是否可以存身。」

慕容雲笙站起身子，大步向前行去。

兩人行約里許，果然到了一處樹林旁邊。

慕容雲笙正待舉步入林，突聞一聲嬌笑，道：「小姐說得不錯，他們果然來了。」

隨著那嬌笑之聲，樹林中緩緩走出來兩個少女。

那當先一人，正是秋萍，緊隨在秋萍身後的，是一位身著青衣少女。

慕容雲笙道：「妳找慕容雲笙有何貴幹？」

青衣少女笑道：「聞他之名，希能一晤。」

慕容雲笙道：「可惜就在下所知，那位慕容公子脾氣很怪，素來不喜和女人交談。」

青衣少女道：「你胡說八道，我聽說他和那飄花令主很好，那飄花令主不是女的嗎？」

慕容雲笙輕輕咳了一聲，道：「姑娘，在下想請教一事。那慕容雲笙和姑娘素不相識，姑娘似乎是很關心他，不知爲了何故。」

青衣少女略一沉吟，道：「我要問他一件事。」

慕容雲笙道：「什麼事？」

青衣少女道：「你非慕容雲笙，問你也不知道。」

唐天宏接道：「他雖非慕容雲笙，但卻和慕容雲笙相交莫逆，就在下所知，慕容雲笙和他無話不談，凡是慕容雲笙知道的事情，他無不知曉。」

青衣少女略一沉吟，目光轉到慕容雲笙的臉上，接道：「我要問他和飄花令主的事，你知道嗎？」

慕容雲笙道：「這件事他和在下談過。」

青衣少女道：「那慕容雲笙可曾告訴過你，她姓什麼？」

慕容雲笙心中暗道：「她苦苦追問楊鳳吟，不知是何用心？」

心中念轉，口中卻說道：「他告訴過我，那位飄花令主，似是姓楊。」

青衣少女微微一笑，道：「這麼看來，你倒不像是吹牛了。」語聲微微一頓，道：「她可是叫楊鳳吟嗎？」

慕容雲笙吃了一驚，暗道：「三聖門果然厲害，那楊鳳吟的名字，世人甚少知曉，竟然被三聖門中人打聽出來。」

但聞那青衣少女接道：「我說的不對嗎？」

慕容雲笙道：「說對了。」

只見青衣少女輕輕嘆息一聲，接道：「我已記不得小吟吟的模樣了，但我知道她定然長得比我美些。」

慕容雲笙接道：「誰是小吟吟？」

青衣少女道：「小吟吟就是楊鳳吟啊！」

慕容雲笙道：「妳們認識？」

青衣少女道：「我記得她，不知道她是否還記得我了！」

慕容雲笙道：「姑娘能記得她，她自然也會記得姑娘了。」

青衣少女搖搖頭，道：「不一定啊！因爲我比她大了三歲，那時，她還在呀呀學語。」

慕容雲笙覺著再無話說，一抱拳，道：「好吧！在下見到那楊姑娘時，轉告姑娘之言就是，我等告辭了。」

青衣少女道：「慢著。你見著慕容雲笙後，告訴他一句話。」

慕容雲笙道：「什麼話？」

青衣少女道：「要他善待小吟吟……」

四十　二聖初現

青衣少女突然放低了聲音，道：「請轉告慕容雲笙，他如想在江湖立足，如若想報他父母之仇，當今之世，只有小吟吟能夠助他。」

慕容雲笙肅然說道：「多謝姑娘指教，在下見到慕容雲笙時，定當鄭重轉告。」

慕容雲笙轉身向前行去，唐天宏緊隨身後，舉步而行。

青衣少女突然沉聲喝道：「站住。」

慕容雲笙回頭說道：「姑娘還有什麼吩咐？」

青衣少女道：「你們能逃過我大哥的劍下，足見高明，但前面還有二道埋伏，兩位縱然不怕，但卻難免麻煩，我要秋萍送你們一程。」

青衣少女回顧了秋萍一眼，道：「你送他們過了三才陣，再回來吧。」

秋萍一欠身，道：「小婢遵命。」當先帶路，向前行去。

唐天宏和慕容雲笙放腿急追。

不大工夫，三人已行出了兩、三里路。

慕容雲笙道：「有一件事，在下百思不解，想請教姑娘。雲姑娘何以識得飄花令主，並且對她十分關心。」

秋萍停下腳步，目光轉到慕容雲笙的臉上，道：「公子爺，別忘了，我只是一個女婢身分，她如何識得飄花令主，怎會和我談起，不過……」

慕容雲笙道：「不過怎麼？」

秋萍道：「不過小婢可以奉告的是，雲莊主兄妹，武功奇高，爲敵不如交友。」

慕容雲笙低聲說道：「姑娘之意，可是說那雲飛兄妹，會背叛三聖門嗎？」

秋萍道：「看今日形勢，很難預料，運用之妙，存乎一心，公子不妨多用一點心機。」

語聲微微一頓，接道：「雲姑娘心地瑩潔，不去說她，那雲莊主卻是一位心機百出的高手，他能放手不追，那是分明賣了交情了。」

慕容雲笙道：「在下知道了，日後在下自會善爲處理。」

秋萍道：「咱們走吧！此地各處埋伏聲息相通，如是停留過久，只怕要暴露小婢的身分了。」大步向前行去。

慕容雲笙和唐天宏緊隨身後而行。

行約百丈，形勢突然一變。

只見土丘累起，混雜在四周草叢之中。

秋萍望了兩人一眼，微微搖首，示意兩人不要多問。

兩人細看之下，發覺那突起的土丘和叢叢青草，似乎是都有著一定的距離，顯然，土丘和叢草，都經過人工修整。

秋萍似是有意讓兩人看清楚四面的景物，走得並不快速。

足足走了百丈左右，那突起的草叢和土丘才完全斷絕。

秋萍停下腳步，道：「再往前走上五十丈，繞過一座土嶺，前面就是平坦大道了，兩位保重，恕小婢不送了。」

慕容雲笙一抱拳道：「多謝姑娘。」

唐天宏道：「秋萍姑娘，除了這一條路外，還有通入此莊之路嗎？」

秋萍搖搖頭，道：「沒有，就小婢所知，只有這一條可通之路。」

不再等兩人答話，轉身大步而去。

二人依照秋萍指示，轉過了一座土嶺，耳際間，響起了江濤之聲，慕容雲笙四顧了一眼，道：「唐兄，此刻咱們要到哪裡去？」

唐天宏搖搖頭，道：「慕容兄可和那楊姑娘約好了會晤之地。」

慕容雲笙道：「沒有約好。」

唐天宏道：「這就麻煩了，如若咱們無法和那楊姑娘取得聯繫，她仍然認爲咱們在三聖門，雙方行動不能配合，豈不要誤了大事。」

慕容雲笙道：「咱們總不能再回去吧。」

唐天宏低聲說道：「爲什麼不行，只要咱們能想個法子，不讓他們發覺，連那雲飛也想不到咱們會去而復返。」

慕容雲笙道：「就算咱們能夠重回雲家莊去，又準備做什麼呢？」

談話之間，突聞一陣鴿翼劃空之聲，掠頂而過。

唐天宏略一沉吟，道：「適才越頂而過的飛鴿，如若不是傳報什麼大事，就是三聖堂的傳諭信鴿，今晚定然有什麼重要事情發生。」

慕容雲笙道：「唐兄怎能決定這信鴿是由三聖堂而來呢？」

唐天宏道：「論武功才智，慕容兄是強過兄弟甚多，但如論江湖上的經驗，在下說一句狂妄之言，慕容兄只怕難及兄弟了。」

語聲微微一頓，道：「如是慕容兄不肯相信，咱們何妨藏起來瞧瞧。前面不遠處，似是一株大樹，咱們躲在上面，也許很快就可以看到結果了。」

兩人行了過去，果然是一株百年老榆。

兩人聯袂而起，躍登在大樹之上，選擇一處主幹交結之處，盤膝而坐。

不過片刻工夫，已然聽到衣袂飄風之聲，似是有人從樹下急奔而過。

慕容雲笙心中一喜，道：「他們來了。」

唐天宏一把抓住了慕容雲笙，低聲說道：「不可造次，咱們只能隱在暗處瞧看，不能暴露了身分。」

果然又過片刻工夫，又是幾條人影，從樹下急奔而過。

慕容雲笙奇道：「他們跑什麼呢？」

唐天宏突然舉手按在唇上，示意慕容雲笙說話小心一些。

這時，又是兩條人影，疾奔而至，行到兩人停身的大樹下時，突然停了下來。

探首向下瞧去，只見一個身著白衣的人，背著雙手，站在大樹之下。

敢情來人正是雲莊主雲飛。

雲飛突然間在此出現，顯然事情大不平常。

只見一個黑衣人，由對面疾奔而至，行到雲飛面前，欠身說道：「二聖駕到。」

慕容雲笙心中突然一震，幾乎失聲而叫。

雲飛道：「好！帶我去迎接二聖的大駕。」

但聞一個遙遙傳來的聲音，道：「不用了。」

緊接著輪聲轆轆，一輛構造奇特的輪車，急馳而來。

車篷如墨，密圍四周，使人瞧不到車中景物。

篷車的前後左右，並沒有隨行的護持之人，只有一個青衣小帽的車夫，坐在車前。

狂傲不可一世的雲飛，肅然舉步行到那篷車之前，欠身一禮，道：「雲飛參見二聖。」

一個威重聲音，由車中傳了出來，道：「雲堂主不用多禮。」

雲飛道：「雲飛適才接到飛鴿聖諭，未能遠迎二聖，還望恕罪。」

車中人笑道：「本不願驚動雲堂主，但因有一件要事，非要面詢雲堂主不可，故而只好傳諭驚駕了。」

雲飛道：「二聖言重了，但不知有什麼要事垂詢，二聖只管吩咐。」

車中人聲音突然變得冷漠，緩緩說道：「令妹的行動，雲堂主知曉多少？」

雲飛道：「舍妹行動，在下一向少問，不知舍妹犯了什麼錯誤？」

車中人緩緩說道：「令妹對咱們三聖門的作爲，一向不滿，此事不知是真是假？而令妹不是三聖門中人，卻對三聖門中事，知曉甚多，這一點雲堂主是否又清楚呢？」

雲飛道：「這個屬下確然不知，因舍妹未曾和我談過。」

車中人哈哈一笑，道：「雲堂主才慧絕世，謀略過人，難得如此糊塗啊！」

雲飛抱拳一揖，道：「二聖明察，如是我雲某有背三聖門中什麼門規之處，但請二聖依法懲處，但舍妹既非我三聖門中人，雲飛對她行動，實是不便多問。」

車中人冷冷說道：「你是我們極少數器重的人物之一，如是本座命你，設法使令妹投入我三聖門，你是否答應呢？」

雲飛道：「如若屬下動以私情，要她為我三聖門效力一次，想她不致推辭，但要她正式投入三聖門，只怕她不肯答允。」

復又輕輕嘆道：「兩年之前，雲某奉到聖諭，也是要舍妹投入三聖門，雲某曾盡力勸說，終歸無用。」

車中人冷冷接道：「我知道，那時她似是不太知曉三聖門中的事，但現在不同了。」語聲突轉冷峻，接道：「如是你不能勸服令妹同入三聖門，還有一個法子可想……」

雲飛說道：「可是要殺她滅口。」

車中人冷冷說道：「雲堂主果然聰明。」

雲飛道：「二聖之諭，雲某豈敢不遵，不過，雲飛未必是舍妹之敵。」

這句話不但聽得車中人半晌不語，就是隱身在大樹上的慕容雲笙和唐天宏，也不禁為之一怔，暗道：「雲飛已然高深難測，難道那雲姑娘真的還能強過雲飛不成！」

車中人道：「除了武功之外，還有很多殺她的方法，用毒暗襲，都可取她之命。」

雲飛道：「屬下和舍妹一母同胞，下毒、暗襲……」

車中人接道：「你不忍心下手？」

雲飛道：「唉！屬下再盡一次心力勸她一下，如果她再不答應，只好下手除她了。」

車中人緩緩說道：「希望這是你肺腑之言。」

雲飛欠身說道：「二聖還有什麼吩咐？」

車中人道：「你們生擒了慕容雲笙，是嗎？」

雲飛道：「中途驚變，押送人盡遭殺死，屬下趕往查看，只救了車夫二人。」

車中人接道：「查出是何人所為嗎？」

雲飛道：「眉目倒是沒有，不過，就事而論，是我三聖門中人所為。」

車中人沉吟了一陣，道：「何以見得？」

雲飛道：「慕容雲笙和飄花令主，被擒一事，除了我三聖門外，武林中很少有人知曉，因此屬下斗膽斷言，是我三聖門中隱伏奸細所為。」

車中人道：「三聖門規戒森嚴，誰有那樣大的膽子，竟敢有違戒規。」

雲飛道：「這個屬下沒有證據，倒不便多言了。」

車中人突然冷笑兩聲，道：「雲堂主如是心有所疑，不妨直接說出來。」

雲飛道：「聖堂之中，派遣了一批高手到此，不知是真是假？」

車中人道：「不錯，確有其事。」

雲飛道：「陡然間派人到此，而且事前，也未見聖諭通令，想來是對屬下不再信任之故。」

車中人道：「如是雲堂主能夠勸說令妹入我三聖門，或是大義滅親，殺了令妹，聖堂不但會對你信任如常，而且寄望更厚。」

但見雲飛一欠身，道：「多謝二聖的教訓。」

車中人突然輕輕嘆息一聲，道：「雲飛，你要好自為之。」

語聲微微一頓道：「咱們走吧！」

但見那趕車的青衣人，突然一舉手中韁繩，馬車忽的掉頭又向來路奔去。

雲飛道：「屬下恭送二聖。」

那馬車奔行甚速，雲飛說完兩句話，馬車已到數丈之外。

雲飛一直望著那馬車消失不見，才輕輕嘆息一聲，轉身而去。

雲飛既去，樹下人很快散去，片刻間，走得一個不見。

唐天宏四顧了一陣，確定了三聖門中人完全離去之後，才低聲說道：「那雲飛似很痛苦，他在三聖門中，權位至高，但連自己的妹子，也是無法保護。」

慕容雲笙道：「雲姑娘心地善良，如若雲飛真要存心算計她，那是輕而易舉了，咱們既然知道了，應該通知她一聲才是。」

唐天宏道：「兄弟有一個笨法子，或許能救雲姑娘。」

慕容雲笙道：「什麼法子？」

唐天宏道：「聽那秋萍口氣，似是她們女兒幫別有通訊之法，咱們趕快找到女兒幫主，要她轉告秋萍，再由秋萍轉告雲姑娘。想那雲飛就算忍心對妹妹下手，也不會在三、五日內，咱們如若七日內能見到女兒幫的幫主，雲姑娘八成可救，因此目下最為要緊的一樁事，就是設法和那女兒幫取得聯繫。」

慕容雲笙道：「此刻天色將亮，咱們緊趕一陣，找一處小鎮店家，投宿於客棧之中，改裝一下身分。」

兩人重新上路，直走到日上三竿，才到了一大鎮之上。

這座大鎮，十分熱鬧，街道上不少酒館客棧。

唐天宏找到一處較大的客棧，直向裡面行去。

這時，客棧也不過剛剛開門，一個店夥計正在掃地，唐天宏探手從懷中摸出一錠二兩重的銀子，遞了過去，道：「夥計，有沒乾淨的房間，咱們趕了一夜路，要換換衣服，洗個澡，這點小意思，你收下買碗茶吃。」

那店夥計黑眼珠看到了白銀子，立時笑道：「兩位爺一路辛苦，小的給兩位帶路。」口中說話，右手已伸出去接過銀子，揣入懷中，大步向前行去。

唐天宏和慕容雲笙隨在夥計身後，穿過了一進院子，轉入了一座幽靜跨院之中。

但見盆花盛放，竟然是一座有廳有房的小院落。

店夥計笑道：「小的去給兩位沏壺茶。」

那店夥計動作極快，片刻工夫，已提著一壺茶行了進來，笑道：「爐火升起不久，小的已交代了廚下，給兩位準備些吃的。」

唐天宏點點頭道：「很好，咱們還得買幾件衣服換換……咱們每人各要兩套長衫，另外，靴子、長褲，這是十兩銀子，餘下的賞你做酒錢。」

店夥計接過又哈腰又打躬，道：「兩位歇著，小的先去瞧瞧。」大步向外行去。

慕容雲笙望著那店小二的背影，去遠之後，才微微一笑道：「現在咱們應該如何？」

唐天宏道：「店小二買回來衣服之後，咱們恢復本來面目，在街道之上溜溜，看看是否能

遇到女兒幫中人物。」

慕容雲笙道：「不錯，咱們應該在街上走走，女兒幫耳目眾多，也許可以碰上。」

兩人等候片刻，那店小二已帶著衣服回來。

唐天宏和慕容雲笙很快地換過衣服，這時的慕容雲笙和唐天宏，俱是劍眉朗目、瀟灑不群，簡直變了一個人樣。

那店小二望著兩人怔了半晌，才道：「兩位這一更衣，簡直是變了樣子……不如這樣，兩位爺吃過酒飯休息，午時之後，小的告個半天假，帶兩位好好的逛逛，這裡蘇州班子有一個小玲玲，人如其名，長得玲玲瓏瓏，人像畫得一般，就是脾氣壞一些，但兩位這等出眾，說不定會被那丫頭看上。」

那店小二說完，轉身而去。

慕容雲笙道：「唐兄，什麼是蘇州班子。」

唐天宏道：「這是生意人的噱頭，所謂班子就是窯子，慕容兄沒有去過嗎？」

慕容雲笙搖搖頭，道：「沒有去過，那等所在，還是不去爲宜。」

唐天宏道：「窯子裡，大都是庸俗脂粉，不去也罷，不過，這一次咱們非得去逛逛不可。」

慕容雲笙道：「爲什麼？」

唐天宏道：「女兒幫如果要在此地安排眼線，自然是會安排人多熱鬧之處。」

慕容雲笙道：「既是這樣，好吧，在下去見識一番也好。」

兩人匆匆地進過食用之物，分別安息。

中午過後，那店小二換了一身新裝，笑嘻嘻地行了進來，道：「小的向櫃上告了半天假，好好的陪兩位爺玩玩。」

唐天宏道：「夥計怎麼稱呼。」

店夥計道：「小的李二黑，本地人都叫我李黑子。」

語聲微微一頓，道：「說了半天，小的還未請教兩位大爺貴姓啊！」

唐天宏一指慕容雲笙道：「這位雲大爺，區區姓錢。」

李二黑道：「小的有緣得識二爺，實乃大幸之事，小的給爺們帶路。」

大步向外行去。

唐天宏、慕容雲笙相視一笑，隨在李二黑身後行去。

那李二黑不愧為識途老馬，單揀背街小巷，行人稀少之處而行。

轉過了幾條街巷，到了一處高大的宅院之前。

李二黑停下腳步，道：「到了，小的去叩門。」

慕容雲笙抬頭看去，只見那高大宅院的黑漆大門，緊緊地關閉著，心中大感奇怪，說道：「這地方應該很熱鬧才是，怎的如此冷冷清清，不見一個遊人？」

李二黑一哈腰，道：「回雲爺的話，這時間早了一些，還未開始上客。」

舉手敲動門環。

只聽木門呀然，一個身著黑衣的大漢，氣勢洶洶地開門而出。

李二黑衝著那大漢一抱拳，道：「張兄，早啊！」附在那大漢身邊低言數語。

那黑衣大漢原本冷冷的面孔，突然間放下了笑容，道：「李兄帶來的貴賓沒有話說，兩位請吧！」

慕容雲笙回顧了唐天宏道：「錢兄請啊！」

原來他從未進過妓院，心中有些害怕。

唐天宏微微一笑，舉步向前行去，慕容雲笙緊隨在唐天宏身後而行。

那黑衣人高聲叫道：「叫姑娘們梳妝見客。」

只見一個身著藍布褲褂的中年婦人，大步迎了過來，把幾人迎到一座客廳之中。

李二黑低聲對那中年婦人說道：「雲爺和錢爺，都是腰纏萬貫的大富豪，一般的姑娘決看不上眼，妳叫小玲玲來好了。」

那中年婦人微微一皺眉，道：「黑子啊！小玲玲的脾氣，你又不是不知道，如是開罪了兩位大爺，要老身如何擔待得起？」

慕容雲笙道：「不要緊，漂亮的姑娘們，總是要有脾氣些。」

那中年婦人淡淡一笑道：「既是如此，老身去叫她見客。」轉身向外行去。

片刻之間，只見一群鶯燕，魚貫而來，行入房中。

慕容雲笙目光轉動，只見那些披紅掛綠的鶯燕，臉上塗著很重的脂粉，但仍掩不住那風塵之氣。

唐天宏回顧了慕容雲笙一眼，道：「怎麼樣？」

慕容雲笙搖搖頭，道：「不敢領教。」

唐天宏道：「好！那就把小玲玲留給雲兄，兄弟已經有過見識了，入鄉隨俗，既來之則安之了。」

伸手指著一個全身綠衣的少女，道：「這位姑娘叫什麼？」

李二黑道：「喝！錢爺好眼光，這是本地第二塊紅牌，除去小玲玲，就屬這位寶釵姑娘了。」

只見那個寶釵一欠身，在唐天宏身側坐下。

李二黑回頭對那守在門外的黑衣大漢低言數語，那黑衣大漢點點頭，舉手一揮，除了小寶釵外，一群鶯燕，盡皆退去。

慕容雲笙長長吁一口氣，道：「錢兄，咱們要在此停留多久？」

唐天宏道：「見過小玲玲之後，再說吧！」

但聞小寶釵道：「雲爺快瞧，風塵花魁，小玲玲姑娘來了。」

慕容雲笙轉頭看去，只見一個綠衣綠裙，頭挽宮髻的絕艷麗人，手扶一個青衣小婢的肩上，蓮步細碎地行入廳中。

只見她薄施脂粉，淡掃蛾眉，柳腰細細，星目含情，右手執著一方素帕，微一欠身，道：「賤妾給諸位見禮。」

唐天宏微微一笑，道：「果是名不虛傳……」

拍拍慕容雲笙身側的椅子，接道：「這邊坐。」

小玲玲左手輕揮，那青衣小婢轉身而去，人卻柳腰款擺，蓮步姍姍地行到慕容雲笙身邊，啓唇一笑，道：「公子貴姓？」

慕容雲笙道：「姑娘請坐，區區姓雲。」

小玲玲一欠身道：「原來是雲爺，賤妾謝坐了。」

這等應酬場面，慕容雲笙從未經歷過，一時之間，不知該如何接口才好，輕輕咳了兩聲，住口不言。

小玲玲微微一笑，道：「雲爺成家了吧？」

慕容雲笙只覺臉上一熱，道：「在下生性愚拙，無人肯嫁。」

小玲玲道：「嗯！雲爺的眼光太高了。」

這時那黑衣大漢，突然行入廳中，欠身說道：「酒菜已上，請雲爺、錢爺入席。」

站在旁側的李二黑接道：「小的給雲爺帶路。」

慕容雲笙和唐天宏相視一眼，起身隨後而行，這是一間布置十分雅緻的小室，一張紅漆八仙桌上，早已擺上了酒菜。

小玲玲、小寶釵，同時伸出纖纖玉手，分牽著慕容雲笙和唐天宏入座。

小寶釵提起酒壺，斟滿了四杯酒，笑道：「來，賤妾先敬幾位一杯。」

端起酒杯，一飲而盡。

唐天宏端起酒杯，道：「雲爺不善酒，在下陪兩位一杯。」

慕容雲笙心中暗道：「這兩位姑娘，如若都非女兒幫中人，不知要耽誤多少時間。」

小玲玲不聞慕容雲笙開口，只好說道：「雲爺在哪裡發財？」

慕容雲笙道：「區區為人作嫁，在一家銀號裡當夥計。」

小玲玲道：「雲爺一表人才，哪裡像依人作嫁夥計，賤妾有幸結識。」

慕容雲笙道：「姑娘言重了。」

小玲玲道：「我知道，雲爺瞧不起殘花敗柳，所以，連名也不肯說實話了。」

慕容雲笙心中一動，道：「姑娘何出此言？」

小玲玲淡淡一笑，答非所問地道：「白蓮出污泥，無傷它冰清玉潔，不知雲爺是否肯信，賤妾我仍然是清白女兒之身。」

慕容雲笙道：「區區慕名而來，見姑娘一面，吾願足矣，豈敢多做他想。」

小玲玲突然間捲起左臂衣袖，道：「雲爺識得此物嗎？」

慕容雲笙轉眼望去，只見小玲玲那雪白的玉臂上，有一片綠豆大小的紅點，略一沉吟，道：「守宮砂。」

四一　寄跡風塵

小玲玲點點頭，道：「不錯，賤妾立下了一個心願，我要在煙花巷中，翻滾三年，仍不讓此身受污。」

慕容雲笙道：「不容易啊！不容易。」

唐天宏突然伸手握住了小寶釵的左腕，笑道：「姑娘這左臂之上，是否也點有守宮砂呢？」

但聞小寶釵緩緩說道：「錢爺不用看了，賤妾早已是殘花敗柳，哪比得小玲玲玉潔冰清。」

這時，那隨同兩人來的李二黑，早已藉故溜走，室中只餘下了慕容雲笙、小玲玲、唐天宏、小寶釵等四人。

唐天宏緩緩放下小寶釵的左腕，說道：「姑娘不是和小玲玲同來此嗎？」

小寶釵道：「我們素不相識，到此之後才認識，我比小玲玲早來三個月。」

這當兒，突然有一個中年婦人，啓簾而入，欠身說道：「兩位爺，小寶釵姑娘有一個恩客，遠道而來，指名要見寶釵姑娘，可否讓她告便片刻。」

小寶釵一皺眉頭，道：「什麼人？」

那中年婦人應道：「程大官人。」

小寶釵站起身子，道：「錢爺稍坐，賤妾去去就來。」

唐天宏微微一笑，道：「姑娘請便。」

那中年婦人欠身一笑，退出雅室。

小玲玲突然站起身子，行到門口處，探首向外瞧了一瞧，重回座位，眨動了一下大眼睛，放低聲音道：「賤妾想向兩位打聽一個人，不知兩位是否認識？」

慕容雲笙問道：「什麼人？」

小玲玲雙目盯注在慕容雲笙的臉上，瞧了一陣，低聲說道：「慕容雲笙……」

慕容雲笙臉色一變，右手疾快地伸了出去，扣拿住小玲玲的右腕。

哪知小玲玲纖指一揚，竟然向慕容雲笙迎去。

口中低聲說道：「公子暫請住手，賤妾還有話未說完。」

慕容雲笙挫腕說道：「姑娘請說。」

小玲玲道：「賤妾今晨奉到令諭，要追查公子下落，傳諭附有繪製的公子圖像，是以賤妾見到公子，就瞧出公子可能是慕容公子，所幸賤妾未看走眼。」

慕容雲笙道：「妳是……」

小玲玲接道：「賤妾是女兒幫中人。」

唐天宏突然說道：「那位小寶釵姑娘，亦不像風塵中混跡的人。」

小玲玲道：「賤妾早已對她動疑，只是她口風很緊，賤妾數度用話試探，均未能問出眉目。」

慕容雲笙道：「會不會是三聖門中的耳目？」

小玲玲道：「賤妾也是這麼懷疑。」

慕容雲笙道：「那小寶釵可曾發覺了姑娘的身分嗎？」

小玲玲道：「很難說，至少她已經對我動了懷疑。」

伸出纖纖玉指，沾酒在桌上寫道：「今夜初更，敝幫主在玉牌坊下，和公子會晤。」

慕容雲笙看完之後，那酒痕也自行乾去。

唐天宏還待再問，那小玲玲已端起酒杯，格格嬌笑，道：「賤妾再敬錢爺一杯。」

只聽一陣銀鈴般的笑聲，接道：「好啊，妳有一位雲大爺還不夠嗎？竟然要搶我的錢大爺。」

隨著應話聲，走進來笑意盈盈的小寶釵。

唐天宏道：「程大官人走了嗎？」

小寶釵道：「他帶了一只玉鐲給我，因不敢怠慢錢大爺，賤妾已打發他離開了。」

唐天宏道：「程大官人的玉鐲，定非凡品，姑娘可否拿出來，給我們見識一下。」

小寶釵道：「那玉鐲已放在賤妾的房中，如若是錢爺一定要看，賤妾只好回房去取了。」

唐天宏道：「那就偏勞姑娘走一趟。」

小寶釵望了唐天宏一眼，無可奈何地站起身子，道：「既然錢爺非看不可，賤妾這就去取。」緩步出室而去。

唐天宏隔窗看著那小寶釵的身影轉過了一個屋角消失，才回顧了慕容雲笙一眼，道：「在下相信，那小寶釵的房中，定然有不少秘密，兩位稍坐，在下去去就來。」

也不待兩人答話，起身而去。

小玲玲低聲說道：「公子記下了和我家幫主的會面之處嗎？」

慕容雲笙道：「地名是記下了，但那玉牌坊又在何處呢？」

小玲玲道：「離鎮向北，不過五里……」

突然放低了聲音，接道：「如是公子一個人去，那是最好不過了，像此等機密的事，知曉的人越少越好，公子以爲如何？」

慕容雲笙道：「道理不錯，但那錢兄不是外人，屆時，區區再見機而作。」

小玲玲略一沉吟，道：「賤妾倒有一策，可使公子一人趕往赴約，且不至於引起貴友之疑。」

慕容雲笙道：「什麼方法？」

小玲玲道：「兩位留宿在此。這樣，那位錢爺既可監視那小寶釵的舉動，又可以使你有單獨赴約的機會，這不是一舉兩得嗎？」

慕容雲笙道：「此刻驟難決定，容在下和錢兄商量一下，再回答姑娘如何？」

但聞步履聲響，唐天宏和小寶釵牽手而入。

看兩人嘻笑之感，似是甚爲相悅，毫無衝突不歡的痕跡，慕容雲笙心中大感奇怪，暗道：「這小寶釵似也是位喜怒不形於色的厲害人物。」

心中念轉，口中卻笑道：「姑娘，找到那只玉鐲了嗎？」

小寶釵笑道：「錢大爺說一不二，如是見不到玉鐲，怎能罷休？」

唐天宏笑道：「區區就是這個脾氣，姑娘要多多原諒。」

這時，慕容雲笙越看小寶釵越覺可疑，心中暗道：「女兒幫能夠派門下弟子，混入妓院，三聖門為何不可，倒要提一下留宿的事，看她反應如何？」

心念一轉，緩緩說道：「錢兄，兄弟想留宿於此，錢兄意下如何？」

小寶釵接道：「雲爺請恕賤妾多口。」

慕容雲笙笑道：「姑娘有什麼話，儘管請說。」

小寶釵望了小玲玲一眼，道：「其實，這話我是代玲玲姑娘說的，雲爺可知玲玲姑娘讓你瞧看那『守宮砂』的用意嗎？這是說明她猶是處子之身，雲爺留於此，只怕玲玲姑娘無法接待了。」

小玲玲輕聲接道：「在這等煙花柳巷之中，小妹也無法永保清白之身……」

小寶釵抬頭望了慕容雲笙一眼，道：「雲大爺一表人才，我很佩服妹妹的眼光，不過，雲大爺是忙人，明日就要匆匆離此。」

她口中雖未說出一個反對的字，但言詞含意之中，卻是極盡反對之能事。

小玲玲輕輕嘆息一聲，道：「勾欄院中，閱人多矣！但小妹卻從未……」

偷觀了慕容雲笙一眼，垂首不語。

她裝作極像，完全是一副情竇初開的小兒女嬌態。

但聞小寶釵接道：「剛才，玲妹亮出『守宮砂』，姐姐就覺著奇怪，現在想來，那時候，玲妹已決定以身奉獻了。」

小玲玲道：「姐姐果然聰明，不過，那時小妹怕雲爺瞧不上我，不敢啓齒。」

小寶釵道：「怎麼，現在說好了嗎？」

小玲玲道：「幸蒙雲爺不嫌卑賤，答允留此，不過……」
小寶釵道：「不過甚麼？」
小玲玲道：「不過，還要姐姐幫忙。」
小寶釵道：「你們洞房春暖，要我這局外人如何幫忙？」
小玲玲道：「要釵姐姐留下錢大爺……」
小寶釵皺皺眉頭，道：「我今天不成。」
小玲玲道：「唉！咱們姐妹一場，小妹從未求過姐姐，想不到今日第一次開口……」
小寶釵道：「玲妹妹，咱們都是女人，姐姐已經是殘花敗柳，能接到錢大爺這等客人，姐姐自是心花怒放，可是，我今日實是不方便。」
唐天宏一直靜靜地聽著，面上帶著微笑，他心中已想到這可能是慕容雲笙和小玲玲商量好的計劃，是以，雖被小寶釵一口回絕，但卻是毫無怒意，鎮靜如常，面不改色。
口中說風月，實則是各逞心機，暗中鬥智。
只見唐天宏舉起酒杯，一飲而盡，微笑說道：「區區常年在外面走動，早已是風月場中老手，勾欄院中的規矩，在下也略知一、二，像小寶釵姑娘這等紅牌，在下初度來此，就談留宿，那未免是有些自不量力了。」
小寶釵道：「錢爺說的什麼話，再過兩、三日，賤妾萬分歡迎錢爺留此，只是……」
略一沉吟，緩緩說道：「賤妾實非得已，總之，今夜不成，錢爺應不會強人所難吧？」
唐天宏心中暗道：「好啊，我不吃軟功，她要動硬的了。」
心中念轉，口中卻也冷冷說道：「如是在下定要留此呢？」

小寶釵笑道：「不會的，錢爺不是那等不講理的人。」

唐天宏搖搖頭，道：「姑娘猜錯了，在下如若認定死理，就是八條牛也拖不回頭。」

小寶釵臉色一變，道：「錢爺，如是賤妾一定不允錢爺留宿呢？」

唐天宏哈哈一笑，道：「那就看看妳寶釵姑娘的神通，能用什麼法子把我攆走了。」

小寶釵突然站起身子，道：「雲大爺，失陪了。」轉身向室外行去。

唐天宏回顧了慕容雲笙一眼，慕容雲笙微微頷首。

那是示意唐天宏放手施為，不用多慮。

唐天宏重重咳了一聲，道：「站住！」

情勢迫人，唐天宏不得不現露武功，一挫腰，身如疾箭，越過了小寶釵，回頭攔住了去路，冷冷說道：「娼身不自由，姑娘雖不愛錢某人的銀子，但這地方，卻不是妳姑娘耍脾氣的所在。」

小寶釵突然提高了聲音，道：「錢爺再不讓路，我要叫了。」

唐天宏道：「錢某見識很多，姑娘儘管叫。」

小寶釵果然高聲喊道：「殺人了。」

只聽步履聲響，人影閃動，那守門的黑衣大漢和李二黑，當先奔到。

那黑衣大漢道：「什麼事？」

小寶釵道：「錢爺的銀子太多了，但賤妾不想賺，我要回房休息。」

黑衣大漢望了唐天宏一眼，道：「錢大爺，人吃五穀雜糧，難免有個病痛發燒，小寶釵身體不適，錢爺何苦和她計較呢。」

唐天宏道：「你怎麼知道她身體不適。」

黑衣大漢道：「小寶釵姑娘對客人一向很好……」

唐天宏接道：「單單對在下不好，這口氣倒是叫在下難忍了。」

右手一揚，拍在那黑衣大漢雙肩上。

只見那黑衣大漢右手五指緩緩鬆開，雙臂也同時垂下，臉上的冷汗淋漓而下。

原來唐天宏拍出的兩掌，暗用卸骨手法，卸了那黑衣大漢雙臂關節。

小寶釵一揚柳眉，道：「閣下下手很惡毒。」

大步行近那黑衣大漢，雙手抓住那黑衣大漢，右臂向上一抬，接上那大漢肩上關節。

唐天宏也不阻擋，看她接上了那大漢的關節，才冷冷說道：「姑娘終於顯露出真工夫了。」

小寶釵道：「錢大爺是有為而來了。」

這時看熱鬧的人，越來越多，小寶釵冷冷地望了那黑衣大漢一眼，低聲說道：「沒有用的東西，給我滾開。」

那大漢應了一聲，轉身而去。

小寶釵低聲說道：「叫這些看熱鬧的人，都退回去。」

伸手去牽唐天宏的右手，接道：「錢爺，咱們屋裡坐吧？」

唐天宏暗道：「這丫頭小小年紀，能屈能伸，實非好與人物。」

心中念轉，人卻伸出右手，和小寶釵緊緊握在一起。

表面上瞧去，兩人牽手入房，十分親密，實則兩人雙手互握之下，各自正運功力，希望能

制服對方。

唐天宏心想一試對方功力如何？是以，並非用全力反擊。

只覺小寶釵五指收縮之力甚強，有如鐵箍箝指，愈來愈緊。

室外室內，不過是三、五步的距離，行近席位，小寶釵已知遇上了勁敵，只覺對方手指愈來愈是堅硬，立時一鬆五指，道：「錢爺到底要賤妾如何？」

唐天宏道：「似姑娘這等武功，實不該淪落煙花，其中必有內情了。」

突然向前欺進了兩步，道：「姑娘是何身分，希望早些說明，免得在下失手傷了姑娘。」

唐天宏右手一伸，突然向那個寶釵右腕之上扣去。

小寶釵在唐天宏迫逼之下，不得不回手反擊，以求自保。

但見她玉掌伸縮，纖指飛舞，反擊的招術，盡都是唐天宏的要害大穴，迫得唐天宏不得不回手自保。

雙方火併了二十餘招，竟然保持了一個不勝不敗之局。

這時，小玲玲裝做嚇斷了魂，偎入了慕容雲笙的懷中。

唐天宏似未料到小寶釵身手如此矯健，心中大是驚奇，暗道：「我如再和她纏鬥下去，當真要被慕容雲笙恥笑了。」

心中念轉，雙手攻勢突變，強厲的掌勢，夾雜著點穴斬脈奇法，雙管齊下，攻勢猛烈無匹。

突聞小寶釵嬌嚶一聲，搏鬥頓止。

抬頭看去，只見小寶釵右腕脈門，已被唐天宏緊緊扣住，小寶釵登時滿臉汗水，滾滾而下。

唐天宏冷冷說道：「姑娘如若再不肯據實回答在下之言，當心我要捏斷妳的腕骨。」

小寶釵舉手拭去臉上汗水，道：「錢大爺，一個人只能死一次，錢大爺武功高強，賤妾連命都握在你錢爺手中，何況是區區一條手臂。」

唐天宏冷笑一聲，道：「姑娘大概是不見棺材不掉淚，區區如若不拿一點顏色給姑娘見識一下，大約是姑娘心中還認爲在下不敢妄下毒手了。」

語聲甫落，立時下手，點了小寶釵兩處穴道。

小寶釵登時感覺行血回集，反向內腑攻去，心知這痛苦，尤過凌遲碎剮。

但見小寶釵嬌軀微微顫抖，臉上的汗水，滾滾而下，顯然，她正在熬受無比的痛苦。

但聞唐天宏冷冷說道：「姑娘如若仍不肯據實回答在下的問話，別怪區區對一個女人家心狠手辣。」

小寶釵緩緩說道：「錢爺這樣問我，想是早已經胸有成竹了？」

唐天宏道：「如是我猜想不錯，姑娘應是那三聖門中人了。」

小寶釵略一沉吟，道：「不錯，你猜對了，我是三聖門中人。」

唐天宏臉色一沉，冷冷接道：「目下區區詢問姑娘之事，姑娘如是據實而言，在下就放姑娘離此，如是藉詞推托，在下決不會饒了姑娘。」

唐天宏略一沉吟，接道：「妳受何人所遣，在三聖門中是何身分？」

小寶釵道：「我奉命聖堂，在三聖門中，是聖堂護法身分。」

唐天宏道：「在這勾欄院中，貴門中有幾人潛伏於此？」

小寶釵道：「連賤妾共有三人，目下已經有兩人離開此地，搬請救兵去了，算時間，援手就要趕到了。」

唐天宏道：「姑娘處處拖延時刻，想是等他們來救妳了。」

小寶釵道：「不錯，算時間，他們早該到了，不知何以遲遲不見人來。」

唐天宏正待接言，突聞一個冷冷的聲音接道：「咱們已到多時了，親耳聽到了姑娘洩露本門之秘。」

小寶釵臉色一變，但不過一瞬時間，又恢復了鎮靜之色，道：「你們既然早來了，爲何要看我受苦，不施援手？」

門外那冷漠聲音接道：「咱們未看到姑娘受苦，但卻聽到姑娘洩露本門內情。」

隨著那說話聲音，軟簾啓動，一老一少，緩步行入室中。

慕容雲笙抬眼看去，只見那老人年約五旬以上，留著花白長髯，赤手空拳，未帶兵刃。

那年輕人大約在二十三、四歲，一身青色短裝，身上斜掛一把長劍，劍眉朗目，長得十分清俊，看上去使人有著一種陰沉之感。

小寶釵冷冷說道：「現在，先不要說我洩露本門中機密的事，那自有門規明律制裁我，你們眼下第一件事，先行制服敵人要緊。」

那老者目光轉動，回顧了一眼，道：「這兩人都是嗎？」

小寶釵道：「小玲玲也有問題，連她一起擒下，我要好好的問問他們。」

那老者目光轉到唐天宏的身上，道：「朋友是哪一道上人物？」

唐天宏冷然說道：「在下是黑白兩道中間的人。」

那老者冷哼一聲，右手一擺，那年輕人抬腕抽出了長劍，欺上兩步，逼到唐天宏身前，說道：「閣下請亮兵刃吧！」

唐天宏淡淡一笑道：「就憑你這塊料，我還用不著亮兵刃和你動手。」

那青衣人冷哼一聲，長劍一探，點向唐天宏的前胸，唐天宏一閃避開，揮手一掌，反擊過去。

那年輕人縱身避閃，冷冷說道：「閣下如此口氣，原來是真有兩手。」

長劍閃轉，展開了一輪快攻。

那年輕人的劍法，十分詭奇，攻勢凌厲至極。

唐天宏似是大感意外，雙掌連環擊出，加上點穴斬脈的手法，才算把那少年的劍勢擋住。

那青衣少年一連攻出了二十餘劍，不但未能傷了唐天宏，而且唐天宏站在原位，未退一步。

這時，那青衣少年才知遇上從未遇過的勁敵，收劍而退，回顧了那老者一眼，道：「這小子很棘手。」

那老者冷冷說道：「我看到了，咱們聯手而上。」

唐天宏冷然一笑，道：「兩位一齊上，省了在下不少事，最好小寶釵也一齊上。」

小寶釵道：「你武功很高強，赤手空拳，能接下二招形意劍法，足見高明。」

唐天宏心中忖道：「原來，那少年是形意門中人，無怪劍法很高明了。」

只見小寶釵突然縱身而起，閃在那老者身後，接道：「擋住他們，不要他們追我。」

那青衣少年橫跨一步，長劍一揚，放過了小寶釵。

唐天宏心中大急，身子一側，由那青衣少年身側直衝過去，希望能攔住小寶釵。

那老者右掌疾快地劈出一掌，擊向唐天宏的前胸。

唐天宏左手一揚，接下了那老者一掌，右腳同時飛起，踢向那執劍少年，右手卻暗運功力，打出一記神拳。

一股淩厲的拳風，直撞過去，擊中小寶釵雙腿膝彎關節。

小寶釵心中算計，那兩人足可擋住唐天宏的追襲，三人纏鬥之下，慕容雲笙縱然武功高強，也無法越過三人阻擋的一扇窄門，除非他能夠穿壁而去。

自己實有著從容的時間離開。

哪知唐天宏情急之下，竟是不顧冒暴露身分之險，發出了唐家神拳，那小寶釵如何能承受得住，嗯了一聲，突然跪了下去。

那老者和執劍少年，聽得小寶釵呼叫之聲，不禁一呆，齊齊收招而退。

轉目看去，只見小寶釵跪在室門之外，原來，唐天宏生恐小寶釵逃走，發出的拳力十分強猛，竟把小寶釵右膝的關節擊斷，一時之間，小寶釵無法站起身子。

唐天宏一長蜂腰，疾躍出室，攔在小寶釵身前。

目光到處，只見小寶釵淚水盈睫，但她竟忍住了，未使眼淚落下。

唐天宏右手一探，點了小寶釵的穴道。

那老者和執劍少年被這突變的形勢所震駭，不禁微微一呆。

那老者緩緩說道：「閣下用的是什麼暗器，傷了小寶釵姑娘。」

唐天宏答非所問地冷冷說道：「兩位如不肯束手就縛，這小寶釵就是兩位的榜樣了。」

那老者望了那執劍少年一眼，突然欺身而上，一掌向唐天宏前胸拍去。

唐天宏閃身避開，右手一抓，硬把小寶釵嬌軀帶過，迎向那老者的掌勢。

那執劍少年在老者發掌攻向唐天宏時，忽然向室外衝去。

但他卻未料到慕容雲笙也同時飛身而起，疾躍而至，右手一掌，一探拍出。

那少年全神留心唐天宏，卻不料身後攻勢來得迅如閃電，待他心生警覺時，爲時已晚。

但聞砰然一聲，掌勢正擊在那少年右肩之上。

只見那少年身子搖了幾搖，一跤跌摔在地上。

慕容雲笙一掌擊倒那執劍少年之後，立時反手一把，疾向那老者腕穴之上扣去。

這是慕容長青的擒拿手法，奇妙難測，那老者眼看著對方五指抓來，就是無法避讓，竟然被那慕容雲笙一把扣住了脈穴。

他出手兩招，擊倒一人，生擒一人，不但那少年和老者大感震驚，就是那小玲玲也看得暗暗嘆服不已。

唐天宏左手挾起小寶釵，右手挾起了執劍少年，大步行入室中。

慕容雲笙五指加力一帶，生生把那老者拖入室中。

唐天宏目光一轉，右手連揮，點了那青衣少年和老者的死穴，之後，順手拍活了小寶釵的穴道，道：「妳兩位同伴都已經死去，妳有什麼話，可以放心說了。」

小寶釵伸手在兩人鼻間一探，果然都已氣絕而逝。

唐天宏神情冷漠、滿臉殺機地說道：「在下等沒有時間在此多留，而且做事向不拖泥帶水，姑娘最好乾脆點回答我的問話，如若談得好，我就放妳離開。」

小寶釵略一沉吟，道：「我知道的有限，就算我可以盡告所知，你們也不會相信。」
唐天宏道：「在下相信我還有辨識真僞的才能。」
小寶釵道：「好吧！我冒一次險，要問什麼，你問吧！」
唐天宏道：「妳混跡於勾欄院之中，定然別有用心了，可否見告？」
小寶釵道：「我只是一個暗樁，因爲勾欄院中來往人雜，容易得消息，如有重大事故，就飛鴿傳報聖堂。」
慕容雲笙突然插口說道：「我看妳不像是一個暗樁。」
小寶釵道：「我是這方圓百里之內的暗樁總領，可管數十個暗樁，他們有事就向我說明，由我再以飛鴿呈入聖堂。」
慕容雲笙道：「在下最後請教姑娘一件事。最近，你們聽到了什麼消息？」
小寶釵低聲說道：「慕容雲笙被本門生擒，但途中卻遇人解救。」
唐天宏道：「你們三聖門對那慕容公子，似是必欲得之而後甘心了。」
小寶釵道：「聖堂中傳出令諭，哪一個能夠生擒慕容公子，獎千年何首烏一支，削鐵如泥劍一把，並升爲逍遙堂主。」
唐天宏道：「氣派很大，削鐵如泥的寶劍，雖是不足爲奇，千年何首烏倒是天下罕見奇物，最使在下不解的是，那逍遙堂主，又是怎麼回事？」
小寶釵道：「逍遙堂主麼，乃是本門中除三聖之外，最高的一個位置，但聖堂也不能對他遣差，他興之所至，逍遙天下，不論走向何處，三聖門中人，都將對他敬重萬分，暗作保護。」

唐天宏道：「就在下所知，妳至少還有一樁內情，沒有說出。」

小寶釵道：「哪一樁？」

唐天宏道：「妳如若說的都是實話，決不會直接受命聖堂，總該有一個管妳的上司？」

小寶釵道：「這個，這個……」

四二　同定美男計

唐天宏向小寶釵道：「妳可不要亂指，在下會立刻求證。而且姑娘若不說實話，我就扭斷妳肘間關節。」

小寶釵聽那唐天宏要扭斷她的關節，不禁臉色大變，道：「那人，也在這勾欄院中。」

唐天宏道：「什麼人？」

小寶釵道：「就是那個替兩位帶路的老媽子。」

唐天宏道：「那老鴇母，比妳身分還高些嗎？」

小寶釵已然完全被唐天宏凶猛的氣勢震懾，竟是有問必答，當下點頭應道：「不錯，她比我身分還高一級。」

語聲微微一頓，道：「不過，頓飯工夫之前，她奉到飛鴿令諭相召，匆匆而去，如若她在院中，只怕也不容幾位這般胡鬧了。」

唐天宏心中一動，道：「什麼人召她而去？」

小寶釵搖搖頭，道：「我不知道。」

唐天宏緩緩說道：「妳可以去了，我們和三聖門不同，一向是言出必踐。」

小寶釵點點頭，緩緩出室而去。

唐天宏望著小寶釵去遠之後，緩緩說道：「雲兄，咱們也該走了。」

小玲玲低聲說道：「兩位要去哪裡？」

唐天宏道：「不管去哪裡，此地已不便再留了。」

小玲玲回顧了慕容雲笙一眼，道：「你要記著約會的時間，小寶釵已然對我動疑，這地方我也不能再留下來了。」

兩人匆匆行了出來，直向鎮外奔去，一口氣行了十餘里，到了一處四無人跡的荒野。

慕容雲笙停下腳步，笑道：「看來那三聖門的巢穴，果然隱秘得很，縱然是三聖門中弟子，也很少知曉他們的總舵在何處！」

唐天宏似是突然間想起了什麼大事，道：「慕容兄，那小玲玲可是女兒幫中人麼？」

慕容雲笙道：「不錯。」

唐天宏道：「她可已和你訂好了會面之期。」

慕容雲笙道：「今夜之中，去會見她們幫主。」

唐天宏道：「沒有約兄弟同去嗎？」

慕容雲笙道：「這個她倒沒有談過，不過，我想唐兄同去，料也無妨。」

唐天宏道：「那倒不用了，既是小玲玲沒有約我，大約是因兄弟不便前去，咱們先找一個僻靜的所在，坐息一日，你先去見過女兒幫的幫主，咱們再行離開此地。」

慕容雲笙道：「三聖門耳目靈敏，此刻只怕早已經遣人到處在找咱們了。」

唐天宏道：「所以，咱們不能向有人的地方去，要找一個無人之處，才能安心休息，三聖門神通再廣大，也無法用樹木代替耳目。」

慕容雲笙道：「唐兄的高見甚是，咱們找一處荒林隱身，那就不怕三聖門發覺咱們了。」

兩人計議妥當，找了一處荒林，隱入林中坐息。

直待天色入夜，慕容雲笙才單身趕往約會之處。

慕容雲笙趕到時，小玲玲早已在等候了。

小玲玲快步迎了上來，低聲說道：「慕容公子一個人來的嗎？」

慕容雲笙點點頭，道：「不錯。」

小玲玲道：「公子請隨賤妾身後。」放步向前行去，來到了一處農舍前面。

小玲玲道：「公子稍候。」行近農舍，叩動門環。

但聞木門呀然，一個青衣佩劍少女，開門迎了出來。

小玲玲低聲說道：「慕容公子駕到。」

那青衣佩劍少女道：「幫主已候駕多時，快請慕容公子進去吧！」

那青衣少女推開木門，道：「公子請。」

慕容雲笙微一頷首，緩步行入茅舍，那佩劍青衣少女，隨手帶上了木門。

一面低聲說道：「幫主在內室候駕。」

忽見室中亮光一閃，緊接傳出一個清脆的女子聲音，道：「公子請這邊坐。」

慕容雲笙依言行了過去，目光轉動，四顧了一眼，才發覺是一間布置十分雅潔的小室。

四周黃綾幔帳，高燒著一支紅燭，木桌黃綾墊子上，早已擺好了香茗細點。

迎面木桌，端坐著一位身著黃衣的女兒幫主，她似是不願讓慕容雲笙，瞧到自己醜陋的面

貌，仍然是背著慕容雲笙而坐。

慕容雲笙一抱拳，道：「在下慕容雲笙給幫主見禮，幫主別來無恙。」

黃衣少女道：「多謝慕容兄的關注……」

語聲一頓，道：「公子想見賤妾，不知有何見教？」

慕容雲笙道：「在下先謝幫主相救之恩，並有一事奉求！要請幫主設法通知秋萍姑娘一聲。」

黃衣少女道：「告訴她什麼事？」

慕容雲笙道：「要她轉告雲姑娘，近日中特別謹慎一些，雲飛爲三聖所迫，如不能使雲姑娘投入三聖門，就要取她之命，以鞏固他在三聖門的堂主之位。」

黃衣少女緩緩說道：「雲飛兄妹，各有所長，如若真槍真刀的動起手來，只怕雲飛未必是其妹之敵。」

慕容雲笙道：「正因明槍易躲，暗箭難防，那雲姑娘的處境，才險惡萬分，這也正是在下求請幫主的原因了。」

黃衣少女低聲一笑，緩緩道：「公子不但具有俠骨，而且多情得很……」

慕容雲笙只覺臉上一熱，急急接道：「在下只是覺著那位雲姑娘，是一位很好的人，既然知道了這個消息，自然應該設法告訴她一聲了。」

輕輕嘆息一聲，道：「而且如若那雲姑娘不幸遇害，貴幫弟子秋萍姑娘，只怕也很難逃得性命了。」

黃衣少女點點頭，道：「好！我立刻傳下令諭，要秋萍姑娘轉告雲姑娘，要她暗做防備就是。」

慕容雲笙一抱拳，道：「在下話已說完，就此告別了。」

黃衣少女突然接口說道：「咱們在洪州談過的事，公子可曾想過嗎？」

慕容雲笙淡淡一笑，道：「在下還是原執之意，幫主先請說明內情，在下才可考慮。」

黃衣女道：「慕容公子，有一件事，你大概心中很明白了。」

慕容雲笙道：「什麼事？」

黃衣女道：「女兒幫也許在武功上無法和人一較長短，但如許耳目靈敏，天下還無任何一個門派，可以和我們一爭長短，包括了三聖門和飄花門在內……」

慕容雲笙身歷其境，心知她並非吹噓。

但聞那黃衣少女冷漠地接道：「如若我稍施手段，立刻可使武林大局爲之混亂不安，可使各大門派間，展開一場大廝殺。」

慕容雲笙沉吟了一陣，道：「聽幫主的口氣，似乎是有所要挾。」

黃衣少女道：「是的，有一樁事，對我們極爲重要。那不僅關係我個人的生死榮辱，而且關係著整個女兒幫的存亡。」

慕容雲笙道：「和在下有關嗎？」

黃衣少女道：「自然是有關了。」

慕容雲笙道：「請教幫主，和區區有什麼關連之處呢？」

黃衣少女道：「這事很難啓齒，但千句歸一句，公子就算不和我們合作，也要幫我一次忙。」

語聲微微一頓，道：「我已經算好了日期，多則十五日，少則十天，這十五天中，只要公子能夠聽從我的話，幫我們辦一件事，自然，我們也不願白白勞動公子，對公子也要有一報效，告訴你三聖門聖堂所在之地。」

這條件確然是打動慕容雲笙之心，只見他劍眉聳動，臉上神情，若喜若憂。顯然，他內心中正有著劇烈的衝突。

慕容雲笙沉思一陣後，長長吁了一口氣，道：「貴幫中事，在下極願效力，不過……不過善惡是非之間，在下得有個選擇，如是貴幫中人用我去爲非作歹，縱然能助我報殺父之仇，在下也不能答應。」

黃衣少女淡淡一笑道：「如是去爲非作歹，我用不著麻煩公子，敝幫中盡多能幹弟子可差。」

語聲突轉冷漠，接道：「現在，咱們就談合作的事，我先說一部份內容，至於答不答應，那是你的決定了。」

不待慕容雲笙接口，又搶先接道：「我們借重公子，替我們女兒幫取回一部劍訣。」

慕容雲笙道：「貴幫中人才濟濟，區區怎會有這等能力呢？」

黃衣少女道：「因爲敝幫中人，都是女兒之身，那人也是女子，所以，要借重公子。」

慕容雲笙怔了一怔，道：「奪取劍訣，憑仗武功、機智，和男女有什麼關係呢？」

黃衣少女道：「她知曉我圖謀劍訣之心甚急，因此，特別提防著女人，只有男人，才能混入她嚴密的防守之中。」

慕容雲笙緩緩說道：「天下的男子甚多，貴幫中又有很多弟子，能夠役使男人爲她效勞，

不知因何會選中在下？」

黃衣少女道：「因爲這是美男計啊！並非是任何人都能夠擔當。而且既然女人可以作計，男人有何不可？」

慕容雲笙臉色一變，道：「原來如此。」

黃衣少女道：「不過公子也不用擔心，一切都由我們設計妥當，決不讓你擔當風險。」

慕容雲笙道：「在下不是怕擔風險，而是覺著有些不妥。畢竟在下堂堂男子，被妳作計施用，未免有傷大雅了。」

黃衣少女緩緩說道：「這就是我不肯告訴你的原因，我知道告訴你之後，也是難得獲允。」

慕容雲笙心中大感爲難，沉吟了良久，道：「可否告訴在下她的名號？」

黃衣少女道：「她名叫李飛娘，綽號叫玉蜂仙子。」

慕容雲笙道：「玉蜂仙子，在下倒沒有聽人說過。」

黃衣少女道：「那玉蜂仙子閉關自守，早已不在江湖上走動了。」

慕容雲笙道：「她現居何處？」

那黃衣少女緩緩說道：「慕容公子不覺問得太多了嗎？要知那玉蜂仙子居住之地，乃武林中很多人想知曉之事，公子是否答允，但望早做決定。」

慕容雲笙道：「那玉蜂仙子素行如何？」

黃衣少女道：「奸詐百出，作惡多端。」

慕容雲笙道：「就憑幫主一言，在下答應了。」

黃衣少女喜道：「當真嗎？」

慕容雲笙道：「自然是當真了。」

黃衣少女突然轉過身子，用手攏一攏覆面長髮，緩緩說道：「我想你一定有很多事要辦，如若咱們明天立刻動身，大約十日可竟全功。」

慕容雲笙道：「那麼區區現在告辭了。」

黃衣少女伸出纖纖玉手，接道：「天亮時分，定會有人在此候駕，恕賤妾不遠送了。」

慕容雲笙道：「不敢有勞。」急急轉身，向前奔去。

黃衣少女望著慕容雲笙的背影，很快消失在暗夜中，才轉回入茅舍。

且說慕容雲笙一口氣，奔回到唐天宏停身之處，把經過之情很仔細地對唐天宏說了一遍。

唐天宏沉吟了一陣，笑道：「慕容兄準備如何？」

慕容雲笙道：「在下答應了，自然是應該如約而去。」

唐天宏道：「如若只有十日時間，倒不至於影響大局，但此事，不知應否告訴飄花令主？」

慕容雲笙道：「這個麼?告不告訴她，似都無關要緊。」

唐天宏淡淡一笑，道：「好吧，這個兄弟酌情處理就是，不過有一件事，兄弟要提醒慕容兄一聲，那女兒幫在江湖上時日不久，信用未立，不能太過相信她們。」

慕容雲笙道：「唐兄所慮極是，不過，就兄弟所見，那位女兒幫主不像是一個不守信用的人。」

唐天宏輕輕嘆息一聲，道：「慕容兄多多保重，半月之後，咱們在哪裡見面？」

慕容雲笙略一沉吟，道：「目下還不知她們把我送往何處，時間訂長一些最好，唐兄熟悉天下形勢，想一處會面之地，自然比兄弟容易了。」

唐天宏略一沉思，道：「咱們在安徽盧州西關李榮府上會面。」

慕容雲笙道：「好找嗎？」

唐天宏道：「到盧州提起了李榮二字，可算得無人不知，如是兄弟不在李府，亦必留下行蹤，萬一兄弟還未到李府時，慕容兄就面見主人，告訴他留居等我，他們自會待你爲上賓，不過，必要見李榮本人，才可提兄弟的名字。」

慕容雲笙點點頭，道：「兄弟明白了。」

唐天宏道：「見著『飄花令主』時，兄弟自會要她們同往李府中候駕。」

慕容雲笙道：「在下這裡先行拜謝了，兄弟就此別過。」

唐天宏道：「慕容兄多保重了。」

慕容雲笙轉過身子，又向那黃衣少女停身茅舍中奔行而去。

唐天宏望著慕容雲笙的背影，消失之後，才起身而去。

且說慕容雲笙奔行到那茅舍門口處，已是天色大亮。

只見一個身著青衣，身材纖巧，白帶束髮的少女，正站在茅舍外面等候。

慕容雲笙剛剛停下腳步，那青衣少女已迎了上來，欠身說道：「慕容公子。」

慕容雲笙怔了一怔，道：「妳是什麼人？」

那青衣少女淡淡一笑，道：「賤妾是女兒幫弟子。奉幫主差遣而來，侍候公子。」

慕容雲笙道：「不敢當，姑娘可是奉派爲在下領路嗎？」

那青衣少女點頭一笑，道：「爲公子效勞。」

慕容雲笙藉著曉光，打量了那青衣少女一眼，只見她白綾束髮帶下的青絲，披垂肩上，髮梢在晨風中微微飄動。

長長的秀髮，襯著那勻稱的輪廓，柳眉、杏目、秀削雙肩，艷美中，別有一股高華氣度。

但聞那青衣少女緩緩說道：「賤妾受命，敝幫主曾經吩咐於我，公子不避刀矢，助本幫完成一件大事，要賤妾盡力奉候，不能讓公子有一點不悅之感。」

慕容雲笙急急說道：「姑娘言重了，敢問姑娘怎麼稱呼？」

青衣少女嫣然一笑，道：「賤妾郭雪君。公子有何吩咐，只管開口就是。」

慕容雲笙道：「貴幫主呢？」

郭雪君道：「敝幫主有事他去，一切都交代賤妾了。」

慕容雲笙啊了一聲，道：「咱們可以走了嗎？」

郭雪君道：「敝幫主已代公子備好篷車。」舉手互擊兩掌。

但聞一陣輪聲傳來，一輛篷車由茅舍轉了出來。

慕容雲笙抬頭看了篷車一眼，只見那趕車人一身黑衣，頭戴氈笠兒，手中執著一條長鞭。

郭雪君打開垂簾，低聲說道：「公子請。」

慕容雲笙不再謙讓，舉步跨上了篷車。

郭雪君緊隨慕容雲笙身後，跨上篷車，隨手放下垂簾，低聲說道：「因爲公子的時間，非

常迫急，咱們必得兼程趕路，公子樹大招風，不宜騎馬趕路，以免被三聖門的伏樁看到……」
慕容雲笙接道：「聽姑娘的口氣，可是說，在下這一路行去，都不能離開篷車一步。」
郭雪君道：「是啊！照敝幫主的安排，公子吃住都在這篷車之中。」
慕容雲笙道：「日夜不停，兼程疾進，就算是最好的健馬，怕也無法承受得住了。」
郭雪君微微一笑，道：「這個公子但請放心，我們幫主早有了安排，以六個時辰計算，日夜兩次替換篷車，而且晝夜之間，都不相同，夜間乘坐之車，除了各有吃喝之物，還可供公子宿眠之用。」
慕容雲笙點點頭，道：「在下忘了，貴幫主一向是算無遺策的人。」
郭雪君道：「賤妾有幸，得一路奉侍公子，公子有什麼事，但請吩咐就是。」
慕容雲笙道：「這一路上，都由姑娘陪著在下嗎？」
郭雪君道：「怎麼？你可是不滿意我。」
慕容雲笙道：「哪裡，哪裡，得姑娘這等如花似玉之人，日夜相伴，同車共行，在下感覺到十分榮幸。」
郭雪君嫣然一笑，舉手理理長髮，道：「只怕不如你那位飄花令主，你雖然人和我守在一起，心中卻早已飛到她的身邊了。」
慕容雲笙怔了一怔，道：「妳怎會知曉，在下認識飄花令主？」
郭雪君道：「公子和飄花令主的事，已然傳遍天下，誰人不知，誰人不曉呢？」
慕容雲笙呆了一呆，道：「當真嗎？」
郭雪君笑道：「那樣如花似玉的美人，對你百般友好，正是你的榮耀，為什麼怕人知

道。」

慕容雲笙搖搖頭，道：「姑娘不要誤會。我們交往不久，相處時間，算起來不過數日而已，如是有什謠言傳出，那可是使人尷尬的事了。」

郭雪君嗤的一笑，道：「騙你啦，知道你們交往的人，除了我們女兒幫外，其他人很少知曉。」

慕容雲笙話鋒一轉，道：「如今，咱們已在途中，姑娘可以告訴在下，咱們行蹤何處呢？」

郭雪君道：「我們幫主既然未曾提過，我如何能告訴你？」

慕容雲笙接道：「那貴幫主姓名可否見告？」

郭雪君怔了一怔，笑道：「問得很意外，當真是叫賤妾爲難。」

慕容雲笙正待答話，奔行的馬車突然停了下來。

郭雪君一皺眉頭，道：「怎麼停下來了？」

車外響起了趕車人的聲音，道：「前面有一輛篷車攔路。」

郭雪君心中一動，輕輕揭開垂簾一角，向外望去。

果見一輛篷車，停在兩丈以外，擋住了去路。

郭雪君細看那篷車去路，一片平坦，不知篷車何以停著不走，當下說道：「看看咱們能否超過去？如是不能超越，就只好把他們車子往旁邊推了。」

慕容雲笙道：「我瞧瞧看。」伸手打開車簾，向外瞧去。

只見那篷車四周垂著黑布，頗似那夜二聖所乘之車。

急急放下垂簾，一皺眉頭，道：「妳們女兒幫，一向自負耳目靈敏，可知這篷車中乘坐的什麼人？」

郭雪君道：「這個賤妾不知。」

慕容雲笙低聲說道：「三聖門中的二聖主。」

郭雪君臉色一變，道：「不會錯嗎？」

慕容雲笙道：「在下看那篷車很像，心中卻沒有把握。」

四三　一語驚人

郭雪君突然掀起垂簾，低聲對那趕車人說道：「小心些，不要引起衝突。」

放下垂簾，接道：「公子，萬一有何變化，都由賤妾應付，你只管在車中休息，忍耐一些。」

慕容雲笙道：「好，我只在車中偷瞧那位二聖主，是何模樣。」

只聽冷厲的喝聲道：「你瞎了眼嗎，瞧不到這大的篷車？」

郭雪君打開垂簾，緩緩行出篷車，顯然，她不欲和對方造成衝突。

慕容雲笙暗自揭開垂簾一角，偷眼望去。

只見一個皓首蒼髯的老者，站在篷車一側，怒目橫眉，望著那趕車童子。

那趕車童子也是一臉怒容，似是就要發作一般。

郭雪君緩步行了過去，喝退趕車的童子，欠身對那老者說道：「老前輩，不要生氣，他少不更事，你老這大年紀，不用和他一般見識。」

那皓首老者冷笑一聲，伸手抓著車轅，手臂揮動，毫不費力地把篷車拉到了一側，道：「可以過了。」

郭雪君道：「多謝老前輩。」

郭雪君生恐那趕車童子，再和那皓首老者衝突，直待篷車行過數丈，才登上了篷車。
慕容雲笙低聲說道：「姑娘很小心。」
郭雪君答非所問地道：「你是否看清楚了，那篷車可是三聖門二聖主乘坐之物？」
慕容雲笙道：「在下現在仍是無法確定。」
郭雪君微微一笑，道：「不管他是不是三聖門二聖主乘坐之車，但那皓首老者，卻是一個極爲難纏的人物。」
慕容雲笙道：「你認識他？」
郭雪君點點頭道：「不錯，天雪掌邢風，生性和他的掌勢一般，暴烈異常，三句話不對，出手就要殺人。不過，他不認識我。」
慕容雲笙嘆息一聲，道：「女兒幫果然厲害，不但耳目靈敏，能夠認識天下高人，而且，把對方的性格，也知曉得清清楚楚，應對之間，自然是穩操勝算了。」
郭雪君道：「就邢風爲人而論，決不會位列三聖之一，但他如是爲二聖門的二聖主趕車，那倒是大有可能。」
慕容雲笙道：「貴幫耳目如此靈敏，對三聖門三位聖主，也知曉甚多了。」
郭雪君道：「敝幫爲此下過很大工夫，但卻一直無法見到三聖門三位聖主之面。」
慕容雲笙心中暗道：「這丫頭似是知曉很多江湖隱密，要得仔細的和她談談才成。」心中念轉，口中卻問道：「在下想不明白，那三位聖主，爲什麼要躲避起來，不肯面對世人。」
郭雪君道：「這個，賤妾就無法斷言了，不過，想來不出三種可能……

第一，他們可能都是江湖上有頭有臉的人物，甚至有著善俠之名，所以他們不能露面，第二，可能是他們故意要造成這種神秘氣氛，以惑天下英雄耳目，至於第三個可能，說來，近乎玄奇了。」

慕容雲笙道：「還有呢？」

郭雪君道：「賤妾懷疑那些人，都已是過世的人。」

慕容雲笙吃了一驚，道：「果然是語氣驚人，妳是說那些人是鬼魂，所以才如此神秘。」

郭雪君道：「賤妾不相信有鬼，何況，就算有鬼，鬼也沒有人可怕。」

慕容雲笙道：「姑娘語含玄機，在下聽不明白。」

郭雪君道：「簡單得很，賤妾是說那些人假裝死去，其實都還好好的活在世上，只是世人都道他們死去，自然猜不著是他們所爲了。」

慕容雲笙道：「是些什麼人呢？」

郭雪君道：「凡是武林中有名之人，二十年內死不見屍的，都很可疑，包括令尊在內。」

慕容雲笙臉色一變似想發作，但他卻強自忍了下去，淡淡一笑，道：「果是近乎玄想。」

郭雪君也不生氣，嫣然一笑，道：「咱們不談這些事啦，換個題目如何？」

慕容雲笙道：「談談玉蜂仙子如何？」

郭雪君略一沉吟道：「對那玉蜂仙子，賤妾所知不多，公子不要抱太大期望。你問吧！知道的我就回答。」

慕容雲笙道：「玉蜂仙子的武功如何？」

郭雪君道：「很高強，所以公子此去，只宜智取，不宜力拚。」

慕容雲笙道：「為什麼稱她為玉蜂仙子，個中可有內情？」

郭雪君道：「因為她善役黃蜂，人又嬌美如花，故而江湖上稱她為玉蜂仙子。」

不知過去了多少時間，奔行的篷車，突然停了下來。

只聽篷車外面響起了一個嬌脆的聲音，道：「請公子換車。」

郭雪君當先掀開垂簾，行下篷車，慕容雲笙緊隨郭雪君身後而下。

夕陽下只見一輛青色的篷車，停在荒野中一片樹林外面。

趕車人仍是一個身著黑色勁服，頭戴黑色氈帽的年輕人，垂手肅立車前。

郭雪君行到那青色篷車之前，打開垂簾，道：「公子請上車吧。」

慕容雲笙登上篷車，郭雪君緊隨身後登車，伸手一拉垂簾，那篷車立時疾快地向前奔去。

這輛篷車，專用於夜間行走，車中懸著一座吊榻，上下兩側都由繩索固定，人在榻上，也不致受到篷車奔行的顛簸影響。

郭雪君緩緩說道：「公子請上吊榻休息。」

慕容雲笙道：「姑娘呢？」

郭雪君道：「賤妾別有坐息之處。」言罷首倚車欄上，閉目而坐。

慕容雲笙登上吊榻坐息一陣，等他醒來時，已是四更過後時分。

篷車仍在不停地奔行。

只是顛動甚烈，似是奔行在崎嶇小道上，不禁心中一動，暗道：「看來，他們這篷車，也是特製的了。」

天亮之後，又易車而行。

車中備用之食物，不但都是極為精美的食品，連吃飯時間，也完全省去，當真是日夜兼程而進，不虛耗片刻時光。

七易篷車，算起來已走四日三夜。

這日夕陽下山時分，到了一片絕峰之上。

下車之後，慕容雲笙不見再有篷車等候，低聲問道：「到了嗎？」

郭雪君道：「到了，公子今夜三更入山。」

慕容雲笙道：「我要到什麼地方？」

郭雪君道：「玉蜂仙子自劃的禁地，玉蜂谷。」

慕容雲笙望望天色，道：「此刻距離三更還早。」

郭雪君道：「我們已為公子備好衣服，公子要用此時間，更換衣服，我們還有很多話要交代公子。」

一頓，郭雪君又接道：「公子請隨賤妾身後走吧！」

郭雪君放腿奔行到一座山峰之下，只見一所樵子居住的茅舍，緊依山峰而立。

慕容雲笙凝目望去，只見一個四十多歲的中年婦人，正坐在室中縫製布鞋。

郭雪君輕輕咳了一聲，道：「借問大嫂一句話。」

那中年婦人抬起頭來，望了郭雪君一眼，道：「姑娘由何處來？」

慕容雲笙道：「這兩人前言不對後語，想是一種聯絡的暗語了。」

只聽郭雪君應道：「天南地北府中來。」

那中年婦人放下手中針線，站起身子，道：「無雲無星明月夜。」

但聞郭雪君應道：「烈日當空雨落來。」

只見中年婦人一欠身，道：「請教姑娘的身分？」

郭雪君突然行前幾步，低言數語。

這兩句話，說的聲音，十分低微，慕容雲笙未能聽到一句。

只見中年婦人一臉恭敬之色，欠身向郭雪君行了一禮，道：「請兩位進入室中坐吧！」

郭雪君低聲對慕容雲笙道：「玉蜂仙子，本來布有甚多耳目，只要接近她玉蜂谷十里之內，必然會得到報告，但這數年之中，玉蜂谷未發生過一點事故，才使她的戒備鬆懈了下來。但咱們還是不能大意。」

口中講話，人卻已舉步行入室中。

慕容雲笙聽她說得嚴重，也疾快地舉步入室。

那中年婦人帶兩人直入內室，低聲說道：「賤妾爲了使身分逼真，一切都照山野村舍的布置，兩位將就坐坐吧！」

慕容雲笙目光轉動，只見內室中泥壁木榻，榻上的一條土布床單，也已經洗破了數處，打著補丁。

郭雪君一揮手，道：「妳到外面坐吧。看看我們的行蹤，是否已被人發現。」

那中年婦人欠身一禮，退了出去。

慕容雲笙目睹那中年婦人去後，低聲問道：「這也是妳們女兒幫中人嗎？」

郭雪君道：「我們女兒幫，有一個合乎天理人情的成規。」

語聲一頓，接道：「凡是我幫中弟子，不能超過二十五歲，二十五歲之後，一律要她自行廢去武功，遣散離去，適人做妻，相夫教子，過一般婦女人家的正常生活，如是立有特別功勳的人，一次大功之後，可以自作主意，允許她提前適人。」

慕容雲笙道：「貴幫中隱密甚多，如是她脫離貴幫之後，不怕她洩漏機密嗎？」

郭雪君道：「我女兒幫向以情義待人，脫幫之人，生活都有著妥善的安置，而且她們武功已失，自不願再惹江湖是非，何況，我女兒幫分工精細，一個弟子知曉有限，脫幫時又立下重誓，不得洩漏幫中之密，是以，她們寧肯自絕而死，也不會洩漏幫中的機密。」

慕容雲笙道：「原來如此。姑娘還有很多話，要告訴在下，現在是否可以說了？」

郭雪君道：「我們要公子假冒一個人……」

慕容雲笙道：「什麼人？」

郭雪君道：「一個很壞的人，姓王名秋，有個外號，叫做玉郎君。那玉蜂仙子和玉郎君王秋，原有一段相處情義，兩人如膠似漆，彼此有過一段相當恩愛的日子。」

慕容雲笙一皺眉頭，道：「這和在下偷盜劍譜無關吧！」

郭雪君道：「有關，只有玉郎君王秋，才能進玉蜂谷中，才能受玉蜂仙子的接待，那劍譜就放在玉蜂仙子榻前壁間，一處暗門之內。」

慕容雲笙長長吁一口氣，道：「如是想取那劍譜，非得進入她閨房之中不可了。」

郭雪君道：「不錯，不過，公子也不用擔心，我們為公子準備了一種很厲害的迷藥，只要她聞得少許，立時將中毒暈迷過去。」

慕容雲笙道：「還要在下施用迷藥嗎？」

郭雪君道：「這個情非得已，玉蜂仙子武功高強，一旦動起手來，只怕要有得一段很長時間的纏鬥。」

慕容雲笙無可奈何地道：「好，妳說下去吧！」

郭雪君道：「公子打開暗門之後，不妨取盡其中蓄藏之物，那玉蜂仙子不是好人，得來之物，都是不擇手段的東西，公子自也用不著和她客氣了。」

慕容雲笙道：「那玉郎君現在何處？」

郭雪君道：「被關在少林寺中。」

慕容雲笙道：「那是說在下要欺騙那玉蜂仙子，說我從少林寺中逃出來了。」

郭雪君道：「玉郎君關在少林寺，那玉蜂仙子也未必知道，她如知曉，只怕早已有所行動了。」

郭雪君取出一套白綾滾邊的黑色勁裝，道：「現在，先請公子更衣，面部再加化妝，就可以動身了。」微微一笑，閃身而出。

慕容雲笙掩好門，換上那一套黑衣白邊的俏麗衣服，只覺十分合身，似是比照自己剪裁一般。

慕容雲笙伸手打開了門，道：「換好了。」

郭雪君打量了慕容雲笙一眼，道：「衣服很合身，賤妾替你臉上化妝一下，就可以動身了。」

慕容雲笙緩緩坐下，道：「如若那玉蜂仙子，早已知曉了玉郎君的事，在下此去，那就是凶多吉少。」

郭雪君道：「萬一不幸，公子暴露了身分，那就請高呼三聲『誰敢助我』，自會有人躍出，替公子幫忙。」

慕容雲笙道：「這句話，不管何時何地，都是一樣的有效嗎？」

郭雪君道：「這是一句暗語，只要她們聽到了，都會助你，不過，敝幫安排的重點，是在公子初進玉蜂谷時，那時，應該是最危險的時候，她們都將守候在四周，等待應變……」

語聲一頓，接道：「如若那時玉蜂仙子，沒有發覺你是冒充的玉郎君，以後的機會不大了。」

慕容雲笙道：「在下的看法，和貴幫的設計稍有不同。」

郭雪君道：「請教公子。」

慕容雲笙道：「在下認為，玉蜂仙子和我談話時，關係很大，她如問起往事，在下一點也答覆不上，豈不是露出馬腳嗎？」

郭雪君略一沉吟，道：「公子話雖說得有理，不過，賤妾覺著這應該屬於一個人的機智範圍中事，譬如公子的神情、喜怒，都可影響到她問些什麼。」

慕容雲笙略沉吟一陣，道：「姑娘說得倒也有理，不過，在下覺著那玉郎君和玉蜂仙子的往事，貴幫中應該收集一些才是。」

郭雪君道：「自然是有，詳細分述起來，可以說上三日三夜，但如簡而言之，兩、三句話就可以說完，總之，男的風流好色，到處留情，女的淫蕩惡毒，養過甚多面首。」

慕容雲笙道：「在下明白了。」

郭雪君道：「記著不論說些什麼話，在對方一口氣中，包括了東西南北四個字，就是我們

女兒幫中人，也是你的接應、幫手。」

慕容雲笙道：「在下應該如何回答呢？」

郭雪君道：「你要想法子回答出雲雨雷電四個字，最好能一口氣把四個字完全用上。」

慕容雲笙道：「以後呢？」

郭雪君道：「對方如不是我女兒幫中人，不解密語，自是不會有反應了，如是我女兒幫中人，她們就會報上號數，但她們對公子，還不敢完全相信，公子必需說出『玉郎非採花來』，她們就自會和你坦然交談了。」

慕容雲笙點點頭，道：「在下記下了。」

郭雪君道：「記著她們報號數，如是不報號，公子千萬不可說出暗語。」

慕容雲笙道：「在下都記在心中了。」站起身子，舉步向外行去。

郭雪君探手抓起一柄玉把金邊的長劍，緊追在慕容雲笙身後。

步出茅舍，抬頭看去，只見星斗閃爍，一彎新月，高掛中天。

郭雪君緩緩把手中長劍，佩在慕容雲笙身上，低聲說道：「那玉郎君最愛漂亮，不管穿著、兵刃，都要與眾不同，衣著白邊，劍鑲玉柄，而且這純鋼的寶劍之上，還嵌有三顆珠寶。」

慕容雲笙唰的一聲，抽出長劍，月光下果然見劍身上寶光閃閃，嵌有三顆貓眼大小的明珠，不禁微微一笑，道：「看來玉郎君為人，定然很輕浮了。」

郭雪君道：「公子往前走，五里之後，就可以瞧到玉蜂谷了。」

慕容雲笙一抱拳，轉身大步而去。

慕容雲笙遵照那郭雪君指示方向，奔行約五里左右，果然到了一座山谷口處。

那谷口處豎立有一塊石碑，寫著「玉蜂谷」三個大字。

突然間，響起了一聲大喝道：「什麼人？」

慕容雲笙抬頭看去，只見一個手執拐杖的中年婦人，黑巾包頭，腰束綾帶，站在一丈開外，攔住了慕容雲笙的去路。

慕容雲笙心中暗道：「那玉郎君既是玉蜂仙子的情人，這玉蜂谷，應該有很多識他之人才對。」

心中念轉，面色一寒，冷冷說道：「妳在玉蜂谷中幾年了？」

那中年婦人道：「老身歸附玉蜂谷中五年了。」

慕容雲笙道：「那難怪妳不認識我了。」

只覺言未盡意，重重咳了一聲，道：「你替我通報，就說我回來了。」

那中年婦人已被慕容雲笙的語氣鎮住，呆了一呆，道：「你是誰？」

慕容雲笙道：「玉郎君王秋。」

那中年婦人喜道：「老身聽谷主說過，想不到你竟回來了！」

慕容雲笙怒道：「放肆。」

那中年婦人似是自知說錯了話，急急說道：「大駕稍候，奴婢立時代你傳報。」

說完話，突然一振雙臂，身子疾飛而起，左手執拐杖，右手一探，抓住了一段樹枝，身子一翻，隱入大樹上枝葉密茂處，消失不見。

原來，谷道兩側，生了甚多大樹，守護谷道哨衛，都隱身在大樹之上。

片刻之後，突然響起了一陣號角聲，三短、兩長。

慕容雲笙心中暗道：「不知這號角聲是何用意。」

但聞不遠處，也響起了三短、兩長的號角，直向深谷中傳播過去。

那中年婦人又突然由樹上躍下，道：「奴婢已用急號傳入谷中，大駕請稍候片刻。」

慕容雲笙道：「此地我來往過數百次，形勢十分熟悉，不用等了。」舉步向谷中行去。

那中年婦人既不敢攔，又不敢放他入谷，急急退了兩步，仍擋住慕容雲笙身前，爲難道：「此刻，谷中已有了很多改變，埋伏機關，增加甚多，大駕如是不慎受傷，叫奴婢如何擔待。」

但聞蹄聲疾急，很快地馳近身側。

慕容雲笙抬頭看去，只見近身的坐騎，長頸帶角，竟然是一隻高大的梅花鹿。

鹿背上端坐著一個玉腿半裸，長髮垂肩，金兜裹身，雙臂無袖的艷美少女。

那鹿背少女，轉著一對水汪汪的大眼睛說道：「你是誰？」

慕容雲笙心中暗道：「我沉著一些，裝出一副淫邪的味道。」

當下一挺胸，冷冷說道：「妳不認識我，難道還瞧不出這身衣服嗎？」

那長髮少女打量了慕容雲笙身上衣著一眼，道：「這身衣服很花俏，但上面沒有名字啊。」

慕容雲笙冷笑一聲，道：「妳去回報你們谷主，就說玉郎君王秋回來了。」

那長髮少女道：「啊！玉郎君。唉！你這身花俏的衣服，我早該認出你來才是。」

翻身跳下鹿背，接道：「晚輩叫杏芳，是谷主的弟子，排名十二。晚輩常聽谷主提起大名，適才不知，多有開罪，還望老前輩多多原諒。」

慕容雲笙嗯了一聲道：「我還要等好久時間？」

杏芳道：「等什麼？」

慕容雲笙道：「接我的篷車。」

杏芳笑道：「如是老前輩想快入谷中，那就乘坐晚輩的坐騎，這隻鹿力量很大，足可以載我們兩人同行。」

慕容雲笙微微一笑，道：「好！咱們就雙乘吧！」縱身躍上鹿背。

杏芳緊隨躍起，人從慕容雲笙頭頂上掠過，坐在慕容雲笙的身前，微微一加胯勁，巨鹿放腿向前奔去。

哪知巨鹿一放步，杏芳卻借勢向後一仰身，嬌軀半偎在慕容雲笙的懷中。

慕容雲笙本待把她推開，但轉念一想，此刻身分乃是玉郎君王秋，那玉郎君本是風流成性的人物，豈能有見色不亂的定力，既然是扮他身分而來，何不放蕩一些。

心念一轉，索性伸出手去，一把抱緊了杏芳的柳腰。

杏芳嬌嚶一聲，回首笑道：「我聽大師姊說過，你是個玩世不恭的人，一生中享盡了艷福。」

慕容雲笙微微一笑，道：「區區一生，不愛名利，只喜美人，玉人在懷，絲竹悠揚，縱然是武林盟主，亦不易也。」

杏芳道：「我家師父，妒忌之心十分強烈，你和她相識之後，還敢胡鬧嗎？」

慕容雲笙哈哈一笑，道：「我王秋豈是受人管束的人，妳那師父雖然厲害，但對在下麼，她還要忍讓三分。」

杏芳道：「我那五師姊人比花嬌，貌羞明月，你和她……」

慕容雲笙急急咳了一聲，打斷了杏芳之言，接道：「這個麼，在下就不好意思了。」

杏芳道：「爲什麼？」

慕容雲笙道：「因爲她是玉蜂仙子的徒弟，她們平日見我，恭敬十分，在下身爲長輩，豈能老而不尊。」

但聞杏芳接道：「你對我如何？」

慕容雲笙道：「對妳麼，印象很好啊！」

杏芳道：「你胡說，五師姊好過我千百倍，你都不喜愛她，怎會喜愛我這樣的醜丫頭。」

慕容雲笙只覺很難回答，只好含含糊糊地應道：「妳和她有些不同。」

杏芳道：「哪裡不同了？」

慕容雲笙道：「妳熱情奔放，她卻是冷若冰霜。」

自然，慕容雲笙這番話，也不是全無根據，他已從那杏芳的口中，聽出了一點內情，她單提出那位五師姊，想來這位五師姊定然是一位很特殊的人物了。

但聞那杏芳緩緩說道：「不錯，五師姊在我們姊妹群中，是有些標新立異，不過，這幾年改得好多了。」

慕容雲笙道：「那倒是一樁很新奇的事了，可否講給我聽聽呢？」

杏芳道：「五師姊雖然有些怪，但她經過這幾年的磨練，人也改變了很多，已不復當年的

冷若冰霜了，前幾年，她還是很看不慣我們姊妹的作爲，不過，她不敢講，背人之後，卻對師父和師姊，有著很多閒話，但近來不講了。」

慕容雲笙道：「爲什麼？」

杏芳微微一笑，道：「因爲，她背後講的閒話，都被師父聽到了。」

慕容雲笙道：「聽到了又怎麼樣？」

杏芳道：「聽到了自然有辦法。就由師父做主，替五師姊找了一個情郎。」

慕容雲笙心中暗道：「玉蜂仙子，必然有所用心了。」心中念轉，口中卻追著問道：「那是個什麼樣的人物？」

杏芳道：「一個面目英俊的讀書公子。但可惜，他只嘗到了三個月的溫柔滋味，由洞房花燭那夜算起，整整三個月，就被師父下令殺了。」

慕容雲笙呆了一呆，道：「殺啦？」

杏芳道：「是的，殺了，五師姊爲那人哭了很久，雙目紅腫，傷心欲絕。」

慕容雲笙道：「以後呢？」

杏芳道：「以後麼，師父說再替五師姊找一個情郎，五師姊果然聽得高興起來，愁眉頓展，以後就開始了歡樂，不再見她愁眉苦臉，而且也和我們姊妹合得來些。」

談話之間，忽聽一陣嗡嗡之聲，傳入耳際。

慕容雲笙心中一動，道：「這是什麼聲音？」

杏芳動了一下眼睛，道：「怎麼？你忘了這是玉蜂的飛行聲音啊！」

慕容雲笙道：「十年之久了，未聽到這些聲音了。」

四四 玉蜂仙子

又行約一盞熱茶工夫，杏芳突然一收繩，低聲說道：「到了，前面那座高大的樓閣，就是師父所居的玉蜂宮了。」

慕容雲笙仔細看去，只見那廣大的樓閣，聳立於夜色之中，卻不見一點燈火，忍不住問道：「宮中一片幽暗，不見燈火，難道宮樓之中，無人守護嗎？」

杏芳笑道：「宮中燭光輝煌，我家師父正在宴客，只是門窗都有重簾掩遮，燈光無法透射出來罷了。」

慕容雲笙道：「妳師父歡宴何人？」

杏芳搖搖頭，低聲說道：「那些人我都不認識。」

慕容雲笙道：「妳家師父，可是常常的宴客嗎？」

杏芳搖搖頭道：「沒有，玉蜂谷中很少有客人來，就晚輩記憶，四年多來，從無一個客人造訪過，但近月之中，卻是連續不斷的有客人來。」

慕容雲笙心想再問，但又怕問得太多，露了馬腳，強自忍下，微微一笑，默然不語。

杏芳低聲說道：「現在，可要我去通報師父。」

慕容雲笙忖道：「玉蜂仙子突然大開了玉蜂谷的門戶，顯是靜極思動之癥，廳中人物，必

極龐雜，也許會有人認出我的身分，還是不去爲宜了。」

心中念轉，口中說道：「妳先帶我找一個地方坐坐，妳再去通報師父。」

杏芳嫣然一笑，道：「到我房中坐坐好嗎？」

慕容雲笙道：「好吧！妳替我帶路。」

杏芳轉身向前行去，一面低聲說道：「如是師父問起，你要承擔起來，就說你要到我房中去坐。」

慕容雲笙道：「好！就說我迫妳帶我來此。」

杏芳嫣然一笑，帶著慕容雲笙行到一處山壁之下，舉手一推，壁間突然出現了一座石門。

慕容雲笙凝目望去，只見洞中一片黑暗。

杏芳回過頭來，伸手牽住了慕容雲笙的左腕，低聲說道：「我牽你進去好嗎？」

慕容雲笙心中暗道：「這丫頭這點年紀，竟已是如此的膽大，這玉蜂谷中的淫風之烈，實是不難想像了。」

杏芳帶著慕容雲笙行入室中，燃起火燭。

只見錦榻繡被，軟綾繡壁，布置得十分雅緻。

杏芳微微一笑，道：「你在這裡休息吧！我去替你通報。」

慕容雲笙道：「你綺年玉貌，嬌柔動人，日後，我會對你們谷主說明，要妳到我身側服侍我。」

杏芳道：「希望不會騙我。」轉身緩步而去。

慕容雲笙目睹杏芳背影，逐漸遠去，心中暗暗忖道：這玉蜂谷中，淫風熾烈，置身於此，當真是步步陷阱，我實該小心一些才是，如能早些取到劍譜，還是早走為上。心中念轉，人卻伸手摸摸那郭雪君交給自己的藥物。

這時，突聞一陣步履之聲，傳了進來。慕容雲笙心頭一震，暗暗忖道：「這丫頭來去好快。」

凝目望去，只見一個身著綠衣綠裙的少女，緩步行了進來。敢情來人並非杏芳。

那綠衣女子，兩道秋波，盯注在慕容雲笙的臉上瞧了一陣，道：「你是什麼人？」

慕容雲笙重重咳了一聲，道：「在下麼，玉郎君王秋。」

那綠衣少女點點頭，突然舉步直行了過去。

慕容雲笙正想退避，忽然轉念一想。忖道：玉郎君豈是害怕女人的人，當下張臂迎向那綠衣少女。

那綠衣少女霍然停下腳步，道：「王叔叔不認識我了嗎？」

慕容雲笙微微一怔，暗道：「他叫我王叔叔，分明是我的晚輩了，而且，過去也必然和我相識，這得要小心應付才成。」

心中念轉，口中卻緩緩說道：「我離開這玉峰谷十年了吧！」

那綠衣少女點點頭道：「不錯。」

慕容雲笙緩緩說道：「我年紀大了，自然是沒有什麼改變，但你們都很年輕，十年來的改變太多了，我一時之間，如何能夠認得出來。」

綠衣少女緩緩說道：「王叔叔說的是，你離開之時，我還不足十歲啊！」

慕容雲笙藉燭火，打量那綠衣少女一眼，只見她柳眉鳳目，生得十分俊麗，不同的是，比杏芳少了那一股淫蕩之氣。

心中突然一動，暗道：「是了，這丫頭端莊清秀，大約是那位杏芳口中的五師姐。」當下說道：「你可是老五嗎？」

那綠衣少女微微一笑，道：「不錯啊！王叔叔還記得我。」

慕容雲笙道：「我只記得你是老五，卻忘了你的名字。」

綠衣少女笑道：「我叫蘭芳嘛。」

慕容雲笙道：「不錯，不錯，你叫蘭芳。」

蘭芳道：「今晚上該我當值，看到杏芳師妹鬼鬼祟祟的帶了一個人進來，想不到她竟然帶來了王叔叔。」

慕容雲笙心中忖道：我離谷之時，她還不足十歲，縱然心有記憶，也不會記得很多，盡可放心和她交談了。

但聞蘭芳接道：「你失蹤了很久，聽說你遭遇了不幸，師父爲此，傷心了很久。」

慕容雲笙道：「我被少林寺的和尚，抓去在寺中關了很久。」

蘭芳笑道：「原來如此，如是師父早知此訊，必然會冒萬死之險，進入少林寺中去救你了。」

慕容雲笙道：「少林寺中，很多武功高強的僧侶，你師父去了，也未必能夠救得了我。」語聲一頓，接道：「今夜中你師父宴客，不知都請的什麼人？」

蘭芳道：「來的客人很雜，有老有少，還有一個頭陀。」

慕容雲笙道：「杏芳已經替我通報進去，如若你師父還念舊情，只怕很快就會來接我了。」

蘭芳微微一笑，道：「師父兩個月前，還和我談起叔叔，看樣子，對你還眷戀很深。」

慕容雲笙長長吁一口氣，笑道：「我逃離少林寺，就回到玉蜂谷來，如是你師父早已把我忘去，那就大傷我的心了。」

蘭芳揚了揚眉兒，道：「叔叔放心，師父對你之情……」

突聞一陣急促的步履之聲奔了進來，打斷了蘭芳未完之言。

但聞杏芳大聲叫道：「老前輩，我們師父說……」

一眼瞥見那蘭芳，不禁一呆，急急欠身一禮，道：「小妹見過五師姊。」

蘭芳淡淡一笑，道：「姐姐當值，看到你帶人回來。不知是何許人物！所以，跑來查看一下。」

杏芳道：「小妹忽略了先該稟告姐姐一聲才是，還望姐姐不要生氣才好。」

蘭芳嫣然一笑，道：「你帶回來王叔叔，我高興還來不及，怎麼會生氣呢？」

杏芳微笑道：「你還認識王叔叔麼？」

蘭芳道：「自然是認識，不過，王叔叔已經不認識我了。」

慕容雲笙微微一笑，目光轉到杏芳的臉上，道：「你師父說什麼？」

蘭芳道：「事情真是巧極了，你如是今天不回來。江湖上就要掀起一場大風波了。」

慕容雲笙道：「怎麼回事？」

杏芳道：「今日來客之中，有一人知曉叔叔，被扣在少林手中，師父聞聽之下，大動無名之火，要帶人赴少林寺中，問罪要人。」

慕容雲笙道：「你師父一個人去嗎？」

杏芳道：「自然要帶著我們這些師姐妹了，還有今日來客之中，大都會爲師父助拳。」

慕容雲笙道：「你見過來客了，可知他們是哪一路的人物？」

杏芳道：「這個，晚輩就不知道了，不過，那裡面三教九流的人物都有。」

慕容雲笙心中暗暗發愁，忖道：「女兒幫計劃雖然周密，但她們卻料不到玉蜂仙子今夜大宴賓客，物以類聚，和玉蜂仙子來往的，大約也不會是什麼好人，這些人中，說不定有很多是那王秋的朋友，見了面難免要論起往事，我一點也不知曉，如何回答他們呢？」

但聞那杏芳低聲說道：「師父聽我報告，知你回來玉蜂谷中，心中歡樂萬分，要我請你到大廳中，和那些賓客相見，也好把你逃出少林寺的經過，在那些人面前炫耀一番。」

慕容雲笙道：「被人生擒囚禁，乃是大爲丟臉的事，有什麼好向人炫耀呢？」

杏芳道：「這個晚輩沒有想到，但師父要你到大廳中去。」

慕容雲笙搖搖頭，道：「我不去。」

杏芳一驚，道：「爲什麼？」

慕容雲笙道：「我爲少林和尚囚禁一事，廳中既已有人知曉，還有何顏見人。」

杏芳道：「那要我如何回報師父？」

慕容雲笙沉吟了一陣，道：「你去告訴令師，就說宴會散去之後，我再和她見面。」

杏芳望望蘭芳，滿臉茫然困惑之色。

蘭芳淡淡一笑，道：「不要緊，師父脾氣雖然壞，但她對王叔叔是十分忍讓，你儘管去告訴師父。」

杏芳點點頭道：「姐姐吩咐，自然是不會錯了。」轉身向前行去。

慕容雲笙望著杏芳遠去的背影，輕輕歎息一聲，道：「你師父還在原來的地方住嗎？」

蘭芳道：「不錯，還住在原來的地方。」

慕容雲笙長長吁一口氣，道：「十年啦，只怕我已經記不得去路了。」

蘭芳微微一笑道：「怎麼會呢？你在那地方住了很多年。」

慕容雲笙心頭一凜，暗道：這丫頭倒是甚富有心機，竟是不肯說出玉蜂仙子居住之地，不可太過大意。

當下微微一笑，道：「自然看過四周形勢，還會記起來了。」

蘭芳道：「王叔叔，晚輩想起一件事，很想問問你，不知道該是不該。」

慕容雲笙心中暗在警惕，口中卻笑道：「什麼事，但說不妨。」

蘭芳道：「王叔叔這些年，一直被囚在少林寺中嗎？」

慕容雲笙道：「是啊！我一直被他們關在一座秘室之中，和外間隔絕。」

蘭芳淡淡一笑，道：「我總覺著王叔叔和過去有些不同了。」

慕容雲笙道：「哪裡不對了？」

蘭芳道：「很多地方不對，不是叔叔變化了氣質，就是……」

慕容雲笙冷冷說道：「就是什麼？」

蘭芳道：「就是，就是冒名而來。」

慕容雲笙心中一涼，道：「你說什麼？」突然伸手抓住了蘭芳的右手。
蘭芳冷冷說道：「你離開了玉蜂谷十年，十年的變化很大，你就是真的王叔叔，也不能隨便出手殺我。」
慕容雲笙道：「殺了妳，至多和妳師父吵一架，我不信她會把我攆出玉蜂谷。」
蘭芳道：「你如是真的王叔叔，你就沒有這個膽量殺我。」
慕容雲笙怔了一怔，盡量保持著鎮靜，道：「爲什麼？」
蘭芳道：「因爲王叔叔……」
只聽一陣快速的步履聲，傳入耳際，慕容雲笙放開了蘭芳的右腕。
只見杏芳急急奔了進來。
慕容雲笙道：「你師父怎麼說？」
杏芳道：「師父說，請你去大廳一趟。」
慕容雲笙道：「爲什麼？」
杏芳道：「因爲師父在廳中賓客之前，宣佈了這件事，你如不去，那就大失她的顏面了。」
慕容雲笙略一沉吟，道：「好吧！你帶我同去。」
杏芳望了蘭芳一眼，道：「姐姐，我已經告訴師父了，說妳陪著王叔叔。」
蘭芳道：「師父怎麼說？」
杏芳道：「師父說，要妳一起去。」
蘭芳道：「我在當值……」

杏芳接道：「師父已經派人替你了。」

蘭芳道：「既然如此，我們一起去。」

杏芳帶路，慕容雲笙走在中間，蘭芳走在最後。

這時，慕容雲笙心中已對蘭芳有了很大的警惕之心，忖道：看來，這丫頭早已對我動了懷疑，她如同到大廳，告訴了玉蜂仙子，那可是一樁很大的麻煩事了。

只聽蘭芳柔聲說道：「王叔叔，你雖然離開了玉蜂谷十年，但師父卻一點也不見老。」

慕容雲笙應道：「令師內功深厚，十年歲月，自然不會有什麼大變了。」

心中卻在暗自盤算道：這丫頭言語之中，分明弦外有音，但我卻聽不明她用意何在？如若我在玉蜂谷中被人識破，定然和這丫頭的關係很大了。

忖思之間，已然行到大廳之前。

但見杏芳用手一推木門，呀然而開。

一道強烈的燈光，直射出來。

慕容雲笙凝目望去，只見大廳中燭光煌輝，分擺了四桌酒席。

杏芳微微一笑，欠身說道：「叔叔請。」

慕容雲笙一挺身，昂首闊步，行入大廳。

蘭芳、杏芳，魚貫相隨著行入大廳。

慕容雲笙目光一轉，只見正中一張席位上，端坐著一個翠紗披肩的中年婦人。

雖是中年婦人，但有著一股動人的魅力。
心中暗道：「大約這女人就是玉峰仙子了。」
只見那身披翠紗的中年婦人，緩緩站起身子，道：「玉郎別來無恙，十年不見，你仍和過去一般的英俊。」
慕容雲笙道：「少林寺的僧侶，把我囚禁了十年，十年之中，我一直在面壁調息，內功方面，倒是有了一點進境。」
目光轉動，藉機打量了廳中群豪一眼，只見玉蜂仙子席位之上，除了玉蜂仙子之外，還有一個身著藍衫的中年人，坐在玉峰仙子對面。
那人端坐在原位之上，舉杯自斟自飲，竟然連頭也未回一次。
大約這是一位主客，另外三桌之上，每桌上坐有四個人。
玉蜂仙子伸手牽起慕容雲笙的右腕。道：「玉郎君，我來替你引見幾位朋友。」
牽著慕容雲笙並肩而坐。
那中年文士坐在慕容雲笙的對面，始終未抬頭望過慕容雲笙一眼。
玉峰仙子望了那中年文士一眼，笑道：「這位就是我剛剛提過的玉郎君王秋了。」
那中年文士抬頭望了慕容雲笙一眼，微一頷首，道：「久聞大名，今日幸會。」
慕容雲笙緩緩說道：「不敢，不敢，閣下怎麼稱呼。」
王蜂仙子接道：「三聖門中的法輪堂堂主……」
那中年文士急急接道：「仙子，在下應該敬王兄一杯。」
舉起酒杯，道：「王兄請啊！」

慕容雲笙舉杯應道：「在下奉陪。」

心中卻在暗暗忖道：他似是很怕玉蜂仙子說出他的姓名，不知是何用心。

但聞玉蜂仙子說道：「玉郎，你今夜回來了，如是還未回來，我就投入三聖門下了。」

中年文士道：「現在呢？仙子可是想變卦了。」

玉蜂仙子笑道：「變卦倒不是，只是想晚去幾天。之前我答應參加你們三聖門，用心就在爲了拯救玉郎君，如今他已經回來了，所以……」

中年文士淡淡一笑，道：「所以，仙子就要悔約……」

拂髯一笑道：「這是一場豪賭，我們下了很大的籌碼，如是王兄不回來，我們要盡出精英，衝進少林寺去，拯救王兄，少林寺一向被武林人物視作泰山北斗，我們要直接和少林寺中僧侶衝突，想想看，這場廝殺，是何等凶慘，只換仙子一言。」

玉蜂仙子接道：「但我沒有悔約啊！只有延緩幾日而已。」

中年文士略一沉吟，道：「這麼吧！在下擅自做主，改作明日午時動身如何？」

玉蜂仙子搖搖頭，道：「我和玉郎十年不見，不知有好多話要說，賤妾不明白，晚上幾日，對貴門有何不妥？」

中年文士道：「三聖輕易不見外人，因爲仙子的名氣太大，因此破例接見，如是要他在約定之處等候仙子，那就未免太過份了。」

玉蜂仙子笑道：「堂主言重了，不過，有一件事，在下想先作說明。在我沒有投入三聖門下之前，似是還用不著遵守三聖門的規戒，三聖的尊嚴，賤妾似乎也沒有爲他維持的必要。」

中年文士臉色一變，道：「聽仙子的意思，似乎是非要毀約不可了。」

站起身子，緩緩說道：「希望仙子能夠多做考慮，免得一步走錯，落得終身大恨。」

玉蜂仙子微微一笑，道：「好吧！我今夜裡仔細的想一想，如是我覺著應該去，我們就在玉蜂谷口處見面。如是賤妾過了中午不去，那就是沒有想通。」

中年文士道：「好吧！過了中午，咱們仍然不見仙子，那就是仙子決定悔約了。」

舉手一揮，道：「咱們走！」當先舉步向前行去。

但見席位上坐的群豪，齊齊站起身子，緊隨那中年文士身後而去。

片刻，整個大廳中的佳賓，走得一個不剩。

玉蜂仙子回顧了慕容雲笙一眼，笑道：「你如今日不回來，我真要加入三聖門了。」

慕容雲笙道：「此刻呢？妳真的要悔約不成？」

玉蜂仙子道：「不錯，我要悔約。」

慕容雲笙接道：「我沿途之上，聽得傳言，三聖門實力強大，屬下高手雲集，咱們這玉蜂谷，豈是三聖門的敵手？」

玉蜂仙子道：「他們如敢來玉蜂谷，此刻我哪裡還是自由之身，只怕早已被他們迫入三聖門下了。」

慕容雲笙道：「難道就靠妳那幾箱玉蜂，能夠阻攔三聖門中的高手嗎？」

玉蜂仙子笑道：「現在何止百蜂，只要我一聲令下，玉蜂谷中頃刻間，可擁出百萬玉蜂，遮天蔽日、景物變色，武功再強的高人，也將死傷在玉蜂針毒之下。」

慕容雲笙道：「妳怎麼會和三聖門搭上線呢？」

玉蜂仙子道：「還不都是爲了你，三聖門中人找上門來，說你被困在少林寺中，要我和他們合作，他們負責把你救出少林寺。」
慕容雲笙微微一笑，道：「三聖門中的耳目，果然是靈敏得很。」
玉蜂仙子似是突然想起了什麼，兩道眼神盯注在慕容雲笙的臉上瞧著。
慕容雲笙心中暗暗震駭，忖道：「難道被她瞧出了什麼破綻不成？」
心中念轉，口中卻說道：「妳瞧什麼？十餘年，難道我有些變了嗎？」
玉蜂仙子道：「玉郎，我瞧你似乎是越長越年輕了。」
慕容雲笙微微一笑，道：「我被他們囚禁了十年，這十年中，別無所成，但終日靜坐，使內功增進不少，大概是這個原因了。」
玉蜂仙子緩緩把嬌軀偎入慕容雲笙懷中，說道：「玉郎，我呢？是不是老了一點？」
慕容雲笙眼看廳中甚多使女，本能地伸出手去，想把玉蜂仙子推開，但雙手觸到玉蜂仙子的肌膚時，心中突然一動。暗道：「我如把她推開，那就不是玉郎君了。」
伸出雙手突然一合，把玉蜂仙子攬入了懷中，說道：「還是和過去一樣。」
玉蜂仙子輕輕嘆息一聲，道：「說也奇怪，我是見異思遷，喜新厭舊的人，不知為什麼，我竟會對你迷戀如此之深。」
慕容雲笙道：「我也一樣啊！除妳之外，再沒有一個女人，能在我心中留下難忘的印象。」
玉蜂仙子挺直嬌軀，牽起了慕容雲笙的右腕，緩緩說道：「走吧！咱們到後面談吧！」
慕容雲笙心中暗暗喜道：「我正擔心找不到她的宿住之處，這一來，倒可省去我不少煩惱了。」

玉蜂仙子牽著慕容雲笙大步向前行去，一面低聲笑道：「不用擔心，就算三聖門真的和我們作對，也不用害怕他們，至多咱們不離開玉蜂谷就是，我相信目下武林中人，還沒有一人具有抗拒這百萬玉蜂之能。」

談話之間，已經來到了一座雅室。

玉蜂仙子輕輕在木門下敲了兩下木門呀然而開。

慕容雲笙凝目望去，只見那雅室中燈光隱隱，四壁一片翠綠。

玉蜂仙子笑道：「室中布置，還和你去時一般模樣，只是顏色、家具，更換成新的而已。」

挽著慕容雲笙的手臂，直入臥室。

只見室中布置，甚具匠心，綠綾幔壁，不見雜色，地上也有著很厚的翠綠毛氈，一張紫檀木雕花大床，緊倚後壁而放，室中四角，四盞地燈，也都輕紗遮起，光線十分柔和。

玉蜂仙子揮揮手，兩個俏麗的女婢，欠身退了出去。

慕容雲笙回頭一望，笑道：「想不到十年後，我還能重回舊地，再溫鴛夢，真有如登仙界，如歸故鄉之感。」

玉蜂仙子伸手搬過一個錦墩，笑道：「坐下吧！我去換件衣服，再來陪你說話。」

慕容雲笙抓住了玉蜂仙子的玉腕，道：「不用了，我有很多話要對妳說。」

玉蜂仙子笑道：「急什麼呢？來日方長，此後我要你陪著我一生一世，再也不放你一個人離開玉蜂谷了。」

慕容雲笙先是一楞，繼而淡淡一笑，道：「不行，妳明天就要離開了。」

玉蜂仙子道：「為什麼？」

慕容雲笙道：「我替妳想了又想，覺著還是不應該得罪三聖門，據我所知，三聖門的勢力太大了，咱們不宜樹此強敵。」

玉蜂仙子道：「你的意思，可是想要我投入三聖門中嗎？你當真捨得我離開嗎？」

慕容雲笙搖搖頭，道：「自然是不捨得了，但妳要遵守信諾，赴約三聖門，辭謝大護法，常駐玉蜂谷。咱們既可常相廝守，又不致開罪三聖門了。」

玉蜂仙子略一沉吟，道：「好吧！明日午時，我去見他，不過，我心中有些害怕。」

慕容雲笙道：「妳怕什麼？」

玉蜂仙子道：「據說三聖門中人，一向只問目的不擇手段，在玉蜂谷我不怕他們，如是出了玉蜂谷，那情形不同了，單憑武功，我決不是三聖門中的敵手。」

慕容雲笙皺皺眉頭，道：「我倒有一個法子。妳明日出谷時，設法帶著幾名武功高強的弟子，各攜玉蜂兩籠，萬一鬧翻動手時，妳就設法放出玉蜂，對付他們。」

玉蜂仙子笑道：「果然是好主意，你一路奔行來此，想必已十分疲倦，咱們早些安歇吧！」

慕容雲笙心頭一震，暗道：「要糟，如若和她同臥一榻，勢必要肌膚相觸，那時，如若過於自制，必然要露出馬腳了……」

心中念頭急轉，終於被他想出了一個救急的法子來。

當下說道：「我這一路奔行，廢寢忘食，未見妳之前，心中急於見妳，早已把饑餓忘去，此刻，心神定了下來，倒覺著有些饑餓難耐了。」

玉蜂仙子道：「唉！怎麼不早說呢？」舉手互擊兩掌。

只聽木門呀然，一個青衣女婢，推門行了進來，欠身說道：「仙子有何吩咐？」

玉蜂仙子道：「燙一壺酒，準備幾樣可口小菜。」

青衣女婢應了一聲，欠身而去。

玉蜂仙子道：「谷中有陳年花雕，其味甚醇，今晚上，咱們都喝它個七成醉意。」

慕容雲笙隨口應道：「我的酒量不行……」

玉蜂仙子微微一怔，雙目盯注慕容雲笙的臉上，瞧了半天，才緩緩說道：「你不會喝酒了？」

慕容雲笙心知說錯了話，但一時之間，卻又無法改口，緩緩說道：「我在少林手中關了十年，這十年之內，酒未沾唇，自己的酒量如何，實在無法預料了。」

玉蜂仙子淡淡一笑，道：「你離開了少林寺，也未曾喝過一點酒嗎？」

慕容雲笙道：「沒有，我心中惦念著妳，匆匆趕回玉蜂谷來，無暇飲酒。」

玉蜂仙子淡淡一笑，道：「你這等負心漢，竟變得如此多情了，唉！此言出你之口，縱然是謊言，也很美麗動聽了。」

慕容雲笙道：「看來妳還是和昔年一般多疑。」

但聞一陣木門呀然，兩個女婢魚貫而入。

當先一個女婢，捧著一個瓷碗，後面女婢，捧著一個木盤，木盤上放著四樣小菜和一壺熱酒。瓷碗中，滿滿的一碗麵。

慕容雲笙似是真的有些饑餓，伸手接過麵碗，立時大吃起來。

片刻之間，一碗麵被他吃個點滴不剩。

玉蜂仙子長長吁一口氣，無限溫柔地說道：「你的確很餓了。」

伸出皓腕，挽起酒壺，替慕容雲笙斟滿了一杯酒，道：「玉郎，吃杯酒吧！」

慕容雲笙心知如再推辭，必將引起玉蜂仙子的懷疑，當下端起酒杯，道：「咱們好久不見了，乾一杯吧！」

玉蜂仙子緩緩偎入慕容雲笙的懷中，道：「玉郎，你真的變了。你回入谷中之後，未對我說一句甜言蜜語，也沒有像過去一般，對我有狂放的舉動。」

慕容雲笙道：「是變得好了，還是壞了？」

玉蜂仙子道：「自然是變得好了，變得穩健了，使人有著可托終身的感覺。」

慕容雲笙道：「一個人被囚禁了十年之久，豈有不變之理。」

玉蜂仙子嘆道：「唉！你變得這樣好了，我實在不願再投入三聖門中，我要留在玉蜂谷中，生上幾個孩子，好好的相夫教子。」

乾了杯中之酒，牽著慕容雲笙，緩步向榻邊行去。

慕容雲笙心中大爲焦急，暗道：「行入了羅幃帳中，以後的事，就很難應付了。」

想到了緊張之處，不禁全身爲之顫抖起來。

四五　順利得手

正值慕容雲笙無法應付玉蜂仙子的緊要關頭，忽聽一陣急促的步履聲，傳了過來，緊接著響起了一個女子的聲音，道：「師父在嗎？弟子蘭芳。」

慕容雲笙心中暗道：「希望這玉蜂谷中，發生一點變故才好。」

玉蜂仙子道：「妳進來吧！」

只聽呀然輕響，蘭芳推門而入，緩緩向前行了兩步，欠身一禮道：「弟子當值……」

玉蜂仙子道：「刪繁從簡，告訴我發生了什麼事了。」

蘭芳道：「弟子聽到異聲，回顧不見人影，不放心，仔細一查，發覺了兩個守寶庫的女婢，不知何時被人殺死。」

玉蜂仙子一皺眉頭，道：「寶庫可曾被人打開？」

蘭芳道：「沒有，寶庫石門緊閉。」

慕容雲笙接道：「有此大變，咱們且不可等閒視之，要仔細的搜查一下。」

玉蜂仙子點點頭，目光轉到蘭芳身上，道：「妳可曾派人搜查過？」

蘭芳道：「沒有，特來稟報師父，恭請裁奪。」

玉蜂仙子道：「下令要他們各就對敵之位，其餘的人全體動員，仔細收查。」

蘭芳應了一聲，轉身而去。

玉蜂仙子回顧了慕容雲笙一眼，道：「玉郎，我要去瞧瞧了，你一路奔行，不用勞累了，在這裡等我，我很快就回來了。」

慕容雲笙略一沉吟，道：「好！妳快去快來，如是遇上強敵，無法脫手，就派個女婢來知會我一聲，我也好趕去幫忙。」

玉蜂仙子道：「大約還不致於勞動到你，我們這玉蜂谷中，憑仗的就是玉蜂，如是來人真的是武林高手，我就放出玉蜂對付他們。」轉身奔了出去。

慕容雲笙目睹玉蜂仙子去後，暗暗忖道：「聽那郭雪君講，女兒幫中的劍譜，就在玉蜂仙子臥室壁間，一座隱密的機關之中，但這四壁綾幔，如何去找機關暗門，再說她既有寶庫之設，也許早已把女兒幫的劍譜，送到那寶庫之中了。」

心中念轉，人卻舉步行到榻邊，伸手在壁間敲打起來。

手指觸處，果然覺出壁間有一些空隙，不禁心中一喜，暗道：「如能順利取得女兒幫中的劍譜，倒可趁那玉蜂仙子沒有回來之前，離開此地。」

正猶豫間，突聞木門呀然，一個女婢推門而入。

慕容雲笙轉目望去，只見那女婢年約十五、六歲，身著勁裝，背插長劍，雙目凝注在慕容雲笙的臉上，緩緩說道：「你要幹什麼？」

慕容雲笙心中一驚，暗道：「原來，她早已派了人在暗中監視著我，事已至此，必得沉著應付才成。」

心中念轉，口中卻冷冷說道：「妳是什麼身分？」

那女婢淡淡一笑，道：「我是仙子的隨身女婢。」

慕容雲笙舉步向那女婢行去，微笑著說道：「妳不認識我嗎？」

那女婢年紀雖小，但卻十分機警，緩緩向後退了兩步，道：「閣下有什麼吩咐，只管請說，賤妾是女婢身分，不敢和閣下距離太近。」

慕容雲笙心中暗道：「這丫頭年紀不大，但警惕之心，卻是很高，倒是不可大意。」心中念轉，人卻停下了腳步，淡淡一笑，道：「妳追隨仙子很久了，是嗎？」

勁裝女婢笑道：「不算太久，還未到三年。」

慕容雲笙道：「姑娘從何處來此？」

勁裝女婢笑道：「賤妾由東西南北四方來。」

慕容雲笙微微一怔，道：「這幾日雲雨雷電連綿大雨……」

那女婢不待慕容雲笙把話說完，一欠身接口說道：「小婢編號三十七。」

慕容雲笙望了那女婢一眼，緩緩說道：「玉郎非為採花來。」

那勁裝女婢突然急步行近慕容雲笙，道：「小婢敬候吩咐。」

慕容雲笙暗道：「女兒幫中人果然厲害，竟然能將門下弟子混到玉蜂仙子身側。」心中暗自讚揚，口中卻說道：「姑娘可知這暗門開啓之法嗎？」

勁裝女婢道：「這壁間暗門，乃是一個巧手鐵匠打造，據說費了很久的時間，才造成一座存放寶物的暗室，一共留下兩把鑰匙，一把由玉蜂仙子珍藏起來，一把帶在她的身上。」

慕容雲笙道：「妳到此時間甚久，又很得那玉蜂仙子的寵信，為什麼不設法開那暗門，取出貴幫中的劍譜？」

勁裝少女道：「賤妾已用了很多心機，但那鑰匙，一直帶在仙子身上，無法取得。」
慕容雲笙道：「原來她如此小心。」
勁裝女婢一欠身，道：「賤妾不能在此地多留，還望公子保重，但我會隨時守在室外，聽候公子的吩咐。」言罷，也不待慕容雲笙答話，轉身退了出去。
慕容雲笙小心翼翼地取出了身上藏的藥物，準備妥當，毀去了所有的痕跡。
大約過了有一盞熱茶工夫，玉蜂仙子突然急步行了進來。
慕容雲笙急急迎了上去，道：「怎麼樣？找到了兇手沒有？」
玉蜂仙子搖搖頭，道：「還沒有找到，我已經下令全谷搜查了。」
慕容雲笙道：「要不要我去幫忙？」
玉蜂仙子道：「不用了，我趕回來就是爲了陪你……」
慕容雲笙心中早有計劃，不再有驚慌之感，抱起玉蜂仙子柳腰，向榻邊行去。
玉蜂仙子星目半合，臉上泛現一片幸福的光輝。
慕容雲笙行近木榻時，伸出左手，抱住了玉蜂仙子的粉頸，右手卻突然騰開，回手點中了玉蜂仙子肩井穴。
玉蜂仙子萬萬沒有想到，對方正在柔情蜜意之中，竟然會突施暗算，不禁一呆。
慕容雲笙左手順勢一帶，把玉蜂仙子推倒木榻之上，緩緩說道：「仙子如不想死，那就不要高聲呼叫。」
玉蜂仙子輕輕嘆息一聲，道：「我早該瞧出你不是玉郎君王秋，但我卻被鬼迷了心竅，你幾次都露出了破綻，只怪我太過大意，竟然忽略了過去。」

慕容雲笙道：「可惜現在太晚了。」

玉蜂仙子道：「告訴我你的真正身分，是不是三聖門中人？」

慕容雲笙道：「區區不願說謊，此事歉難奉告。但在下另有一事求仙子。」

語聲一頓，接道：「妳打開壁間秘門，在下要取兩件物品帶走。」

玉蜂仙子道：「看來你對我玉蜂谷中的形勢，摸得很清楚。」

慕容雲笙微微一笑，道：「是的，那秘門和鑰匙的存放之處，在下都很清楚，希望仙子合作。」

玉蜂仙子道：「你倒說說看，我鑰匙放在何處？」

慕容雲笙道：「放在妳褲帶之上。」

玉蜂仙子微微一怔，道：「好吧！看來我只有合作一途了，你自己動手取鑰匙吧！」

慕容雲笙撩開玉蜂仙子的羅裙，取出鑰匙，道：「如何開啓秘門。」

玉蜂仙子道：「取開綾壁，即可見一片顏色稍深的牆壁，用掌力右轉三次，石壁間即可出現一個半寸深淺，兩寸見方的凹槽，然後，插入鑰匙，左轉三下，石門自開。」

慕容雲笙依言施爲，果然開了秘門，只見那深入壁間的小室中，放了四本書冊，和兩個玉瓶。

兩個玉瓶一般顏色，也不知瓶中放的何物，慕容雲笙取出一個玉瓶，再把四本書冊，一起盡都藏入了懷中，掩上秘門，長長吁一口氣，道：「想不到如此順利。」

玉蜂仙子道：「我玉蜂仙子很合作是嗎？」

慕容雲笙道：「不錯，在下是感激不盡。」

玉蜂仙子接道：「是不是女兒幫請你來此？」

慕容雲笙怔了一怔，道：「妳猜的不錯。」

玉蜂仙子道：「那你此刻要如何處置我呢？」

慕容雲笙道：「咱們往日無怨，近日無仇，我也不願傷害妳，但妳要答應我一件事，放我離開玉蜂谷。」

玉蜂仙子緩緩說道：「我可以答應你，但我也有一個條件。」

慕容雲笙道：「仙子請說吧！」

玉蜂仙子道：「我希望再見你一次，而且你要以真正面目，和我會面。」

慕容雲笙道：「在玉蜂谷嗎？」

玉蜂仙子道：「時間、地點，由你選擇，賤妾決定獨身一人，趕去赴約。」

慕容雲笙略一沉吟，道：「可以，但時間、地點，要我如何通知妳？」

玉蜂仙子道：「那很容易，只要寫一信，派人送到玉蜂谷來就行了，你如是不放心，信上不用說明地點，只要告訴我到哪裡等你的消息就是。」

慕容雲笙微微一笑，道：「妳倒是很遷就我啊！」

玉蜂仙子道：「我一生中，從沒有遇到像今日一般的挫敗，使我體會到了一件事。」

慕容雲笙道：「什麼事？」

玉蜂仙子道：「體會到情字誤人。」

慕容雲笙道：「在下要走了，仙子有什麼話，咱們以後見面再談。」

玉蜂仙子點點頭，道：「你去吧！」

慕容雲笙道：「我能夠安然離開此地嗎？」

玉蜂仙子道：「我那梳妝台上，有一面令牌，你帶在身上，以備不時之需，萬一有人查問你時，你取出腰牌，說我有要事遣你出谷。」

慕容雲笙行近梳妝台，果見令牌一面，取過藏好，一拱手，道：「仙子保重。」伸手點向玉蜂仙子啞穴，轉身向外行去。

只見那年輕女婢，身佩長劍，守候在門外暗影之中，道：「得手了嗎？」

慕容雲笙道：「出我意外的順利。」

那年輕女婢道：「可要小婢助公子一臂之力。」

慕容雲笙道：「希望姑娘替在下找一匹坐騎。」

年輕女婢道：「早已備齊，公子請隨我來。」

帶著慕容雲笙行到了一處山壁之下，接道：「轉過山角，就有一匹健馬。」

慕容雲笙微微一笑，道：「多謝幫忙。」

轉過一個山角，果然見一匹健馬，拴在山崖下一株小樹之上。

慕容雲笙解開韁繩，縱身上馬，直向谷外奔去，沿途之上，竟然全無阻攔之人。

出得玉蜂谷，折轉馬頭，奔向那茅舍之中而去。

行約一半，突見人影一閃，由道旁大樹後，躍下一人。

那人穿著黑色勁裝，攔在馬頭前面，低聲說道：「慕容公子嗎？」

慕容雲笙已聽出是郭雪君的聲音，一勒馬，縱身而下，道：「正是區區。」

未辱命。」

郭雪君欠身一禮，道：「公子辛苦了？」

慕容雲笙道：「貴幫中人，在玉蜂谷中，布置得實力很強，處處都有人助我，所以才能幸

郭雪君道：「主要的還是靠公子之力，制服了玉蜂仙子。」

慕容雲笙輕輕嘆息一聲，道：「我取了她的劍譜，只怕要逼她投入三聖門中了。」

郭雪君道：「公子不來，她也一樣的要投入三聖門中啊。」

慕容雲笙緩緩從懷中取出了四本冊子和一個玉瓶，道：「那玉蜂仙子壁間暗門珍藏之物，就只是這幾本書，姑娘拿去看吧！哪一本是妳們女兒幫中之物。」

郭雪君接過冊本、玉瓶，略一瞧看，又欠身一禮，道：「多謝公子。」

慕容雲笙怔了一怔，暗道：「她怎麼連玉瓶一起拿去……」

心中念轉，口中卻不好說出。

郭雪君似是已經瞧出了慕容雲笙的心意，淡淡一笑，接道：「這些劍譜拳錄，賤妾亦無法明瞭，必須得呈報過敝幫的幫主才成。」

慕容雲笙微微一笑，道：「也許貴幫主第一次看到在下時，已決定要在下為貴幫一效此勞，所以貴幫中人，三番五次的對在下暗施援手，這次在下為貴幫效勞，也算是一報貴幫之情了。」

郭雪君笑道：「我想敝幫主和公子見面時，對公子總會有個交代。」

慕容雲笙道：「那是以後的事，以後再說吧。區區現在告辭了。」

郭雪君怔了一怔，道：「公子，賤妾已備下了慶功酒會……」

慕容雲笙接道：「不用了，只望貴幫能夠賜借良馬一匹，在下就要上路。」

郭雪君道：「酒席早備，還望公子賞臉，明晨一早，賤妾送公子登程。」

慕容雲笙道：「貴幫主是否也參加那場爲在下舉行的慶功酒會呢？」

郭雪君略一沉吟，道：「這個麼，賤妾很難答覆，我不知道敝幫主是否會在酒會時刻趕到。」

慕容雲笙道：「如是貴幫主不能趕來，那就省事算了，在下也不願參加什麼酒會了。」

郭雪君淡淡一笑，道：「如是公子肯參與我等舉行的酒會，談笑樽前，賤妾和公子這番合作，自然是十分歡洽，所以懇請公子參加，也算給賤妾一個面子了。」

慕容雲笙淡淡一笑，道：「好吧！在下答應姑娘。不過，在下仍然希望在酒會之上，能夠見到貴幫主。」

郭雪君道：「賤妾盡量設法，好麼？且讓賤妾爲公子帶路。」轉身向前行去。

繞過一個山彎，只見一輛篷車，停在道中。

郭雪君道：「公子請上車吧！」

慕容雲笙望了那篷車一眼，啓簾登上篷車。

但聞輪聲轆轆，篷車疾快地向前奔去。

慕容雲笙自行閉上雙目，倚在車欄之上休息。

不知行了多久，篷車突然停了下來。

慕容雲笙睜眼看去，只見垂簾已開，郭雪君早已在車前相候。

下了篷車，眼前是一座高大的宅院，大門早已開啓，兩個青衣少女，各自執著一盞燈籠，分站大門兩側。

郭雪君低聲道：「廳中酒席已經擺好，但等公子大駕入席，就可以開筵了。」

慕容雲笙頷首一笑，道：「我不過是一個流浪江湖的人，貴幫這等厚愛，隆重至此，倒叫在下有些不安了。」

郭雪君笑道：「這不過是略表敬意的接風小菜，敝幫主曾經許過一個心願，公子爲本門取得劍譜後，她還要爲公子舉行一次前無古人的豪華盛宴。」

兩人談話之間，已經登上石級，行入大門。

郭雪君道：「賤妾爲公子帶路。」搶先一步，行到了慕容雲笙前面，直奔大廳。

推門望去，但見燭火輝煌，寬敞的大廳中，擺了五桌酒席。

八個身著白衣的美艷少女，齊齊迎了上來。

郭雪君側行兩步，低聲說道：「這位就是慕容公子。」

八個白衣女齊齊欠身一禮，道：「見過公子。」

郭雪君低聲說道：「這是敝幫中的弦管八姬，她們的弦管樂音，和婉轉歌喉，可謂當代一絕，酒菜開始之後，她們將各展所能，以娛公子。」

慕容雲笙一抱拳，道：「這個讓在下如何敢當。」

郭雪君帶著慕容雲笙，在中間一桌席位之上落座。

只聞郭雪君提高聲音道：「貴賓已到，諸位姐妹，也請入席了。」

但聞弦樂揚起，大廳兩側，突然開啓了兩扇木門。

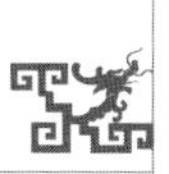

只覺眼睛一花，兩行麗人，分由門中緩步行了出來。

慕容雲笙凝目望去，只見兩側行出的麗人，一個個濃妝艷服，長裙曳地，每行十二人，娉娉婷婷地行入大廳。

二十四位麗人，八個一桌，分佔了三桌席位，弦管八姬，坐了一桌。

二十四個盛裝麗人，和八個白衣歌姬，一個個都生得美貌如花，眾星捧月一般，把慕容雲笙圍在中間。

慕容雲笙左顧右盼，有些飄飄然，也有些忐忑不安。

郭雪君當先舉起手中酒杯，道：「公子為我女兒幫取回劍譜，本幫白幫主起無不感激萬分，賤妾這杯水酒，聊表萬一，公子請乾了吧！」

慕容雲笙只覺盛情難卻，端起酒杯，道：「姑娘，我量淺。」一飲而盡。

但聞鶯聲燕語，二十四麗人，齊齊站起，各自端著酒杯，款款蓮步行過來。

突見左首麗人，輕啟櫻唇，自口中飄出婉轉一縷清音，道：「賤妾誠心敬酒，希望公子賞臉。賤妾先乾為敬。」

慕容雲笙無可奈何地舉起酒杯，一飲而盡。

這一杯不打緊，二十四位麗人，連續開始敬酒，每人都說出了一遍堂皇的理由，使得慕容雲笙欲拒不能。

喝完了二十四杯酒，慕容雲笙已然有了醉意，當著數十位麗人之前，慕容雲笙又不便用內功逼出腹中之酒，只好勉強忍耐著坐下去。

郭雪君微微一笑道：「公子，醉得厲害嗎？」

慕容雲笙連連搖頭，說道：「還好，還好！」

郭雪君道：「公子如是醉了，還是早些休息，明日再爲公子輕歌曼舞一番，也是一樣。」

慕容雲笙站起身子，道：「我還沒醉啊……」

只覺一陣天旋地轉，頭重腳輕地向地上栽去。

郭雪君一伸手，扶住了慕容雲笙，道：「公子醉了，休息去吧！」

慕容雲笙迷糊中，被人抬入了一座雅室之中，沉醉中，不知過去了多少時間。

醒來時，只見自己躺在一張雕花木榻之上。

目光轉動，只見房中一色白，白氈地，白綾幔壁，榻上白單如雪，身掩白綾被。

凝目沉思，昨宵情景，歷歷如繪，想到了自己酒醉之後，不禁一跳而起。

只見軟簾啓動，郭雪君神情嚴肅的行了進來。

郭雪君不待慕容雲笙開口，搶先說道：「有件事，發生得很意外。」

慕容雲笙道：「什麼事？」

郭雪君道：「大約是貴友唐天宏，告訴了飄花令主，公子爲我們求取劍譜的事，引起了飄花令主的誤會，連傷了我們女兒幫的十二名弟子。」

慕容雲笙吃了一驚，道：「有這等事……」

郭雪君道：「敝幫主已下令本幫中人，不得和飄花令主力敵動手，處處讓避，但貴友卻不肯住手，仍然處處搜殺本幫弟子。」

慕容雲笙道：「這誤會很大，我要去見她解說明白。」

郭雪君道：「這也可以說明了一件事，那飄花令主，對公子用情很深。」

慕容雲笙道：「唉！楊鳳吟對我不錯，在下自是承認，但她美若天人，我自知配不上她，我們的交往，一直是十分純潔。何況我身負血海大仇，殺父母的元凶還未找出，我目下心中只有一件事，雪我父母沉冤。」

郭雪君點點頭，道：「公子機智中不失仁厚，孝心俠膽，的確叫人欽敬，但公子可以放心，敝幫中規令森嚴，幫主既有令諭，本幫中弟子，決不會和她爲難衝突。」

慕容雲笙道：「我知道楊鳳吟的生性，如不早些勸阻，早晚要鬧出慘局。」

郭雪君淡淡一笑，道：「公子如何去找她呢？」

慕容雲笙道：「貴幫耳目靈敏，想必已知那飄花令主的所在之地，只要貴幫中弟子，告訴我一個方向，在下自會去找她。」

郭雪君道：「敝幫主已傳出令諭，追查那飄花令主現在何處，迄今尙未接到回音，我們已爲公子準備好了午飯，公子先請吃飯，等到回音到來，公子再動身不遲。」

慕容雲笙道：「什麼時候才有回音？」

郭雪君道：「快則一、兩個時辰之內，最遲麼，今夜二更左右，可以讓公子上路。」

慕容雲笙淡淡一笑，道：「吃飯不用了，但貴幫中未得消息之前，在下要走，也是無法離開，藉此時光，在下想坐息片刻。」

郭雪君臉上閃掠一抹愕然之色，道：「你怎麼了？」

慕容雲笙道：「我很好啊！」

郭雪君道：「公子雖然掩飾得法，但還無法逃過賤妾雙目，看來公子心中，有著不悅之

事。」

慕容雲笙被郭雪君一語道破，也不再否認，淡淡一笑，道：「在下無法具體說出什麼，只是有著一種被利用和愚弄的感覺。」

郭雪君輕輕嘆息一聲，道：「公子不要多疑。你爲我們盜出劍譜之情，敝幫中上下，都對你有著很大的感激，一旦公子有事，凡是我女兒幫中人，都會自動的幫助公子了。」

慕容雲笙淡淡一笑，道：「在下受貴幫主托辦之事，幸未辱命，此後也不想多問了。」言罷，閉上雙目，盤膝而坐，竟然用心調息起來。

他雖未下逐客令，但卻和逐客無疑。

郭雪君望著盤坐在木榻上的慕容雲笙，漸入禪定之境，一股被羞辱的激忿，突然間由心頭泛起，輕輕嘆息一聲，緩緩退了出去。

四六　倩女多情

慕容雲笙氣行一周天，坐息醒來，足足耗去了一個多時辰。

睜眼看去，只見楊鳳吟白衣如雪，站在室門口處。

慕容雲笙似是不相信眼前的事實，揉揉眼睛看去，果然是楊鳳吟一點不錯。

他說不出心中是驚是喜，一躍下榻，道：「真的是妳，妳怎會找到了此地？」

楊鳳吟嗯了一聲，突然向慕容雲笙懷中撲去。

慕容雲笙一張雙臂，接住了楊鳳吟的嬌軀，兩人緊緊地抱在一起。

楊鳳吟有生以來，從沒有被男人如此抱過，只覺心情激動，全身微微抖動。

慕容雲笙也有些難以自禁的激動，手腳微微顫動。

兩人擁抱片刻，楊鳳吟才緩緩抬起頭來，道：「大哥，不知道為什麼，我心裡好想你喲？」

慕容雲笙輕輕嘆息一聲，欲言又止。

楊鳳吟不知何故，突然間流下淚來。

慕容雲笙吃了一驚，道：「妳哭什麼？」

楊鳳吟道：「我不知道，我很想大哭一場。」

慕容雲笙道：「可是我得罪了妳？」

楊鳳吟緩緩說道：「這和你沒有關係，只是我心裡的感受，我心裡有些難過，也有些高興，忍不住只想哭出來。」

慕容雲笙道：「那妳哭什麼呢？」

楊鳳吟道：「我說不出嘛，我心裡有一股悶氣，只想發出來，憋在心裡好難過。」

慕容雲笙道：「唉！這些日子裡，我心裡也有些不安，時常的懷念到妳。」

楊鳳吟突然微微一笑，道：「是真的嗎？」

慕容雲笙道：「自然是真的了。」

楊鳳吟舉起衣袖拭淚，道：「女兒幫中的人，對你好嗎？」

慕容雲笙淡然一笑，道：「待我不錯。」

楊鳳吟道：「那就對了，她們沒有騙我。」

慕容雲笙淡淡一笑，道：「妳見了女兒幫的什麼人？」

楊鳳吟道：「一位姓郭的姑娘，她告訴我你昨天喝醉了，她待你一直有如上賓。」

慕容雲笙道：「原來如此。」

兩人一番談笑，彼此之間，又縮短了不少距離，慕容雲笙話鋒一轉，問道：「妳傷了女兒幫中不少的人？」

楊鳳吟道：「嗯？你心疼了。」

慕容雲笙道：「我不是心疼，我覺著咱們正全力對付三聖門時，似是用不著和女兒幫結怨。」

楊鳳吟道：「你把我看得那麼笨嗎？我只是傷了她們的經脈，而且手法很有分寸，她們只要休息一段時間，就可以不藥而癒，大概女兒幫的幫主心中也明白，所以，她們並沒有找我的麻煩。」

只見軟簾啓動，一位女婢緩步而入，欠身一禮，道：「公子，姑娘，酒筵已備，恭請兩位入席。」

慕容雲笙望了女婢一眼，道：「姑娘，貴幫主來了沒有？」

女婢搖搖頭，道：「沒有，不過，郭姑娘在此地也是一樣。」

楊鳳吟突然間變得膽大起來，伸手牽住了慕容雲笙的左腕，舉步向外行去。

慕容雲笙低聲說道：「鳳姑娘，外面有很多人……」

楊鳳吟接道：「我知道，你怕什麼？我一個女孩子家，都不害怕。」

嫣然一笑，接道：「我小名叫鳳兒，你以後叫我的小名好嗎？」

慕容雲笙道：「這個只怕對妳有些委屈吧！」

楊鳳吟道：「人都叫我楊姑娘，你爲什麼要和別人一樣。」

這時，兩人已步入大廳。

只見郭雪君領著十二個勁裝少女，列隊相迎入大廳之中。

楊鳳吟放開了慕容雲笙的左腕，緩緩說道：「打擾姑娘了。」

郭雪君道：「慕容公子幫了我們女兒幫很大的忙，敝幫中由幫主起，都對他感激萬分。對楊姑娘，我們更是敬慕萬分。」

楊鳳吟道：「說得太客氣了，我對貴幫組織的嚴密，耳目的靈敏，也是敬佩無比，只可惜對貴幫主緣慳一面。」

郭雪君道：「敝幫主對姑娘十分敬仰，也許近日內會登門拜會姑娘。」

楊鳳吟道：「我行蹤飄忽，居無定址。」

郭雪君道：「這個難不住女兒幫。」

話鋒一轉，淺笑盈盈地接道：「難得招待兩位貴客，快請進些酒飯如何！」

楊鳳吟道：「盛情心領，但小妹還有要事，不想在此多留了。」

郭雪君道：「連一頓酒飯的時間也抽不出嗎？」

楊鳳吟道：「趕的那麼巧，小妹只好有負盛情了。」

郭雪君淡淡一笑，道：「既然如此，小妹也不便強留了。」

楊鳳吟一欠身，道：「告辭了。」舉步向外行去。

慕容雲笙緊隨在楊鳳吟的身後向外行去，儘管他覺著饑腸轆轆，眼望著滿桌佳肴美味，卻是不便勸阻楊鳳吟留下來，吃過再走。

郭雪君送幾人行出大廳，只見一輛篷車，早已停在大門外面等候。

楊鳳吟回頭一揮手，道：「姑娘請回，小妹就此別過。」

郭雪君道：「二位一路順風。」

楊鳳吟當先登上篷車。

慕容雲笙上車前回頭一笑，道：「多謝姑娘數日來的厚待。」

郭雪君微微一笑，道：「希望公子說的是由衷之言。」

慕容雲笙不再理會郭雪君，行入車中，放下軟簾。

趕車人一抖轠繩，車輪轆轆，篷車突然向前奔去。

郭雪君目注那篷車去遠，才輕輕嘆息一聲，轉回莊院。

車中的楊鳳吟拍拍身旁的坐墊，向慕容雲笙道：「坐過來！」

慕容雲笙依言坐下，道：「這篷車不是女兒幫中之物？」

楊鳳吟搖搖頭，道：「不是，我自己帶來的。」

車行不久，突聞蹄聲得得，由車後傳了過來。

只聞車外傳來一個蒼老的聲音，道：「姑娘，女兒幫中人追來了。」

楊鳳吟臉色一變，目光凝注在慕容雲笙的臉上，道：「這般人是否該殺，你幫了她們的忙，她們卻全然不念舊恩，而且遣人追趕來此，大約是看我未帶幫手，準備把我們一舉圍殲。」

語聲一頓，高聲說道：「停車。」

奔行的馬車，應聲停了下來。

但聞蹄聲得得，幾匹健馬，越過篷車，收轠停下。

慕容雲笙生恐楊鳳吟不問皂白，出手傷人，隨手掀開車簾。

凝目望去，只見郭雪君帶著四個勁裝佩劍的少女，並排攔住了去路，不禁一呆。

楊鳳吟緩步而出，冷冷說道：「郭姑娘率領高手追來，不知是何用心？」

郭雪君道：「敝幫曾和慕容公子有約，他幫我們取回劍譜，我們告訴他三聖堂的所在……」

慕容雲笙面露喜悅，接道：「貴幫可是已找出三聖堂的所在了。」

郭雪君道：「不錯，如是兩位肯留下用飯，賤妾就用不著匆匆趕來了，就在走後，賤妾接得幫中弟子傳書，說明三聖堂的所在。」

慕容雲笙道：「在什麼地方？」

郭雪君揚手投過來一個絹袋，道：「那袋中不但說明了地方，而且還有圖形，應該是夠詳細了，公子自己瞧吧！」

慕容雲笙接過絹袋，道：「多謝姑娘了。」

郭雪君道：「不敢。敝幫負欠公子之情，理應有一還報……」

語聲一頓，道：「公子如若是想立刻動身，趕往三聖堂去，賤妾還有三日時間願爲公子帶路。」

慕容雲笙回顧了楊鳳吟一眼，道：「姑娘之意呢？」

楊鳳吟微微一笑，道：「郭姑娘肯爲我們帶路同往，那是最好不過了。」

慕容雲笙略一沉吟，道：「三聖門中，也有貴幫弟子嗎？」

郭雪君笑道：「女兒幫無孔不入，只要有女人的地方，就可能有我們女兒幫的耳目。」

慕容雲笙道：「郭姑娘幾時可以陪我們動身。」

郭雪君道：「賤妾隨時可以上路。」

楊鳳吟低聲吩咐那趕車老人幾句，篷車突然向前奔去，目光卻轉注到郭雪君的身上，道：「姑娘準備帶著四位從人同往麼？」

郭雪君搖搖頭，笑道：「小妹想那三聖門，沿途防守定然十分森嚴，因此，只能帶武功好

又機靈的小珍，其餘的就都留下……」

只見一個藍衣少女飛躍下馬，欠身一禮，道：「小婢小珍，靜候差遣！」

郭雪君轉目望望另三個跟來的勁裝佩劍少女，緩緩說道：「妳們回去吧！」

四個勁裝佩劍少女欠身一禮，轉身而去。

楊鳳吟道：「咱們可以走了吧。」

郭雪君道：「要先瞧瞧慕容公子那絹袋中的密圖，咱們才能上路。」

慕容雲笙伸手從絹袋中取出一幅圖案，展開看去。

只見白絹上，畫著一片廣大的柳林，林中露出一堵紅牆。

在那柳林之後，有一片突起山峰。

慕容雲笙道：「這是什麼所在，難道柳林中的紅牆，就是三聖堂麼？」

楊鳳吟道：「郭姑娘，這圖案出於貴幫弟子之手，姑娘必可識得了。」

郭雪君淡淡一笑，道：「這幅圖畫得很荒唐，其中必有內情。」

伸手從慕容雲笙手中，接過圖案，嚓的一聲，扯破了絹圖。

果然，在那絹圖中，藏有一張白箋。

楊鳳吟道：「貴幫手法，秘中藏密，如非郭姑娘，我們拿到這幅圖，也是瞧不明白了。」

郭雪君笑道：「楊姑娘的才慧，實不難瞧出個中之秘，縱然真瞧不明白，在最後盛怒之下，扯碎此圖時，亦可瞧出圖中之秘了。」

楊鳳吟道：「果然是厲害，一幅小小的圖案，在貴幫手中，竟然也把人性心機，全都算了進去。」

微微一笑，道：「姑娘看看那白箋上寫些什麼吧。」

郭雪君展開那白箋看去，只見上面寫道：「林名垂柳谷，寺名萬佛院，三聖堂，就在那萬佛院高峰之後，不過，據聞那通往峰後三聖堂的秘門，就在萬佛院中。」

楊鳳吟道：「白箋上寫得很明白，只可惜沒有說明這垂柳谷在什麼地方，天下這等遼闊，難道要我等慢慢的尋訪嗎？」

郭雪君道：「找到垂柳谷，並非難事。」

楊鳳吟道：「那要有勞姑娘帶路了。」

郭雪君點點頭一笑，道：「賤妾是義不容辭，不過……」

楊鳳吟道：「不過什麼？」

郭雪君道：「咱們要如何混入萬佛院去，又如何才能使得那院中僧侶不對咱們生疑？」

楊鳳吟道：「這等事在途中研商，不是一樣嗎？」

郭雪君道：「這就是我們女兒幫做事與眾不同之處，謹慎、細心，也許姑娘覺著這等小事，臨機應變，都可以應付過去，以妳姑娘的聰慧自然不是問題，但其他人都沒有妳姑娘那份武功、才能啊！」

楊鳳吟一皺眉頭，似想發作，但卻又突然忍了下去，淡淡一笑，道：「妳說得很有道理，那就請妳全權主使吧！」

郭雪君微微一笑，道：「有楊姑娘在此，要小妹發號施令，豈不是太過抬舉小妹嗎？」

楊鳳吟淡淡一笑，道：「量才適用，郭姑娘既然有遺兵調將之才，那就偏勞妳了。」

郭雪君道：「小妹提出一個計劃，可否請諸位裁決。」

楊鳳吟道：「妳說吧！」

郭雪君道：「楊姑娘的名氣太大，只怕三聖門中人，早已注意到妳的舉動。慕容公子自然早也在三聖門中監視之下，咱們如若以本來的面目，進那垂柳谷去，那無疑告訴了別人咱們的身分。」

楊鳳吟微微一笑，道：「郭姑娘的意思，是要咱們易容改裝了。」

郭雪君道：「最好如此。」

楊鳳吟道：「咱們要化裝成什麼身分，才能瞞得三聖門的耳目呢？」

郭雪君道：「小妹倒有一個腹案，只是要委屈妳楊姑娘了。因爲聽說姑娘有潔癖，那易容藥物塗在臉上，只怕妳心中覺著難過。」

楊鳳吟微微一怔道：「妳們果然厲害，連我的生活微節都查得十分清楚了。」

郭雪君淡然一笑，道：「所以，只好委屈妳扮做一個書僮了。」

楊鳳吟道：「我扮做什麼人的書僮？」

郭雪君道：「自然是慕容公子了。」

郭雪君目光轉到小珍的臉上，道：「妳扮做我的書僮。」

目光又轉到慕容雲笙的臉上，道：「你也不能以本來面目出現，我要把你改裝的老一些，加上一口長髯，就可掩飾過去了。」

伸手指著遠處一座莊院，接道：「那莊院主人和我們女兒幫淵源頗深，咱們先到那裡休息一下，改扮完成再上路不遲。」

幾人行到那莊院之中，歇了一陣，改裝易容之後，藉夜色動身趕路。

這時，幾人身分已變，慕容雲笙身著長衫，騎著駿馬，戴了一個古銅色的人皮面具，長髯飄垂胸前，馬鞍前掛著長劍。

楊鳳吟生具潔癖，不肯在臉上塗藥物，只戴了一個人皮面具，扮做慕容雲笙的書僮。

郭雪君易容技術過人，扮做一個老人，留著山羊鬍子。

小珍扮做一個小童，和郭雪君裝成祖孫身分。

四個人，四騎馬，但卻保持了一段距離。

郭雪君爲人謹慎，約定了聯絡的信號，以免走岔了路。

郭雪君和小珍，走在前面，慕容雲笙和楊鳳吟走在後面。

離開了莊院十餘里，郭雪君卻一帶馬頭，行入了一片荒僻的小徑之上。

楊鳳吟本來走在慕容雲笙身後，此刻卻一提韁繩，和慕容雲笙並排而行，低聲說道：「大哥，你可知道垂柳谷在何處嗎？」

慕容雲笙道：「不知道，那位郭姑娘沒有說過。」

楊鳳吟道：「她們心裡有數，咱們卻不明不白的就跟著她們走嗎？」

慕容雲笙道：「就我猜測，郭雪君大約也不知道那垂柳谷的所在，她不肯說出來，大約是怕弱了她們女兒幫的威名，她想憑藉女兒幫靈敏的耳目，查出那垂柳谷，再告訴咱們。」

楊鳳吟沉思了片刻，道：「說得倒也有道理。」

突然間，蹄聲得得，小珍縱騎如飛而來。

行近慕容雲笙時，突然一勒，停了下來，道：「快躲起來。」

慕容雲笙微微一怔，道：「什麼事？」

小珍道：「郭姑娘要我告訴你們，說那玉蜂谷中的玉蜂仙子，迎面而來，要和咱們撞上。」

慕容雲笙吃了一驚，道：「玉蜂仙子，她怎會到了此地。」

小珍道：「此地離玉蜂谷很近，玉蜂仙子只要出來走走，就可以碰上咱們。」

楊鳳吟道：「原來如此。」

談話之間，郭雪君也匆匆帶馬奔了過來，急急說道：「玉蜂仙子過來了，咱們躲起來，不要讓她瞧見。」

慕容雲笙心中有數，能避開玉蜂仙子最好，免得自己舉止失常，露出馬腳。

但那楊鳳吟卻是有些不解，忍不住問道：「那玉蜂仙子很兇麼？」

郭雪君道：「玉蜂仙子在玉蜂谷中養精蓄銳，手下高手很多，而且隨身攜帶玉蜂，咱們身有要事，那玉蜂仙子生性暴急，萬一引起衝突，豈不是誤了咱們的行程。」

楊鳳吟側耳聽去，但聞輪聲轆轆，似是有篷車行來，當下微微一笑，道：「好吧！咱們怕她就是。」轉身行入道旁一片雜林之中。

郭雪君等縱馬相隨，奔入林中。

那雜林就在道旁，幾人行入林中不久，輪聲轆轆，十餘匹快馬，護著一輛篷車，疾馳而過。

快馬之上，各騎著一個身著勁裝、身佩長劍的少女，每人手中都提著　個蜂籠，那嗡嗡之聲，從籠中傳出，果然聲音奇大，異於常蜂。

郭雪君目睹篷車遠去之後，長長吁一口氣，道：「玉蜂仙子已經過去，咱們也該上路了。」提轠縱馬，放轡向前奔去。

小珍一提轠繩，追在郭雪君身後而行。

楊鳳吟低聲說道：「咱們也走吧！」

兩人並騎出林，楊鳳吟笑道：「現在，咱們身分不同，你是主人，我是書僮，你應該走前面了。」

四人分兩批而行，有時候走在一起，有時候相距甚遠，憑藉著暗記聯絡。

但四人每當宿住之時，都集中於同一客棧之中。

這日中午時分，到了一道小溪旁邊，楊鳳吟放馬追到郭雪君的身側，低聲說道：「郭姑娘，今日似乎是第三天了。」

郭雪君道：「不錯啊！」

楊鳳吟道：「如果咱們在日落之前，還找不到垂柳谷，姑娘的時限已到，該和我們分手了。」

郭雪君淡淡一笑，道：「所以，小妹一定要在日落之前，帶你們進入垂柳谷中。」

楊鳳吟道：「就算那麼巧吧，今晚上咱們找到了垂柳谷，但郭姑娘也不用進去冒險了。」

郭雪君道：「爲什麼呢？」

楊鳳吟道：「因爲郭姑娘限期已滿，自然是振振有詞的走了。」

郭雪君笑道：「可惜的是小妹已得敝幫主的允准，延長假期半月。」

楊鳳吟道：「專門爲了陪我們，涉險垂柳谷？」

郭雪君道：「說是請假，實則也算得公事了，因此，敝幫主又派了四個弟子，趕來相助咱們。」

楊鳳吟回顧了一眼，不見有人行來，當下低聲說道：「人在何處？」

郭雪君道：「她們會自動趕往垂柳谷中，也許她們早已變了身分，趕到多時了。」

這時，突然有一匹快馬，迎面奔行而來，越過小溪，由幾人身側奔過。

郭雪君目睹那快馬去遠，低聲說道：「咱們也該上路了。」當先縱身上馬，越過小溪。

楊鳳吟回顧了慕容雲笙一眼，低聲說道：「遇上事放膽而爲，我會常在你身側。」

她聲音嬌媚婉轉，但話中的含意，卻是豪氣干雲，只聽得慕容雲笙雄心一振，縱馬急馳。

楊鳳吟提韁疾追，果然，緊追在慕容雲笙的身側。

小珍走在最後，越過小溪，才縱馬急追郭雪君。

四匹馬一陣奔跑，只跑得馬身上通體汗流。

楊鳳吟施展傳音之術，說道：「大哥，你留心那郭雪君的舉動。」

慕容雲笙凝目望去，果見郭雪君每走一段路程，目光就向道側兩旁，瞧上一眼。

顯然，兩側道旁，留有著什麼特殊暗記，只是別人無法辨識而已。

慕容雲笙微微點頭，暗示已然領悟了楊鳳吟話中之意，突然間，郭雪君一勒馬，奔行的健馬，停了下來。

小珍緊隨在郭雪君的身後，幾乎撞上了郭雪君。

慕容雲笙、楊鳳吟齊齊停了下來。

抬頭看去，只見對面一片懸崖之上，滿植紅花，遠遠看去，悅目無比，但那高約百丈的懸崖，全爲紅花所蓋，顯是人工所植。

一陣山風吹來，紅浪拂動。

郭雪君低聲說道：「紅花崖。」

慕容雲笙道：「紅花崖不是垂柳谷，和咱們去處何關？」

郭雪君道：「紅花崖後垂柳谷，那山崖之後，就是垂柳谷了，不過，這片地形險惡得很。」

慕容雲笙極目望去，只見遠山連綿，翠谷如畫，好一片自然風光，全無半點窮山惡水的樣子，心中甚感奇怪，低聲說道：「在下怎的瞧不出有何不妥。」

郭雪君道：「公子如留心瞧瞧，就不難發覺了……」

伸手指著遙遠處一片深谷，道：「咱們如想到紅花崖後，必得越過那道深谷，險惡之處，也就在那道深谷中了。」

慕容雲笙道：「咱們未近深谷瞧看，怎知它很險惡呢？」

郭雪君笑道：「好吧，咱們近前瞧瞧，看我推想的是否有錯。反正棄馬步行，頓飯工夫，就可到那谷邊了。」

慕容雲笙略一沉吟，道：「如是那深澗不能越渡，咱們還要退回去繞道而行。」

郭雪君道：「就賤妾所知，這是通往垂柳谷的唯一之路了。」

語聲一頓，接道：「賤妾還可以奉告公子一件事，那垂柳谷大都也是人爲而成。」

慕容雲笙道：「如是貴幫中弟子畫的不錯，那谷中垂柳，都已是久年的老樹，那是說三聖

門經營垂柳谷，早在數十年前了。」

郭雪君道：「三聖門中人才太多了，他們可以把數十年的老樹，移入谷中。」

楊鳳吟冷冷接道：「我想不明白，他們爲什麼要把垂柳移植滿谷，爲什麼不植其他的花樹呢？」

郭雪君道：「這是一個隱密，也是一個關鍵，解開此密，也許就可以了然三聖門中大部內情了。」

目光一轉，緩緩由楊鳳吟、慕容雲笙臉上掃過，道：「還有一件事，不知兩位是否已經知曉？」

楊鳳吟道：「可是三聖門中人，發覺了咱們的身分？」

郭雪君點點頭，道：「姑娘果然才慧過人，一語中的。」

四七　翻山越嶺

慕容雲笙道：「妳是說，咱們已陷入了三聖門的圍困之中。」

郭雪君道：「他們張網以待，希望咱們送上門去。」

楊鳳吟突然接口說道：「請教郭姑娘。」

郭雪君道：「不敢當，楊姑娘有什麼吩咐？」

楊鳳吟道：「那三聖門中人可是已經完全知曉咱們的身分了嗎？」

郭雪君道：「小妹只知他們已知曉我的身分，也許還知曉了慕容公子的身分，但楊姑娘，他們恐怕還不知道。」

楊鳳吟道：「怎會如此？」

郭雪君道：「原因不難想到，飄花令主假扮一個書僮，太不可思議。」

楊鳳吟道：「郭姑娘，此刻情勢很明顯，除非貴幫中早已和三聖門有了連絡，咱們該是個生死與共的局面，是嗎？」

郭雪君道：「楊姑娘可是對我有些不放心嗎？」

楊鳳吟道：「那倒不是，小妹之意，覺著咱們此時此刻，應該是合作無間，有智獻智，有能獻能才是。」

郭雪君略一沉吟，道：「我明白，咱們走吧！」放步向前行去。

慕容雲笙從健馬身上，取下兵刃和應用之物，緊追在郭雪君身後行去。

楊鳳吟走在慕容雲笙的身後，小珍緊隨著楊鳳吟。

行過一重嶺脊，到了深澗之前。

慕容雲笙目光轉動，只見那深澗蜿蜒而上，繞入山峰之中。

郭雪君推斷不錯，如是要繞過這道深澗，不知要行多少路，翻多少山。

楊鳳吟探首看那深澗，只見峭壁千尋，深過數百丈。

傾耳靜聽，澗底傳來了隆隆之聲，顯然，澗中有一道激流。

慕容雲笙道：「除了咱們用藤索連接下澗之外，在下想不出還有什麼辦法，可以下此絕壑了。」

只聽郭雪君道：「如若咱們墜藤索而下，中途受人攻擊，有幾分生機？」

楊鳳吟道：「我先攀下，替你們掃除障礙。」

郭雪君道：「姑娘不可隨便出手，照本幫弟子的報告，妳是他們唯一沒有猜中身分的人，妳如隨便出手，豈不是自曝隱秘，再說，咱們既是早爲敵人識破，卻不見有人沿途攔截，顯然有心引咱們進入垂柳谷了。」

楊鳳吟道：「照妳的說法，他們不會藉咱們攀下懸崖的機會下手了。」

郭雪君道：「小妹確有此想。」

楊鳳吟道：「好吧！姑娘如此堅持，想必已胸有成竹了。」

郭雪君淡淡一笑，道：「碰碰運氣吧！」

勢。

幾人動手，採了甚多老藤，銜接起來，直垂谷底。

郭雪君抓住老藤，緩緩向下落去。

表面上，她若無其事一般，其實內心之中，亦是十分緊張，暗中全神關注那垂藤四周形勢。

哪知事情全出了幾人的預料，郭雪君一直下入澗底，竟是無人施襲。

慕容雲笙道：「該我了。」抓住老藤，倒把而下。

峭壁上無人施襲，慕容雲笙也平安地落入谷底。

楊鳳吟和小珍一齊垂索而下，站在一塊緊依峭壁的大岩石上。

谷中激流，澎湃洶湧，那大岩石卻高出於溪水之上。

楊鳳吟抬頭瞧瞧對面的高峰，亦是光滑如削，不禁微微一皺眉，道：「郭姑娘，咱們下是下來了，但要如何渡過這道激流，爬上對面峭壁。」

郭雪君一揚雙眉，道：「咱們上當了，應該留個人守在崖上。」

話猶未完，那老藤已然被人斬斷，直落下來，捲入激流之中，眨眼間消失不見。

楊鳳吟抬頭望了峭壁一眼，道：「咱們已無退路，只有前進一途了。」

郭雪君道：「賤妾倒有一個法子。」

脫下身上藍衫，撕成一條一條的布帶，結成一道長索，拔出小珍身上長劍，把布索一端牢結於劍柄之上，望著慕容雲笙，道：「我腕力太弱，公子能否把此劍投過溪流。」

慕容雲笙估計兩岸相距，約四丈多些，已非輕功所能越渡，算計自己腕力把長劍投過溪流，是綽有餘裕，但心中卻無把握投出的長劍，能夠刺入那堅硬石壁之中，當下說道：「這長

劍能否投入壁中，在下就沒有把握了。」

郭雪君道：「對面峭壁有一株矮松，能設法拋到松幹之上也成。」

慕容雲笙點點頭，道：「在下也只好只好碰碰運氣了。」

說完話，右手一振，投出了手中長劍。

長劍挾著輕嘯聲，直飛對岸，釘入崖壁間一株矮松之中。

郭雪君伸拉布索，只覺十分牢固，顯然釘得甚深，當下微微一笑，道：「公子的腕力，勝任有餘。」

一面把手中的布索結在壁間一塊大岩之上，接道：「哪一位先過去。」

慕容雲笙道：「在下先過去吧！」

郭雪君道：「可以，不過，公子在未渡溪流之前，賤妾想先說明一件事，照目下情形看去，這懸崖激流，用心在考量咱們的武功，以印證咱們的身分，楊姑娘既是未被發覺，希望能多保留一些，不要使別人瞧出破綻。」

楊鳳吟道：「我懂了。」

郭雪君道：「姑娘如能記住此刻妳不是飄花令主，而是一個隨身的書僮身分，那就不會太露鋒芒了。」

舉手一揮，道：「公子請吧！」

原來，她怕楊鳳吟不聽自己所勸，發作起來，故而留下慕容雲笙，以備作解圍之用。

慕容雲笙暗中一提真氣，躍上布索，施展草上飛的工夫，一口氣，踏索而過。

郭雪君、小珍，緊隨而過。

那小珍輕功，難和郭雪君等相比，將達彼岸時，把持不住，只好飛身躍落。

楊鳳吟最後踏索而渡，如論她輕功成就，不要這布索，橫渡激流，亦非難事，但她一雙手攀索而渡，似是比小珍尤爲艱苦。

四人同過對岸，楊鳳吟長長吁一口氣，低聲說道：「我裝得很像吧！」

郭雪君微微一笑，抬頭回顧了一眼，道：「看來，咱們還要爬上這片峭壁了。」

語聲甫落，突然一陣鈴聲，傳入耳際，四個竹籃，由峭壁上直垂而下。

但聞一個宏亮的聲音，由山峰上傳了下來，道：「四個如想坐竹籃登上峭壁，那就請報上真實姓名，四位身分，我等已知，如是以假名應付，咱們只好中途斬斷籃索，使它跌入懸崖激流之中了。」

郭雪君提氣仰臉說道：「如是我們不願報上姓名呢？」

那宏亮的聲音應道：「那就只好請諸位憑藉輕功，攀登這座峭壁了。不過，在下先說明白，諸位行到半山中時，我們有十二道滾木擂石打下，除非諸位自信有應付之能，那只有報名一途。」

郭雪君皺皺眉頭，道：「峭壁千尋，運氣攀登，已屬不易，如是再有十二道滾木擂石打下，只怕是很難躲得過了。」

楊鳳吟道：「何止很難，而是全無躲過的機會。」

郭雪君道：「那只有照他的吩咐辦了。」

仰臉望著峰頂，說道：「你如真的知曉我們的身分，那就不妨直接叫我們名字，咱們訂好約法，你叫我們哪個名字，我們就恢復本來面目，登上竹籃。」

峰上人沉吟了一陣，道：「好吧！如是我等不答允你們之求，大約還要被你們誤認我們在施用詐術了。」

郭雪君道：「我自信想的辦法很公平。大家都不吃虧，誰也無法用詐。」

只聽頂上傳下來那宏亮的聲音，道：「女兒幫的副幫主，郭雪君。」

郭雪君微微一笑，道：「不錯，是我，你們的消息很正確。」

那宏亮的聲音又道：「慕容公子，慕容雲笙。」

慕容雲笙高聲應道：「不錯，區區在此。」

峰上人又道：「還有小珍姑娘，也是女兒幫中弟子。」

小珍高聲應道：「很好，你們連細微都不放過，連我這小ㄚ頭也查得清清楚楚了。」

三人行近竹籃，仍不聞峰上有話聲傳下，郭雪君回首望著楊鳳吟，淡淡一笑道：「閣下，我們來了四個人，你們只叫出三個人。」

峰上人應道：「還有一個不足輕重，自然也不用叫出他姓名了。」

郭雪君低聲說道：「看樣子，他們是真的不知妳身分，姑娘武功已達爐火純青之境，想來藏鋒斂刃，並非難事，難的是妳扮男裝很容易被他們瞧出，委屈妳暫時充充我們女兒幫中的弟子。」

楊鳳吟道：「我叫什麼名字？」

郭雪君道：「就叫你小鳳吧！我們女兒幫沒有排行，有不少都用兒時乳名，因爲她們將來還要嫁人，在女兒幫中不過是過渡性質罷了。」

楊鳳吟點頭一笑，道：「對妳們女兒幫這套戒律，小妹是敬佩不已，可惜的是，貴幫主一

直不肯和小妹一晤。」

這幾日行程之中，楊鳳吟、郭雪君言語行動之間，一直是鋒芒相對，互較智謀，郭雪君雖常在重要時刻，退讓一步，以避免引起衝突，但楊鳳吟卻也在不知不覺中，被郭雪君所征服。

但見郭雪君仰天說道：「這位麼？也是敝幫中一名弟子，名叫小鳳，不知聽人說過沒有？」

楊鳳吟微微一笑，舉步跨入竹籃。

四個竹籃，陡然間一齊向上升動，速度甚快，但也足足有一刻工夫，才到峰頂。

慕容雲笙抬頭看去，只見一個身著灰袍的清瘦老者，負手站在峰頂之上，另有四個身著勁裝的佩刀大漢，各執一道索繩，懸崖邊緣，高豎著兩根木竿，上面一條橫木，橫木上裝著六個滑輪，四人各站一個之外，還空著兩個。

原來，這峰上早有設備，同時可放下六個竹籃，使六個人同乘竹籃而上。

郭雪君、慕容雲笙等同時躍下竹籃。

那灰袍老者目光轉動，掃掠了四人一眼，道：「四位都戴有面具，是嗎？」

郭雪君道：「不錯，我已報出了身分，似乎用不著再脫下人皮面具吧！」

灰袍老者冷笑一聲，道：「諸位既然敢報上姓名，不知為何還要掩飾住真正面目。」

慕容雲笙扯下長髯，脫去面具，道：「在下慕容雲笙。」

又聞那灰衣老者接道：「你們四人之中，總該有一個領隊的人吧！」

慕容雲笙心中暗道：「論江湖上的見聞，我不如郭雪君甚多了，這等事由她應付，那是強

我甚多了。」

郭雪君不聞慕容雲笙開口，立時接著說道：「慕容公子素來不喜浪費唇舌，什麼事跟我說吧。」

那灰袍老者冷笑一聲，道：「妳是女兒幫的副幫主了？」

郭雪君道：「不錯，閣下怎麼稱呼？」

灰衣老者道：「老夫何行飛，諒你這點年齡，未必聽過老夫的名號？」

郭雪君道：「霹靂手何行飛。」

何行飛對郭雪君一口叫出自己的外號，似是大為欣賞，呵呵一笑，道：「看來女兒幫能夠揚名江湖，確也有幾個人才。」

臉色一變，冷冷接道：「貴幫在江湖上，以耳目靈活見稱，但卻未想到妳堂堂副幫主的行動，竟然被我們瞭如指掌。」

郭雪君答非所問地道：「何老前輩很多年未在江湖上走動了？」

何行飛一皺眉頭，道：「怎麼樣？」

郭雪君道：「江湖上很多後生晚輩，極嚮往老前輩霹靂神拳的傳說，只道老前輩已然仙去，今生無緣再睹霹靂神拳的奇技，想不到前輩卻是息隱於此。」

這幾句話說得很婉轉動人，但語中帶刺，聽得那何行飛心中難過無比，垂下頭去，長歎一聲，道：「你們涉險至此，用心何在？」

郭雪君道：「老前輩明明知道，為何故問呢？」

何行飛冷冷說道：「你們可是想到萬佛院去？」

郭雪君道：「聽說那萬佛院是通往三聖堂的秘徑，咱們既然叫明了，那也不用再到萬佛院中去了。」

何行飛冷冷說道：「可惜老夫無法代你們安排。」

這幾句話，聲音雖然說得冷漠，但臉上卻隱隱有羞愧之色。

郭雪君知他心中難過，立時改變話題，道：「那就有勞老前輩，指明我們一條去路了。」

何行飛道：「由此下山，就是垂柳谷萬佛院了，別人不似老夫，你們要小心了。」

郭雪君一欠身道：「多謝指教。」當先舉步而行。

慕容雲笙、楊鳳吟、小珍，依序而行，沿一道小徑，向下行去。

行過山脊，眼前景物，突然一變。

只見垂柳飄拂，山風中起伏如浪，整條山谷，爲一片翠色籠罩。

凝翠之中，山谷一角，突起了一堵紅牆。慕容雲笙指著那一角紅牆，道：「那地方大樓，就是萬佛院了。」

郭雪君道：「進入萬佛院的事，不用公子擔憂，他們自會有人帶咱們去，但請公子能記住出入之路，賤妾默查谷中形勢，這谷中垂柳並非天生，大部是由他處移植而來，也許，這些人工植成的柳林，還有別的作用。」

談話之間，瞥見兩條人影，由柳林中行了出來，奔向幾人而來。

那兩條人影來勢甚快，片刻之間，已到四人身前。

只見兩人灰袍布履，娃娃臉，和兩個光禿禿的腦袋。原來竟是兩個小沙彌。

慕容雲笙已然恢復了本來的面目，索性一拱手，道：「在下慕容雲笙，有勞兩位小師父帶路了。」

兩個小沙彌互望了一眼，合掌說道：「阿彌陀佛。」轉身向前行去。

慕容雲笙大步而行，緊追在兩個小沙彌的身後，直入柳林之中。

兩個小沙彌並肩而行，折轉於柳林小徑之中，足足走了一頓飯工夫之久，才到萬佛院前。

沿途上慕容雲笙未多問一句話，兩個小沙彌也未開過一次口。

萬佛院規模並不太大，但建築的極爲考究，大門前十三級青石階梯，門樓前橫著一塊匾額，寫著萬佛院三個金字。

黑漆大門早已大開，一個月白僧袍的中年僧侶，當門而立。

兩個小沙彌加快腳步，行到那中年僧侶的身前，低言了數語，然後轉身而去，又退進柳林之中。

那中年僧侶突然向旁側一閃，道：「慕容公子請。」

慕容雲笙微微一笑，道：「大師父怎麼稱呼？」

中年僧侶道：「貧僧廣成。」

他似是極不願說話，簡簡單單的回答慕容雲笙一句話，突然轉身向前行去，一面接道：「貧僧爲諸位帶路。」

慕容雲笙回顧郭雪君一眼，道：「他們似是都不願說話。」

郭雪君笑道：「那是因爲這裡戒規太森嚴，他們不敢多言。」

兩人談話的聲音很大，那和尚明明聽到了，但卻充耳不聞，連頭也不回轉一下，一口氣穿過兩重庭院，帶幾人到一座跨院之中。

這座跨院中，種滿了花樹，盛開著數種不同顏色的花。在跨院一角，有一個大水池，引入寺外泉水，然後又從跨院一角修築的水道中排出。

潺潺流水聲，使這座幽靜的跨院中，給人一種深沉、恐怖的感覺。

廣成帶幾人行近上房，推開房門，直入室中。慕容雲笙目光轉動，只見房中放了八張松木坐椅，椅上都鋪著黃緞墊子。紅磚鋪地，黃綾幔壁，佈置的十分古雅，打掃的纖塵不染。

奇怪的是，進入這柳林之後，除了遇上兩個小沙彌和這位廣成大師之外，再未通上邊第四個人，但看佛院的打掃和佈置，以及花木的修剪，至少也十幾個人才成。只聽廣成冷冷地說道：「四位請坐吧，貧僧去稟告我們方丈。」也不待幾人答話，轉身大步而去。

郭雪君目睹那和尚離去，突然站起身子，行近通往內室的門口，掀起了垂簾。

凝目望去，只見內室中木榻書案，似是一個高雅的客房。

片刻之後，瞥見那廣成大師帶著一個身披黃色袈裟的高大僧侶，緩步行進房中。慕容雲笙凝目望去，只見那和尚面色紅潤，濃眉虎目，竟然無法看出他的年齡。

廣成大師對那身披黃色架裟的和尚，似是極爲尊敬，垂手肅立身側。

郭雪君和慕容雲笙也都十分沉著，只望了那和尚一眼，默不作聲。

雙方僵持約一刻工夫，那高大和尚首先開口，道：「哪一位是慕容公子？」

慕容雲笙道：「區區就是。」

那高大的和尚一合掌，冷冷說道：「慕容公子很年輕啊！」

慕容雲笙冷冷說道：「大師可是覺著在下不足以受教嗎？」

那高大的和尚淡淡一笑，道：「公子誤會了。」

慕容雲笙道：「怎麼說？」

那高大和尚道：「貧僧覺著公子這樣年輕，就投入羅網中來，未免是太可惜了。」慕容雲笙冷笑一聲，道：「大師此言，叫在下想不明白。」

高大和尚道：「很快就會明白了。」

郭雪君突然接口說道：「大師怎麼稱呼？」

高大和尚淡淡一笑，道：「貧僧普度，普度眾生的普度。」

郭雪君道：「大師口氣如此托大，想來定然是這萬佛院的掌門人了？」

普度大師冷哼一聲，道：「敝掌門很少接見生人，就憑諸位麼，還不致勞動敝掌門大駕親迎吧！」語聲微微一頓，接道：「這位女施主怎麼稱呼，貧僧倒忘記請教了。」

郭雪君道：「我想你應該是早知道了。」

普度大師淡淡一笑，道：「女兒幫的副幫主，郭雪君郭姑娘。」

郭雪君道：「不錯。大師不覺著多費了這番唇舌嗎？」

普度大師淡淡一笑，道：「有一句俗語說，禍從口出，姑娘要慎言才是。」

郭雪君嗯了一聲，道：「我如能想到這麼多，只怕也不會來了。」

普度大師道：「那麼，兩位到此的用心何在呢？」言下之意，似是根本未把那小珍和楊鳳吟計算在內。

飄花令

慕容雲笙道：「到此請問一事。」
普度大師道：「問什麼？」
慕容雲笙道：「三聖堂在哪裡？」
普度大師道：「在天上，上天無路；在地獄，地獄無門……」
郭雪君冷冷接道：「萬佛院是地獄還是天堂？」
普度大師冷冷接道：「姑娘覺著到了什麼地方？」
郭雪君道：「我麼，只覺著到了一家寺院之中，既非天堂，也非地獄。」
普度大師道：「女施主倒是很有膽氣。」
慕容雲笙道：「大師的口氣，太過托大，但不知你是否真能夠作得主意。」
郭雪君道：「我們都已亮明了真正的身分，和大師談的是正經事情，這裡是天堂、地獄，那都無關要緊，重要的是要你講實話，徒逞口舌之利，於事何補？」
這幾句話似是發生了很大的作用，冷傲的普度大師，突然一收狂傲之態，道：「好吧！諸位意欲如何，可以直接說出來了。」
慕容雲笙道：「在下想找三聖堂，據說未到三聖堂之前先要經過這座佛院，不知是真是假？」
普度大師道：「貧僧可以奉告，是千真萬確，這是通往聖堂的唯一門戶。」
慕容雲笙道：「好！那就有勞大師指明我們去法。」
普度大師略一沉吟，道：「如是貧僧不允呢？」
慕容雲笙道：「那也由不得大師了，咱們只好先在這萬佛院鬧個天翻地覆了。」

普度大師仰天打個哈哈，道：「喧賓奪主，不知兩位有何憑仗？」

郭雪君道：「大師如是做不了主，那請趕快去請命；如是故意刁難，那就劃出道子來吧！」

普度大師道：「姑娘言語舉止，倒是乾脆的很啊！但請稍候片刻，貧僧去去就來。」郭雪君道：「請便吧！」

普度大師，轉身出室而去，郭雪君望著普度的背影，冷哼一聲，道：「原來也是個做不了主的和尚。」

不過片刻工夫，普度大師帶著一個身軀魁偉，身披紅色袈裟的和尚走了過來。只聽他高聲說道：「貧僧久聞慕容公子大名，不知是哪一位？」

慕容雲笙道：「區區便是，大師可是萬佛院中方丈？」

紅衣和尚淡淡一笑，道：「一切事，貧僧都能做得主意，至於是不是萬佛院中方丈，似是無關緊要了吧！」

慕容雲笙道：「咱們來此，也並非為了拜會貴寺，見不見掌門方丈，似是都無關緊要了。」

紅衣和尚道：「聽說慕容公子和女兒幫的副幫主想到聖堂一行，晉見三聖。」

慕容雲笙道：「這正是我們來此的目的。」

紅衣和尚笑道：「如憑你慕容公子這點名氣，還不到能進聖堂的身分，但你得令尊的餘蔭，初入江湖，已有盛名，貧僧倒願替公子安排，不過……」

慕容雲笙道：「不過什麼？」

紅衣和尙道：「那是一段很艱險的旅程，公子自信能夠走得過嗎？」
慕容雲笙道：「如何一個艱險之法？」
紅衣和尙道：「步步死亡，寸寸殺機。」
慕容雲笙道：「可有帶路之人？」
紅衣和尙道：「有！」
慕容雲笙道：「什麼人？」
紅衣和尙道：「就是貧僧。」
慕容雲笙道：「那很好，大師能過的，區區自信也可以過去。」
紅衣和尙目光轉動，道：「可惜的是，慕容公子這些從人，不能同行。」
郭雪君道：「爲什麼呢？」
紅衣和尙笑道：「三聖堂豈是任何人都可以去的麼！」
郭雪君道：「如是我們一定要去，我想應該有個辦法才是。」
紅衣和尙道：「倒有一個法子。」
郭雪君道：「請教高見。」
紅衣和尙道：「能夠在百招之內勝過貧僧的人，不問身分地位，皆可進入聖堂。」
郭雪君道：「如是只有這麼一個辦法，那也只好領教大師幾招。」
慕容雲笙心中暗暗忖道：這和尙在萬佛院中的身分似是不低，如此口氣，武功定然不弱，郭雪君和他動手，不知是否能撐過百招。
但聞紅衣和尙說道：「不知哪位先和貧僧動手？」言下之意，把楊鳳吟和小珍，也算入其中了。

楊鳳吟正待出手，郭雪君已搶先而出，笑道：「大師，自然是我先和大師動手了，不過，我要先把話說明白，咱們再打不遲。」

紅衣和尚道：「你說吧！」

郭雪君道：「這兩人都是我們女兒幫的弟子，我如打你不過，她們自然更非敵手了。」

紅衣和尚道：「你的意思是……」

郭雪君道：「我的意思是我們勝負只打一陣，要是你勝了，那就請帶慕容公子一人參觀聖堂，如是我勝了，那就要我幫中兩個弟子，同往聖堂一行。」

紅衣和尚沉吟了一陣，道：「妳如能勝，貧僧替你們擔待就是，妳出手吧！」

郭雪君道：「咱們只打一百招，如是百招內，未分勝敗，那就算我勝了。」

紅衣和尚道：「好吧！出家人吃點虧也不要緊。」

郭雪君道：「我沾了很多光，該讓你一步先機。」

紅衣和尚道：「貧僧如不答允，咱們還要有一番推辭，姑娘小心了。」

雙手連環扣出，連攻三招。

他攻出的掌勢，看上去並不凌厲，但每一招，都攻向郭雪君必救之處，除了硬拚掌力之外，郭雪君只有閃避一途。

他攻出三招，把郭雪君迫退了六步，堵到了一處屋角處。

只見他雙手一揮，一片掌影，封住了郭雪君四面出路，冷笑一聲，道：「姑娘，後無退路，上有屋頂，這一下，姑娘要得憑仗真實本領了。」

右手一抬，「泰山壓頂」，兜頭拍下，左手卻封住郭雪君右側去路。

原來，兩人動手之後，郭雪君一直退避，未還一招。

郭雪君突然一揚柳眉，右手一揚，一指點向那紅衣和尚右腕脈穴。

紅衣和尚的掌勢向下落，郭雪君舉手上迎，眼看雙方將要接觸之時，那和尚突然一縮右腕，硬把掌勢收了回去。

郭雪君藉勢反擊，突然間掌指齊出，而且手法凌厲，招招都擊向紅衣和尚的要害大穴。

這一輪反擊之勢，快速絕倫，只迫得那紅衣和尚一連退了七、八步遠，雙方又恢復了原有的地位。

那紅衣和尚退了八步之後，也緩開了手腳，雙掌扣出，封住了郭雪君的攻勢。

慕容雲笙原本十分擔心那郭雪君難是紅衣和尚之敵，及見郭雪君凌厲反擊之勢，心中始覺稍安。

那紅衣和尚封擋住郭雪君攻勢之後，立刻還擊，掌勢力道大增，招招如擊石一般，直拍而下。

郭雪君卻突然又改變打法，左閃右避，憑仗靈巧的身法，躲開那和尚的攻勢。

搏鬥之間，郭雪君突然輕聲喝道：「夠了。」縱身躍落一側。

紅衣和尚怔了一怔，道：「什麼夠了？」

郭雪君道：「一百招。」

紅衣和尚沉吟了一陣，道：「貧僧只攻六十五掌。」

郭雪君道：「不錯，但我還擊你三十五招，合計一百招。」

紅衣和尙冷笑一聲，道：「貧僧所謂接我百招，是要貧僧攻出百招才算。」

郭雪君淡淡一笑，道：「剛才大師爲什麼不說清楚呢？」

紅衣和尙道：「說清楚又能怎樣？」

郭雪君道：「我的打法就大不相同了。」

紅衣和尙冷冷說道：「現在也還不遲。」舉手一掌，拍了過去。

郭雪君縱身避開，仍想施展游鬥身法，避過三十五招，突聞一個細小的聲音，傳入耳際，道：「和他硬拚一招，這和尙拳路博雜，攻勢越來越是惡毒，妳如拖下去，對妳反爲不利了。」

她心知是楊鳳吟傳音相告，正好那紅衣和尙一掌斜裡拍來，當下右手一揮，迎了上去，硬接一擊。

那紅衣和尙心中暗自喜道：「妳如一味游鬥，我這百招之內，能否傷得了妳，還很難說，硬接我的掌勢，那是早求敗亡了。」心中念轉，又暗自加了兩成掌力。

就在兩人雙掌將觸未觸之際，紅衣和尙突然覺著肘間一麻，拍出掌力的勁道，突然消失，去勢一緩。

郭雪君迎擊的掌勢，疾射而至，正擊中了那紅衣和尙的右腕。

只聽那紅衣和尙悶哼一聲，一連向後退了三步，道：「姑娘勝了。」

郭雪君一揮手，道：「那就有勞帶路。」

紅衣和尙神色一片冷肅，兩道滿含怒意的目光，緩緩由慕容雲笙臉上掃過，道：「慕容公子，暗中出手了嗎？」

慕容雲笙一聽，心中已明白是楊鳳吟暗中相助之力，淡淡一笑，道：「如若不承認呢？」

紅衣和尙道：「貧僧覺得出來，慕容公子的厚賜，貧僧記在心中就是。」

冷然一笑，轉身向前走去，一面說道：「貧僧希望四位都能平安的渡過。」

轉身向外行去，慕容雲笙搶先舉步而行，緊隨在紅衣和尙的身後。

楊鳳吟、小珍、郭雪君依序魚貫而行。

那紅衣和尙帶幾人繞過一重庭院，到一道高聳的峭壁之下。

慕容雲笙抬頭望了那峭壁一眼，只見那峭壁平滑如鏡，縱然一等輕功，也不易攀登。

那紅衣和尙回頭冷笑一聲，道：「諸位稍候，貧僧去叩門。」

大步行到石壁前面，肅站片刻，那光滑的石壁，突然裂現出一座門戶。

慕容雲笙留心看過了他停身的方位，心中暗自熟記於胸。

只見那紅衣和尙回過頭來，緩緩說道：「這是通往聖堂的門戶，不過，據貧僧所知，凡是進入此門之人，不是皈依聖堂，做我門下弟子，就是屍骨不存，永遠消失人間。」

慕容雲笙道：「在下也記得大師說過，要和在下一同進入，是嗎？」

紅衣和尙道：「貧僧自然要替諸位帶路。」舉步向前行去。

慕容雲笙回顧了身後的楊鳳吟和郭雪君等一眼，道：「諸位不妨在門外等候。」

楊鳳吟微微一笑，突然側身搶在慕容雲笙的前面，行入石門之中。

郭雪君笑道：「不進石門，也很難生離萬佛院，要死，大家死在一起吧！」

慕容雲笙無可奈何，只好嘆息一聲，道：「兩位小心了。」魚貫行入石門。

只聽碰然一聲，那石門突然關了起來。

洞中突然間，黑得伸手不見五指。
郭雪君突然停下腳步，道：「慢一點走。」右手一揮，閃起了一道火光。
火光照耀之處，竟已不見了那紅衣和尚。
凝目望去，只見兩面石壁光滑，不見有一個人影，也不見一個可資容身的石洞。
郭雪君道：「怎麼回事？」
慕容雲笙道：「那和尚棄了我們逃走，想來這石道中，必然設有機關，準備暗算咱們，大家小心一些。」
郭雪君熄去手中火摺子，低聲說道：「咱們距離近一些，也好有個照應，打旗的先上，我走在前面開道。」
慕容雲笙道：「沒有的事，在下應該走前面。」舉步向前行去。
楊鳳吟緊追慕容雲笙身後而行。
郭雪君把火摺子交給左手，右手卻從懷中摸出了一把鋒利的匕首，執於手中，準備隨時應變。
慕容雲笙走得很慢，足足走了一刻工夫之久，才走出了三丈左右，行到一處轉角所在。
只聽一個冷冷的聲音，傳了過來，道：「站住！」
慕容雲笙道：「在下慕容雲笙，意欲赴聖堂一開眼界。」
只聽那冷冷的聲音道：「到達聖堂之前，先要看你們是否能過老夫守的這一關了。」
慕容雲笙緩緩說道：「不知閣下之關，要我等如何一個過法？」

但聞那冷冷的聲音，道：「好！老夫告訴你們，這一段死亡之路中，每一尺，都有死亡的機會，包括了暗器、毒水等物。」

慕容雲笙道：「你那暗器、毒水，可是要從壁中放出來嗎？」

那冷冷的聲音答道：「老夫只回答你這一次，下次恕不作答了。老夫施放的毒水、暗器，是由上下和四面八方射出，老夫相信，暗器也許無法傷到你們，但那毒水，卻是惡毒無比，中人之後，立時潰爛，除了老夫的獨門解藥之外，天下再也無人能夠醫得了。」

慕容雲笙微一思忖，高聲說道：「多承指教，在下感激不盡。」

那冷冷的聲音接道：「老夫只是要你們知難而退。」

慕容雲笙道：「不管閣下的用心何在，但在下一樣感激，不過，在未動手之前，在下有幾句話，要先行說明。」

那人道：「什麼話？」

慕容雲笙道：「闖閣下之關，只是我慕容雲笙一人，如是我能闖過，那就算我們勝了，如是在下傷在暗器之下，那就算我們敗了。」

那冷冷的聲音應道：「好吧！如若你能闖過，老夫就連你的從人，一起放過；如是你不能闖過，只好要他們帶著你的屍體退回去了。」

慕容雲笙回顧了郭雪君等一眼，接道：「諸位請在此等候。」舉步向前行去。

楊鳳吟微微一怔，正待舉步追趕，卻被郭雪君一把拉住衣袖，低聲說道：「讓他去吧！咱們或可在暗中助他。」

也不待楊鳳吟答話，右手一抬，突見火光閃動，叭的一聲，落在石地上。

那落地之物，竟然是火光熊熊地在地上燃燒起來。

寸許高低的火焰，雖然不大，但在漆暗如墨的石道中，有此一片火光，在幾個內功精深，目力異常的人看去，已然是大放光明了。

火光中，只見慕容雲笙右手握劍，護在胸前，蓄勢緩步而行。

楊鳳吟探手從懷中取出一把綠豆大小的菩提子，交給郭雪君，低聲道：「妳拿著。」

郭雪君先是一怔，繼而明白了她的用心，微微一笑，接過菩提子，裝入了衣袋之中。

楊鳳吟雙手各執十粒菩提子，全神貫注在慕容雲笙的身上。

郭雪君右手連揮，叭叭兩聲，兩道火光脫手飛出，落在慕容雲笙身前七、八尺處，也是石道轉彎所在。

這時，慕容雲笙身前身後，都有火光照耀，景物清晰可見，這對慕容雲笙有著很大的幫助。

突聞一聲冷喝，迎面壁間傳出聲音道：「小心了。」

語聲未落，兩側石壁間，忽的暴射出兩蓬銀芒，疾向慕容雲笙射去。

慕容雲笙懷抱著的長劍一展，陡然間散布一片銀光。

展起的護身劍幕，擊落了兩側激射而出的銀芒。

慕容雲笙擋開兩側銀針之後，心中感到有些奇怪，那人如不先行出聲招呼，只是那兩壁銀針，自己都難有逃過的機會，但他卻先行示警，使自己有了準備，擊落銀針。

只聽那冷冷的聲音又道：「你在轉彎之前，再無暗器攻襲，轉彎是第二道埋伏，埋伏也更為厲害，你要小心了。」

慕容雲笙暗道：「這幾句話，明是恐嚇，暗中示警，告訴暗器埋伏之地，但他是誰呢？爲什麼暗中助我？」

心中暗自忖時思，人仍然舉步向前行去。

這時，楊鳳吟再也無法忍耐心中的焦慮、激動，低聲說道：「郭姊姊，我無法再等下去了，我要去助他一臂之力。」

郭雪君伸手一把，拉住了楊鳳吟，低聲說道：「那人之言，明是恐嚇，暗是示警，妳如衝上前去，只怕反而壞了事。」

四八　處處陷阱

楊鳳吟本是聰慧絕倫的人，略一沉吟，已然想透了個中內情，微微頷首，道：「但咱們離得太遠了，只怕我救援不及。」心中仍是有著很大的不安，忍不住舉步向前行去。

郭雪君無可奈何，只好隨在楊鳳吟身後而行。

且說慕容雲笙行近轉角之處，突聞一個細微的聲音傳入耳際，道：「老夫冒死傳訊，只能說一遍，你要用心的聽著。這處暗器，惡毒無比，就算令尊重生，也未必能夠躲過，所以，你要特別小心，避這陣暗器施襲，只有一個法子，那就是飛躍而起，全身貼在石頂之上。」話到此處，突然中斷。

慕容雲笙暗中吸一口氣，一步踏出，身子一翻，陡然平飛而起，身子貼在了石頂之上。

只聽一陣陣嗤嗤之聲，無數寒芒，突然由兩側石壁及轉角中飛射而出。

就在那暗器飛出的同時，楊鳳吟同時揚手，打出了一把菩提。

一陣啵啵輕響，那射出的暗器，甚多被楊鳳吟的菩提子擊中，一時間，暗器互擊相撞，散落一地。

慕容雲笙身子飄落實地，目光一轉，亦不禁心頭駭然，暗道：「如若不是有人早早傳警，定無法逃過此劫了。」

心中忖思之間，忽見人影一閃，楊鳳吟已到身前，伸手抓住了慕容雲笙，道：「你好嗎？嚇死我啦。」

郭雪君快步奔了過來，低聲說道：「好妹妹，別撒嬌啦，現在還不是時候。」

只聽那冷冷的聲音又道：「公子已經越過暗器險阻，闖過老夫把守之關了，由此再往前走，還有別人守護關口，老夫言盡於此。諸位可以動身了。」

慕容雲笙心想對暗中傳音相助之人，說幾句感謝之言，但話到口中，卻又忍了下去。目注那聲音傳來之處，一抱拳，大步向前行去。

楊鳳吟目睹慕容雲笙所涉驚險之後，不再多慮，緊隨慕容雲笙身旁行去。

這時，郭雪君打出的流星火光，突然一閃而熄，石洞中，又恢復了原有的黑暗。

慕容雲笙停下腳步，低聲說道：「甬道中太過黑暗，如是猝然有人施襲，閃避很難，咱們離開一些，至少可避免同時受傷。」

楊鳳吟道：「好！我走前面。」

慕容雲笙突然伸出手去，抓住楊鳳吟的手腕，向後一帶。

楊鳳吟還待爭辯，突聞一陣嚓嚓之聲，傳入耳際。

郭雪君立時揚腕，打出了一個火光彈，火光之下望去，只見那迎面石道之中，突然出現了一行大漢，全身漆黑，手中高舉兵刃，一時間竟叫人無法分出是真人還是假人？

郭雪君一揚手，打出一枚透骨釘，口中同時招呼道：「小心暗器。」

但聞砰的一聲，透骨釘生生被彈震了回來，郭雪君低聲說道：「鐵鑄的人。」

慕容雲笙道：「難道這鐵鑄之人，還能強過活人嗎？」

倍。」

郭雪君道：「這石道如此狹窄，這些鐵鑄的人，如用機關操縱，比真人難對付何止十倍。」

慕容雲笙仔細瞧去，只見那鐵人鑄得極爲魁梧，寬肩粗臂，站在那裡，幾乎堵住了石道的三分之一，不禁一皺眉，道：「在下去試他一下，看看它有何作用？」拔出長劍。舉步向前

距那鐵人還有三步左右時，停了下來，舉手一劍，點向鐵人。

這一劍，慕容雲笙暗把真力貫注於長劍之上。

長劍和鐵人相觸，響起了一聲輕微金鐵交鳴之聲。

但那屹立的鐵人，卻動也未動一下。

慕容雲笙一皺眉頭，正待再加勁力，刺它一劍，卻突聞一個細聲細氣的聲音，傳了過來，道：「諸位如想到聖堂，非得經過老夫這一關不可。」

慕容雲笙停劍說道：「閣下這鐵人陣，要如何一個通過之法？」

那細聲細氣的聲音道：「你們往前走，進入老夫這鐵人陣中之後，鐵人自生妙用。」

語聲一頓，接道：「老夫素來不喜說話，恕不再回答閣下之言了。」

慕容雲笙怔了一怔，道：「在下一人通過，不知是否可以？」

他一連問了數聲，果不再聞那人回答之言，慕容雲笙心頭火起，揚手削出一劍。

但聞嗤一聲，閃起了一溜火光。

那肅立不動的鐵人，似被慕容雲笙一劍削出怒火，雙臂揮動，兩隻大鐵拳，一齊擊來。

慕容雲笙早有準備，一吸氣，疾退三步，避開了那鐵人雙拳。

那鐵人一擊不中之後，立時又回原位。

慕容雲笙連出四劍，分點那鐵人前腦、小腹等數處，但那鐵人仍然屹立不動。

郭雪君緩步走了上來，低聲說道：「公子，這鐵人的機關有人在暗中操縱。」

慕容雲笙道：「那是無法闖過這鐵人陣了。」

郭雪君道：「他隱身暗處，如若咱們不入陣內，他不肯發動機關，那只有相持下去了。」

慕容雲笙還劍入鞘，道：「好！我入陣試它一試，看看這鐵人陣，有什麼厲害之處？」

郭雪君低聲說道：「公子不可深入，你武功再好，也是血肉之軀，無法和這些生鐵鑄成之人硬拚。」

慕容雲笙微微一笑，道：「在下知道。」暗中一提真氣，緩步向前行去。

他越過了第一個鐵人，仍然不見有何動靜，又舉步行過了第二個鐵人。

抬頭看去，只見鐵人肅立，毫無異狀，又舉步越過第三個鐵人。

哪知步履未停，突聞一陣軋軋之聲，一行鐵人，一齊發動。

慕容雲笙一提真氣，停下腳步，目光轉動，只見身後的三個鐵人突然轉了過來，同時揮舞著鐵拳。

三個鐵人並排而立，已把後退之路完全堵死，再加上六條鐵臂快速地揮舞，把所有的空隙，完全堵了起來。前面的鐵人也錯開身形，衝了過來。

慕容雲笙迅快點數一下。前面還有六個鐵人，加上截斷退路的三個，合共九人。

這九個鐵人，一十八隻鐵拳，同時揮動打出，而且越來越快。

但聞啵啵兩聲，兩道火光掠過，又燃起兩點熊熊的火焰來，登時光亮大盛。

慕容雲笙眼看那九個大鐵人的嚴密組合之勢，心中暗暗震駭，忖道：「這些鐵人，似是經

過了很精密的計算，揮動發拳，封閉所有的空隙，像這麼紛亂的拳勢，竟然不會相撞。」

忖思之間，那湧來的鐵人，已然逼近身側，那阻攔回路的三個鐵人，卻站在原地不動，但那六個鐵人，卻不停地衝了過來。

片刻之間，雙方鐵人，已經相距五尺左右。

慕容雲笙盡量使自己保持鎮靜，希望能從危惡的環境之中，找出一分生機。但那些鐵人高度，幾乎頂在石洞頂上，留下空隙，不足一寸，決無法從上面飛躍而過。

唯一的生機，就是設法打倒一個鐵人，閃越過去，但實是勝算極少。

心中念轉，雙臂卻暗運功力，蓄勢以待。

慕容雲笙全神貫注在迎面過來的鐵人身上。

只見那逼來的鐵人，兩個並肩而進，另外三個和前面兩人相距四尺左右，緩緩通過。

前面兩個鐵人，雖然留有一些空隙，但卻被後面三個鐵人，堵得十分嚴密。

最使慕容雲笙不解的，卻是最後一個鐵人，孤孤獨獨地跟在三個鐵人之後，看起來，應該是毫無作用。

就這一轉念，當先兩個鐵人，已然衝到身前，右首鐵人的一雙巨拳，迎面打了過來。

慕容雲笙心中暗道：「這鐵拳勢道強猛，不宜硬接，但如不試它鐵拳上的力量，永遠找不出破這鐵人陣辦法了，必得冒幾分危險才成。」

那鐵人拳勢，掠著慕容雲笙前胸衣服而過，慕容雲笙卻順勢疾出右手，一把抓住了那鐵人的腕子。

只覺鐵人拳勢向下沉落之勢，十分強大，幾乎帶動了慕容雲笙的身子。

慕容雲笙暗中運氣，腕力陡增，硬把那鐵拳沉落之勢拖住。

那鐵人拳勢原本是上下揮動，慕容雲笙抓住了鐵人一臂之後，那鐵人另一臂突然改爲橫擊，攔腰掃到。

慕容雲笙心中早已想到，抓到鐵人一臂之後，可能會激起鐵人另一臂的變化，但卻未料到他竟然會橫擊，急出左手，接住那橫擊過來的鐵拳。

這一個鐵人的雙臂受制，另一個同行鐵人卻也似受了禁制，突然停住了身軀。

慕容雲笙兩隻手，分拒著鐵人的雙臂，雖然把鐵人制服，但他自己亦用盡了全身氣力。

如是那鐵人構造再巧妙一些，能夠相互支援，慕容雲笙勢必傷在鐵人的手下不可。

但那鐵人畢竟並非真人，不管那操縱的機件，多麼的奧妙，卻不能見機而作。

慕容雲笙仔細看那同行的鐵人，並非是完全地靜止不動，而是在緩緩地轉彎。

同時，那後面三個鐵人，仍是緩緩向前行了過來，擋住歸路。

三個鐵人，六隻鐵拳，卻是愈打愈快。

突然間，火光一閃而熄。

原來，那郭雪君打出的火光，竟被鐵人拳勢擊中，一閃而熄。

整個石洞中，又恢復了伸手不見五指的黑暗，慕容雲笙眼前一黑，同時響起了一聲巨大的金鐵交鳴。

耳際間響起了楊鳳吟的聲音，道：「大哥，你好嗎？」

慕容雲笙感覺到一股拳風，擊了過來，心中大是駭然，顧不得答應楊鳳吟的喝問，雙手一鬆，放開了兩隻鐵臂，全身撲伏地上。

原來，他忽然想到，這些鐵人，只見雙拳可以揮動，雙足卻是沒作用，撲伏地上，可救一時之急。

只聽小珍的聲音，說道：「再打兩顆火彈，助他照明。」

郭雪君冷冷說道：「我覺著黑暗一些，比有光要好。因爲那鐵人是死的，但卻有著活人在操縱，敵暗我明，光亮固然可以照明鐵人的舉動，使慕容公子量敵施爲，但也可使那操縱機關的人，看到慕容公子，設法對付……

「如是那操縱人，無法見到慕容公子，鐵人陣必然按著它們的制式變化活動，以慕容公子的聰慧，只要能查出它們活動的方法，必可找出破鐵人陣的法子。」

果然，這幾句話，對慕容雲笙有了很大的啓發。

他運足目光看去，只見那被自己抓住過雙臂的鐵人，正緩緩伸動雙臂，似是操縱的機關，還未恢復靈活。

同時，左首緩慢轉身的鐵人，又緩緩再倒轉過去。

這觀察使慕容雲笙得到了一個結論，操縱鐵人的機關，都有著連鎖作用，如若能破壞一個鐵人，就可使整個鐵人陣喪失作用，至少，也可減少他們的靈活。

凝目看鐵人雙足移動之狀，發覺那鐵人雙足之下，另有一根兒臂粗細的鐵軸，直通地下，不禁心中一動，道：「鐵軸在地下移動，必有一定軌道，我如能把它移動的軌道堵死，這鐵人陣豈不是無法再移動嗎？」

心念一轉，右手一探，拔出長劍，順著那鐵人左腳鐵軸，刺了下去。

這一劍，用了慕容雲笙七成真力，長劍刺入了兩尺多深。

只聽啵啵兩聲，似是有物折斷。

忽然間，軋軋之聲不絕，鐵人陣亦有著劇烈的活動。

只見當先兩個鐵人，突然停了下來，後面三個鐵人，卻突然衝了上來。

但聞一陣強烈的金鐵交鳴之聲，那身後三個鐵人六隻鐵拳，卻擊在了當先兩鐵人身上。

後面三個鐵人拳勢十分沉重，只打得當先兩個鐵人，身子搖擺不定，似是要摔倒在地上。

慕容雲笙心中一喜，暗道：「原來破壞這鐵人的方法，就在這鐵人腳下。」當下暗運內力，長劍又刺向第二個鐵人腳下。

又是兩聲啵啵輕響，似是又斬斷了些什麼。

當先兩個鐵人，突然停了下來，連四條手臂也停了下來。

這時，另外三個鐵人，也突然停了下來。

轉頭看去，只見那身後三個鐵人，也停下不動。

但聞楊鳳吟叫道：「大哥，你好麼？」

慕容雲笙哈哈一笑，道：「我很好，這鐵人陣，也不過如此而已。」

但聞一個冷冷的聲音，道：「慕容雲笙，你已過了鐵人陣。」

慕容雲笙站起身子，道：「承讓了。」

郭雪君打出一個火光彈，幽暗的石洞中，又被照亮。

郭雪君、楊鳳吟快步奔了過來，望望身軀半傾，橫在身前的兩個鐵人，又望望慕容雲笙，笑道：「公子神力驚人……」

慕容雲笙搖搖頭，接道：「一個人不論武功如何高強，也無法和這些生鐵鑄成之人對抗，

我只是找出了破他的方法……」

郭雪君道：「前面不知是否還有攔阻，咱們得趕快些走了。」大步當先行去。

突覺地勢一變，斜向地下行去。

郭雪君停下腳步，道：「看形勢，愈來愈是危險，咱們得更加小心。」舉步向前行去。

行約二十餘丈，突然燈光隱隱，地形也突成開闊平坦。

靠東首石壁間，點著一盞琉璃燈，照得附近兩、三丈內，一片明亮。

郭雪君打量了一下四周形勢，道：「大約咱們在地平線三十丈以下了。」

慕容雲笙還未來得及答話，突聞一個平和的聲音，道：「恭喜諸位，闖過險關，已可安抵聖堂了。」

郭雪君道：「前不見去路，我們要如何一個走法？」

那平和的聲音接道：「片刻之後，阻路石壁，自然裂現出一個石門，石門內有一個纜車，可容四位一齊入坐，車上談不上設施豪華，但坐上去倒也舒適。諸位闖過了鐵人陣，此後盡是坦途，不會再有加害之意，諸位但請放心。」

語聲甫落，忽聞一陣輕微的裂石之聲，迎面石壁間，陡然出現了一個石門。

燈光之下望去，果見石門內放著一輛形如馬車，但體形略小，上面無篷，四周卻以鐵欄圍起，分有四個座位。

那平和的聲音，重又響起，道：「諸位可以上車了。」

郭雪君回顧了慕容雲笙一眼，道：「咱們上車吧！」舉步向石門之內行去。

那平和聲音笑道：「諸位坐好，纜車就要開動了。」但聞一陣轆轆之聲，纜車啓動，向上行去。

只覺纜車愈行愈快，足足行了半個時辰左右，眼前突然一亮。

抬頭看青天白雲，原來已出了石洞。纜車在一處石洞外停了下來。

但車前有一道鐵柵攔住了去路。

四個青衣佩劍童子，緩步迎了上來，打開鐵柵，一抱拳道：「哪位是慕容公子？」

慕容雲笙站起身子，道：「區區就是。」

那左首青衣童子道：「還有一女兒幫的副幫主，是哪一位？」

郭雪君道：「是我，有何見教？」

左首青衣童子，微微一笑，道：「我們奉命來迎接兩位。」

郭雪君道：「只我們兩個人麼？」

左首青衣童子，道：「副幫主兩位從人，要留在鐵柵之內，不能同入聖堂。」

楊鳳吟幼受父母餘蔭，從婢使女，一呼百諾，是何等威風，此刻易容改裝，受盡委屈，忍不住一揚柳眉，就想發作，卻被小珍伸手拉了一把，低聲說道：「小不忍則亂大謀。」

只聽郭雪君冷然說道：「我們一行四人，怎能分處兩地？」

左首童子應道：「聖堂戒條如此，只許主人入見，不許從人進入聖堂。」

慕容雲笙道：「我想除此之外，總還有別的辦法？」

左首青衣童子沉吟了一陣，道：「有，我們聖堂之中，還有一個戒規，可補救上述禁例。就是能衝過我們四人聯手劍陣，雖是從人身分，亦可破例進入聖堂。」

楊鳳吟道：「有此一條，那就行了，你們亮劍吧！」

四個青衣童子相互望了一眼，齊齊伸手拔出長劍，仍由左首那青衣童子，道：「好吧！姑娘也請亮劍。」

郭雪君似是已料到了楊鳳吟會逞強，伸手拔出身上長劍，道：「用我的劍。」

楊鳳吟緩緩接過長劍，左手一把牽著小珍，冷冷說道：「我想用不著我們兩人一齊出手，只要我一個就成了。妹妹！我帶妳過去。」

左首青衣童子，望了慕容雲笙和郭雪君一眼，道：「兩位先請過去吧！」

慕容雲笙和郭雪君魚貫行了過去，步出鐵柵，直行到兩丈開外，才停了下來。

回目望去，只見四個青衣童子，交錯布成了一個劍陣，楊鳳吟冷冷說道：「你們要小心了。」

突然揚手一揮，寒芒電閃，直向四個青衣童子衝了過去，但聞一陣金鐵交鳴之聲，同時響起了一連串的悶哼，凝目望去，只見四個青衣童子，各自提劍而立，右臂上鮮血淋漓而下。

身負上乘劍術，交手一回合傷敵，並非是難事，難在一回合間連傷四人，而且都傷在執劍的右臂之上，那就大為困難了，左首那青衣童子似是已知遇上了絕世勁敵，呆了一呆，道：「姑娘的劍術高明，我等佩服萬分，姑娘可以過去了。」

立時閃到兩側，讓開一條去路。

楊鳳吟牽著小珍，緩步行出鐵柵，道：「現在可以替我帶路吧！」

那青衣童子，似是對那楊鳳吟已生出無比的敬佩，點點頭，道：「小可遵命。」

轉身向前行去，一面低聲說道：「在下敬服姑娘武功，想奉勸姑娘幾句。」

楊鳳吟道：「你說吧！什麼事？」

青衣童子道：「你們進入聖堂之後，萬一情勢有了什麼變化，姑娘似是用不著和他們共赴死難……」

楊鳳吟一皺眉頭，道：「你這話是何用心？」

青衣童子道：「在下佩服姑娘，不願你和他們同遭毒手。如是姑娘身陷危境時，請高呼聖主留情，可解一時之危，以後事，我替姑娘安排。」

楊鳳吟正想再問，那青衣童子已然快步搶行，直奔到郭雪君等面前，道：「諸位請隨在下身後。」

行約五十丈，景物突然一變，只見一片花海，五色繽紛，幾隻鶴鹿，漫遊其間，見人行入，全無驚恐。

慕容雲笙細查形勢，只見那一片花圃，足足有十畝大小，但花色繁雜，顯是人工植成。

郭雪君目光轉動，打量了四周一眼，只見四面群山環抱，峭壁聳立，這是一片天然的盆地，想不到這等深山幽谷之中，竟然是號令江湖的樞紐。

那個童子穿行過一片花海，進入了一片濃蔭蔽天的林園之中，一道白石鋪成的小徑，曲轉於密林之中，轉了兩、三個彎，形勢又爲之一變，只見那濃密的森林中突呈開闊，形成了一個三丈方圓的空地。地上青草如茵，橫立著兩排木架，木架上釘著一塊木牌，寫著「解劍處」三個大字。

那青衣童子回顧了身後的慕容雲笙等一眼，緩緩說道：「諸位身上如若帶有兵刃，請解下掛在此地，回來之時，再行取回。」

慕容雲笙、郭雪君等相互望了一眼，緩緩解下身上兵刃，掛在木架之上。

那青衣童子望了四人一眼，緩緩說道：「除了寶劍之外，如若諸位身上藏有暗器，最好也能在此存下。」

郭雪君冷冷說道：「聖堂之內是否有刀劍之類的兵刃呢？」

青衣童子道：「自然有了。」

郭雪君道：「貴門中人，既然可帶兵刃，爲什麼不許我們身帶寸鐵。」

青衣童子道：「區區只是奉勸而已，聽不聽那是諸位的事了。」

不再理會郭雪君，舉步向前行去。

郭雪君、慕容雲笙、楊鳳吟等依序而行。

又行十餘丈，地形突呈開闊，只見一座青石砌成的圍牆，横攔去路。

那圍牆十分高大，掩蓋了圍牆之內的景物。

只見兩扇石門，緊緊關閉著，既不見人蹤，又聽不到一點聲息，一種出奇的幽靜，構成了一種陰森、神秘的恐怖。

那帶路而行的青衣童子，突然停了下來，道：「進了那石門之後，就算進了聖堂，小可只能送諸位到此地，諸位保重。」

也不待幾人答話，身子一轉，行入了密林之中，消失不見。

慕容雲笙低聲說道：「一路行來不見一個人影，的確是叫人難信。」

郭雪君道：「三聖堂，顧名思義，應該是三座殿堂，至少也該有一座殿堂，但那圍牆之內，卻不見高出牆頂的建築。」

楊鳳吟突然接道：「我想那石牆之內，可能別有境界，咱們進去瞧瞧，才能隨時應變。」

慕容雲笙舉步而行，一面低聲說道：「進那石門時，咱們最好能保持一個適當的距離，萬一有變，後面人也可從容應付。」談話之間，人已行近了石門。

慕容雲笙雙手用力，按在石門上，向後一推，人卻疾快地閃向一側。

兩扇石門應手而開。

凝目望去，只見石門之內，是一條青石鋪成的大道，兩側都是低矮的石屋，但修築得卻十分整齊。

慕容雲笙輕輕咳了一聲，道：「在下慕容雲笙，拜會聖堂。」

良久之後，仍不聞有人回答，也不見有人出迎。

這種靜止的狀況，有如到了死獄，給人一種全無生機的感覺。

慕容雲笙目光轉動，只見郭雪君、小珍等臉上，都是茫然凝重之色。

顯然，這情景，已使她們心中生出了恐怖，慕容雲笙暗中吁一口氣，縱聲大笑，道：「既是無人答話，區區就自己進去了。」舉步行入了石門。

楊鳳吟搶先一步，緊追在慕容雲笙的身後，低聲說道：「小心石道兩側的矮屋。」

郭雪君和小珍也緩步隨後而入。

行約兩丈，到了第一座石屋門前，慕容雲笙突然轉身，折向白石小屋，揮手推開了緊閉的木門。

凝目望去，只見石屋中坐著一男一女，男的約五十以上，長髯垂胸，身上穿著一襲藍衫，

女的也過四旬，布衣荆釵，打扮得極是樸素。

在兩人之間，放著一張木桌，木桌上擺著四樣小菜，一壺老酒，正在低斟淺酌。

慕容雲笙推開了木門，那一男一女竟似全然不覺一般，望也不望兩人一眼。

慕容雲笙本想出言喝問，但見兩人相對乾杯，卻未交談，不禁心中一動，壓下了一腔怒火，重重咳了一聲，道：「老前輩！」

那男的緩緩放下酒杯，慢慢地轉過頭來，兩道森冷的目光，一掠慕容雲笙，道：「什麼人？」

慕容雲笙道：「在下已然呼叫了數聲，不聞回音，閣下難道沒有聽見嗎？」

那老人冷冷地應道：「聽到了，難道老夫一定要答覆你嗎？」

慕容雲笙冷笑一聲，道：「想不到聖堂中人竟是這樣不可理喻。」

藍衫老人怒道：「年輕人，如此無禮，老夫非得好好的教訓你一頓不可。」

慕容雲笙道：「好！在下倒要見識一下。」舉步向室中行去。

郭雪君一伸手，攔住了慕容雲笙，道：「慢著！」

目光轉到那藍衫人的身上，接道：「兩位很面善，可是名滿武林的『龍鳳雙劍』？」

藍衫人怔了一怔，道：「妳是何人？怎識得我們夫婦？」

郭雪君道：「晚輩郭雪君。」

目光轉到慕容雲笙的臉上，道：「老前輩不識這位慕容公子嗎？」

藍衫人搖搖頭，道：「老夫已居此十餘年，對江湖中早已隔閡甚久，後生晚輩，自然更不認識了。」

郭雪君道：「老前輩雖然不識慕容公子，但如提起慕容公子的令尊，慕容長青大俠，老前輩總該知道吧？」

藍衫人似是被人在胸前打了一拳般，霍然站起身子，但一轉眼間，又自行緩緩坐下，道：「老夫倒是聽過慕容大俠的名字。」

舉手一揮，接道：「你們帶上木門去吧！」

慕容雲笙有些茫然無措的感覺，呆呆地望了兩人一眼，緩緩帶上木門。

郭雪君輕輕嘆息一聲，道：「公子，適才幸好未和他們動手，如是動手相搏，只怕咱們就很難脫身了。」

忽聽那藍衫人的聲音，隔著緊閉木門傳了過來，道：「慕容公子！慕容公子！」

慕容雲笙停下腳步，回頭望著那緊閉的木門，道：「老前輩叫我嗎？」

木門內又傳出那藍衫人的聲音，道：「看在令尊的份上，老夫要奉告你幾件事。」

慕容雲笙道：「晚輩洗耳恭聽。」

門內藍衫人的聲音，重又傳了出來，道：「你如能減少些好奇之心，不推開兩側的木屋觀看，對你進入聖堂，可能會增多不少便利。」

慕容雲笙心中雖然奇怪，但卻未再多問，微一欠身，道：「多謝老前輩的指點。」

郭雪君輕輕一拉慕容雲笙的衣袖，低聲說道：「咱們走吧！」

幾人轉過身子，向前行去。

去路極像一條街道，兩旁房舍相連，盡都是一色的低矮石屋。

但木門卻是不多，每一個木門，至少相隔四丈以上的距離。

由於第一座石室中發覺了龍鳳雙劍，使慕容雲笙內心之中，產生了一個先入爲主的觀念，他覺得每一座木門之內，都可能住的有人。

但他心中又牢記著那藍衫人的話，不肯推開木門瞧看，可是內心中又有一般強烈的衝動，希望能推開木門，瞧個明白。

郭雪君、楊鳳吟、小珍，大家都未說話，但內心之中，卻和慕容雲笙有著一般的好奇，幾人一連越過了四道木門，但都忍下了沒有推門瞧看。

過了四道木門後，到了一處十字街口，原來這圍牆之中的建築，十分奇怪，是一座十字型的街道，慕容雲笙站在十字街口，查看四下景物，發覺另外三條大街，和來路一般模樣，除了一條大道之外，兩旁都是低矮的石屋。

一座座的石屋，連築在一起，看上去，似是整條的建築一般，其實脈絡分明，各成格局，但那木門卻又非常之少，似是每座石屋，才有一座木門，又都緊緊地關閉著。

慕容雲笙四顧一陣，緩緩說道：「果然是另一番境界，灰色的石屋，緊閉的木門。不聞聲息，不見人影，但每一座木門之內，都可能住的有人，充滿著詭異的神秘。」楊鳳吟道：「這是幾個智謀絕高的人，建的一座囚牢，用以囚禁武林高人之用。」

郭雪君道：「證諸龍鳳雙劍夫婦，姑娘說得不錯，但我卻瞧不出，有什麼力量，能囚禁像龍鳳雙劍夫婦那般的武林高手。」

楊鳳吟道：「不見有形的防備，必然有一種無形的力量，束縛著他們。」

慕容雲笙道：「他們既知咱們造訪，何以不見有人現身帶路，難道想把咱們困於此地嗎？」

郭雪君辨識了一下方向，道：「咱們進的是南門，如果聖堂不在這大院之內，咱們應該往北面走。」

慕容雲笙道：「目下也只有如此了。」舉步向正北行去。

這條街道長不過十餘丈，越過四座木門，已到了盡處。

只見橫阻去路的石門緩緩開啓，另一番新奇的景物，出現眼前。

石門外花色絢爛，一條白石小徑，曲轉於花叢之中，和這大圍牆中的陰森氣氛，簡直是霄壤之別。

楊鳳吟望花沉思了一陣，突然長長嘆一口氣，道：「我明白了，你們仔細的瞧瞧這花色。」

慕容雲笙道：「這花色有什麼地方不對？」

楊鳳吟伸出手去，指著那一片花叢，道：「你們瞧到這些花的顏色嗎？每一處，有一種很鮮明的顏色，雖然交錯並陳，但卻各有條不紊，這是種奇門陣圖，看來，這三聖堂果然是不簡單，各種人才，無不齊備。」

郭雪君四顧了一眼，道：「姑娘心中既有把握，咱們就闖進去吧！」

楊鳳吟道：「大約他們想把咱們困入這座花陣之中，是以不肯派迎接之人。」

郭雪君微微一笑，道：「但他們卻未想到，咱們四人中，有一位才智絕世的高手。」

楊鳳吟一面舉步向前行去，一面低聲說道：「你們看好我落足之處，不能走錯一步，錯一步就要大費手腳了。」

郭雪君一欠身，道：「公子請。」

慕容雲笙也不謙讓，緊追在楊鳳吟身後而行。

郭雪君、小珍相隨於後，亦步亦趨，緊隨在楊鳳吟的身後，穿行花叢之中。

在楊鳳吟導引之下，幾人很平安地穿過了花陣。

過了花陣，景物又是一變。

只見兩個青衣童子，各佩長劍，垂手肅立在陣外兩丈左右處。

一行修剪整齊的矮樹，代做圍牆，圍牆內青草如茵。

兩個佩劍童子停身處，正是進入矮樹圍牆的門戶。

郭雪君緩步而出，直對兩個青衣童子行去。

兩個青衣童子睜著四隻圓圓的大眼睛，望著郭雪君。

郭雪君心中暗自推想著兩個青衣童子，第一句話說些什麼，然後自己再見機回答，看情景，已離聖堂不遠，此時此刻，不論言語舉動上，都不能再有差錯。

哪知，事情竟然是大出了她的意料之外，郭雪君直行到將近兩個青衣童子身前，仍然不聞兩人說話。

兩個青衣童子過度的沉著，使得郭雪君暗暗生出警惕之心，停下了腳步，望了兩人一眼，揮手說道：「請教兩位。」

兩個青衣童子四道目光凝注到郭雪君的臉上，微微頷首，閃開讓路，顯是放請通過之意，奇怪的是，兩人仍然未發一言。

郭雪君故意問道：「兩位之意，可是說聖堂從此而入嗎？」

兩個青衣童子點頭一笑，仍然是不肯開口。

這時，慕容雲笙、楊鳳吟等都已行到，兩個青衣童子打量了幾人一眼，各自向後退了兩步，這用意極爲明顯，準備讓幾人通過，毫無攔阻之心。

一向精明的郭雪君，此時卻大感困惑，舉步向裡面行去，一面運氣戒備。

慕容雲笙、楊鳳吟、小珍魚貫相隨而入。

走了約一箭之地，突見一個身著青袍的老者，迎面行了過來。

那青衣老者步履迅快，片刻之間，已到了幾人身前。

只見他一抱拳，道：「哪位是郭副幫主？」

郭雪君一欠身，道：「賤妾就是。」

青衣老者微微點頭道：「諸位已經到了一處重要所在，前面那處三岔路口，便是生與死的分道……」

郭雪君接道：「山腹密道，驚險重重，我們不曾知難而退，那是早已把生死置之度外了。」

青衣老者道：「這麼說來，是老夫多口了。」

郭雪君道：「那也不是，我們雖然不受教益，但對老前輩的這番心意，仍然是感激不盡。」

青衣老者目光轉到慕容雲笙的臉上，道：「這位是慕容公子了。」

慕容雲笙道：「正是區區，老前輩怎麼稱呼？」

青衣老者道：「老夫在聖堂服役日久，早已忘去姓名，不提也罷。」

聽來是句平淡之言，但話中卻滿含著英雄末路的悲傷。

慕容雲笙雖然不能夠完全體會出那老者久年積壓在心頭的苦悶，但卻感覺到這人和藹可親，毫無敵意，當下一拱手道：「老前輩不願以姓名見告，晚輩也不敢勉強，但我等不知對老前輩如何稱呼？」

青衣老人淡淡一笑，道：「老朽乃聖堂護法，公子叫老朽一聲雲護法就是。」

慕容雲笙道：「原來是雲老前輩，晚輩失敬了。」

雲護法一揮手，道：「不敢當。公子一行平安至此，聖堂甚感震驚，特命老朽迎接諸位。」

郭雪君接道：「既是迎接，和那生死分道何干？」

雲護法道：「諸位鋒芒太露，聖主已決心迎諸位進入聖堂一行。據老朽所知，凡是進入聖堂之人，只有兩條路走，不是投入三聖門，就是死亡一途。二十年來，老朽從未見過一個人能夠在進入聖堂之後，再行安然退出。」

望了郭雪君一眼，接道：「老朽奉命來此之時，聖諭吩咐，只要慕容公子一人入聖堂相見，那是隱隱含有開脫郭副幫主的用心，只要郭姑娘不進聖堂，就有平安離此的機會。」

慕容雲笙一皺眉頭，道：「聖主何許人？竟能使諸多武林高人，甘於聽命？」

四九　進入聖堂

雲護法望了慕容雲笙一眼，輕輕嘆息一聲，道：「既號聖主，自是超人……」突然放低了聲音，接道：「如若公子願留下有用的生命，還望能隨機應變，須知大丈夫能屈能伸……」

慕容雲笙點頭一笑，接道：「多謝雲老前輩的指教，晚輩早已想到了處境之險。」

雲護法道：「既是公子早已胸有成竹，老夫也不便再行多口了。」

目光一掠郭雪君、楊鳳吟等三人說道：「這三位女兒幫中弟子，似乎是用不著跟公子同入聖堂了。」

郭雪君道：「咱們早有約言，既是聖堂有險，咱們自然應該一起去了。」

雲護法嘆息一聲，道：「好吧！既是諸位早有約言，老夫替諸位帶路。」

這是一片如茵草地，用白石鋪成了三條小道，兩側小道，分別通往東北和西北，蜿蜒於稀疏的花木之中。

正中一條，較爲寬闊，但卻極盡曲折之妙，叢花疏林，各盡其用，剛好阻擋了前面的視線，使人無法瞧到五丈外的景物。

慕容雲笙和郭雪君，不懂五行奇術，還覺不出什麼，只覺那每叢花、每棵樹，似是都用來

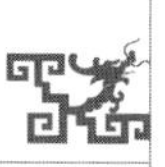

阻人視線，但楊鳳吟卻是瞧得暗暗驚心，明白這是一種暗布罡斗的奇陣，只好全神目注，默查玄機。

行約數十丈，曲轉十餘彎，耳際突聞得水聲潺潺，抬頭看一座九轉朱橋，橫跨溪流而過。橋頭處，涼亭下，坐一個禿頭無髮，身軀高大，身著紅衣的老人，頭靠椅背，閉目假寐，及胸白髯，在山風中微微拂動。

雲護法對那紅衣老人，似是十分敬畏，行至橋頭，停下腳步，抱拳說道：「天衡兄，小弟奉命迎賓……」

紅衣老者睜開雙目，對慕容雲笙瞧了一眼，道：「這一位就是慕容公子嗎？」

紅衣老人雙目微一眨動，突然暴射出兩道威懾逼人的目光，盯注在慕容雲笙的臉上，道：「你雖是聖堂上指名請入的人，但也要遵守老夫這九轉橋上的規矩。」

慕容雲笙道：「什麼規矩？」

紅衣老人道：「不能身帶寸鐵過橋，連暗器也不許帶。」

慕容雲笙道：「若是定得這等嚴格，在下不知是否可以不去？」

紅衣老者道：「孩子，你知道這是什麼地方嗎？識時務爲俊傑。」

雲護法低聲接道：「慕容公子，如若你帶有暗器，那就取出來吧？」

慕容雲笙緩緩從身上取出一把匕首，投擲地上，道：「可以了吧！」

雲護法目光一掠郭雪君道：「這三位也要和慕容公子同去。」

紅衣老人道：「聖堂有令嗎？」

雲護法道：「聖堂雖然沒有指定要三人同去，但也未交代不准帶人同去。」

紅衣老人道：「這麼說來，帶他們同去，是雲老弟的決定了。」

雲護法道：「他們四人相約有言，福禍同當，因此兄弟只好帶他們同去了。還望天衡兄能予放行。」

紅衣老人沉吟了一陣，道：「好吧！若非你雲老弟，老夫決不通融。」

雲護法一抱拳，道：「兄弟這裡謝過了。」

紅衣老人目光一掠楊鳳吟等三人，道：「老夫不想再多說了，妳們哪個身上有兵刃，快拿出來。」

楊鳳吟緩緩說道：「我帶有暗器、兵刃，不過，我不想拿出來。」

紅衣老人道：「妳說什麼？」

雲護法急道：「姑娘……」

楊鳳吟接道：「不關你的事，你奉命帶我們來此，我們跟你來了，別的事和你無關。」

紅衣老人突然縱聲大笑，聲如龍吟，直沖霄漢，震得人耳朵嗡嗡作響。

顯然，他有著無比精深的內功。

楊鳳吟冷冷說道：「你笑什麼？」

紅衣老人道：「老夫很佩服妳的膽氣。」

楊鳳吟道：「我不想和你動手，但也不想取出身上的暗器、兵刃。我想除此之外，應該還有解決的辦法？」

紅衣老人道：「姑娘有何高見呢？」

楊鳳吟道：「咱們想個法子賭一賭，我勝了，自然不用拿出暗器、兵刃……」

紅衣老人道：「老夫勝了呢？」

楊鳳吟道：「悉聽吩咐。不過，咱們怎樣一個賭法？」

雲護法急道：「這個賭打不得。」

只見那紅衣老人微微一笑，道：「這麼辦吧！老夫站在橋頭，妳想法子衝過去，只要妳到了老夫的身後，那就算妳勝了。」

楊鳳吟道：「好吧！這樣雖然也難免動手，但不過三、五招而已，只要有個節制，不用拚出生死就行了。」

緩步向前行去，直待行到橋頭兩尺左右，才停下了腳步，道：「還有一件事情，我想先作說明。」

紅衣老人道：「什麼事？」

楊鳳吟道：「我同行四人，我如被你打傷，或是摔在橋下，他們或行再試，或是遵照閣下的規戒辦理，由他們決定。如是我僥倖的贏了你，他們跟我一起過橋，那也不用再做比試了。」

紅衣老人道：「好！就依妳之意。」

楊鳳吟道：「你準備吧！我要開始了。」

語音落時，人已飛躍而起，直向那紅衣老人撞了過去。

紅衣老人原想她會施展輕功，從自己頭頂飛過，萬萬沒有想到對方竟會直向自己硬撞過來，不禁臉現怒容，左手一抬，推出一掌。

楊鳳吟只覺他推出掌力，力道強大，排山倒海般湧了過來，不禁心頭微震。暗道：「這老

人如此托大並非無因。」

心中忖思，右手已閃電而出，纖纖玉指，反找上對方的脈穴。

紅衣老人冷笑一聲，道：「好。」健腕翻動，五指如鉤，反向楊鳳吟腕上扣出。

兩人是以攻對攻的手法，劈、拿、點、削，變化於一瞬之間。

楊鳳吟心中暗暗忖道：「這老頭子不但內力雄渾，而且招數變化，亦是玄妙難測，果然是有著常人難及的武功，的確是不可輕視。」

心中念轉，右手屈指一彈，幾縷指風，破空擊出。

紅衣老人似是未料到楊鳳吟竟然有此能耐，急忙縮回手臂，道：「彈指神功！」

楊鳳吟嗯了一聲，道：「老前輩果然見多識廣。」

左手一起，拍了過去，如點如劈，纖纖玉指有伸有屈。

紅衣老人叫道：「蘭花拂穴手。」

左手疾起，準備拚受一擊，也要擋開楊鳳吟的蘭花拂穴手。

哪知楊鳳吟早已防到此著，左手拍出的同時，右手玉指已經同時擊出。

紅衣老人左臂剛剛抬起，楊鳳吟食中二指一齊彈出，擊中紅衣老人肘間「曲池穴」。

楊鳳吟彈出的指力雖非極強，但因擊中了對方的大穴所在，頓時那紅衣老人一條左臂，無法再抬起來。

紅衣老人滿臉黯然，向後退了兩步，道：「老夫走了眼，未看出姑娘竟然是身負絕技的高人。」

頭一擺，道：「你們過去吧！」大步行回涼亭中在原位上坐下。

慕容雲笙看那紅衣老人的神情，十分複雜，有些悲傷，也有些氣怒，顯然他內心中有著很多的感慨。

雲護法目光轉到了楊鳳吟的臉上，道：「現在，老朽知曉姑娘，決不是女兒幫中人了。」

楊鳳吟微微一笑，道：「老前輩請帶路吧！」

雲護法微微含首，舉步向前行去。

慕容雲笙、楊鳳吟、郭雪君等魚貫追隨在雲護法的身後，行過九轉朱橋。

過了朱橋，沿白石小徑而行，轉過一個山角，景物突然一變。

只見一座高大、奇怪的建築，聳立在三山環繞的一片空地之上。

那是一座全黑色的高大殿堂，一眼看去竟無法分辨出它是什麼材料建築而成。

在那座高大的殿堂之上，有一塊黑色的橫匾，寫著「三聖堂」三個大金字。

橫匾下兩扇黑色的大門，緊緊地關閉著。

雲護法緩步行到大門前面，肅然說道：「已到聖堂前面，諸位請自重一些。」

雲護法雙眉聳動，欲言又止，卻轉身行近一個木架，拿起木槌，擊動木架上的銅鐘。

一陣嗡嗡的鐘聲響過，那關閉的兩扇黑色大門，緩緩而開。

只聽一個沉重的聲音，傳了出來，道：「什麼人？」

雲護法道：「堂前護法雲子虛。」

一面答話，一面神態恭謹地緩步向聖堂之內行去。

大約過了一盞熱茶工夫，只見那雲子虛緩步行了出來，神情肅然地說道：「聖主請諸位進入聖堂一敘。」

慕容雲笙回顧了郭雪君、楊鳳吟等一眼，低聲道：「小心一些。」舉步向聖堂行去。

一行入行入大殿，只見幾支粗大的火燭，正自熊熊燃燒。

大殿兩側，整齊排列著八尊高大的神像，分穿著各不相同的衣著。

所有神像，都是坐在特製的金交椅中，每一個神像的手中，都執著一具兵刃。

郭雪君見識廣博，目睹那些神像，形貌極是博雜，既不是佛殿中的神像，也不是一般廟宇中的神祇，這似乎是一座各神群集，非佛殿非道觀的奇怪殿堂。

目光轉動，只見正面供台之後，黃緞幔幃之下，並坐三個金身神像。

三個神像，都很高大，下半身被供台遮去，單是上半身就足足有一人多高。

只聽居中的神像，傳出一個威嚴的聲音，道：「四位既見聖者，何以不拜？」

這座殿堂上，自有著一種懾人心神的恐怖氣氛，那聲音又有著巨石下壓的感覺，四個人都不由自主地向供台前蒲團之上跪去。

楊鳳吟首先一挺柳腰，收住下跪之勢，冷冷說道：「我們不是三聖門中人，自是用不著跪拜了。」

她這一叫，慕容雲笙、郭雪君、小珍等，全都收住了向下跪拜之勢。

突聞一聲碰然大震，那大開的殿門，忽的自動關上。

慕容雲笙暗暗吁一口氣，道：「閣下既能說話，顯然是人，似是用不著扮神作鬼的排場了。」

那居中神像冷笑一聲，道：「你就是慕容雲笙嗎？」

慕容雲笙道：「正是區區在下，請教閣下的身分？」

那居中神像突發出一種冷漠無比的聲音，道：「已進聖堂，還敢如此無禮，定是不想活了。」

郭雪君暗暗一提真氣，道：「我們既然來了，早已把生死事置之度外，閣下用不著再施恐嚇了。」

但見燭影搖動，大殿中八支火燭，突然間熄了四支。

原來一片明亮的大殿，也忽的爲之陰暗下來。

變化突然，光亮大減，使得原本就充滿陰森氣氛的大殿，更增加不少恐怖。

慕容雲笙目光轉動，四顧了一眼，發覺這大殿燈光的設置，也經過一番心機，八支巨燭齊燃，可照亮整個大殿上的景物，每一支火燭光亮，似是都有一處作用，照亮了一塊地方，四支燭火熄去，使整個大殿中陰影交錯，明暗顯然。

但聞那居中的神像口內，又傳出那冷肅的聲音，道：「進我聖堂之人，只有兩個結果……」

慕容雲笙接道：「一個投入三聖門，一個是死亡之路，這個你們已經說過很多次了。」

那居中神像道：「那很好，四位應該在兩條中選擇一條了。」

慕容雲笙道：「如若聖堂之中，只有兩條路走，我們縱然不思選擇，也是不成，閣下似是用不著太急了……」

語音微微一頓，接道：「在下的身分，想必聖主早已知曉了。」

居中神像道：「你自號慕容公子，自稱爲慕容長青之子。」

慕容雲笙笑道：「聖主這自號三字，用得很妙，但在沒有證明區區是僞冒之前，那要請聖主暫時認定在下的身分。」

居中神像道：「嗯！世事真真假假，本也很難辨分清楚，不論你身分真假，與他人並無不同。」

慕容雲笙道：「聖主既然認定了在下的身分，可知道在下的來意嗎？」

居中神像道：「你們來意何在？」

慕容雲笙道：「在下想求證一件事。」

居中神像道：「你找上聖堂，想是對我三聖門懷疑了。」

長長吁一口氣，接道：「在下想求證先父的死亡原因。」

慕容雲笙心中暗道：「如若不用激將之法，只怕他不肯說出。」

當下說道：「不錯，守護先父陰陽雙宅的武林高手，已被在下查明爲貴門中人，目下江湖上勢力最大，迫使九大門派弟子斂跡者，亦是貴門中人。蛛絲馬跡，綜合一處，貴門似是脫不了關係。在下冒險來此，面見聖主，只是求證一言。」

那居中神像道：「我看不用回答了。」

慕容雲笙道：「爲什麼？」

居中神像道：「如若你們選擇了入我門下，用不著知曉這些江湖中恩怨往事，如是你們不肯入我三聖門，立時將橫屍於此，知曉了也是無用。」

語聲甫落，大殿中高燃的另四支火燭，也突然熄去，整個大殿，突然間黑暗下來。

楊鳳吟低聲說道：「靠近供台。」當先舉步行去。

慕容雲笙、郭雪君、小珍等，都暗中運氣，準備應變，依照楊鳳吟的吩咐，行近供台。

慕容雲笙伸出左手，抓住供台一角，冷冷說道：「我們已選擇了要走之路……」

居中神像接道：「投入本門求生，還是拒入本門求死？」

慕容雲笙道：「我們主張已定，但還有一樁心願未了，閣下如肯助我完成心願，在下也立刻可以奉告我選擇之路。」

那居中神像不再回答。大殿中突然靜寂下來，靜得落針可聞。

慕容雲笙忍了又忍，仍是忍耐不住，大聲喝道：「閣下怎的不講話了？」

楊鳳吟低聲說道：「不用喝問了，他人已經離開了神像，那神像之下，必然有一條通往別處的秘道。」

慕容雲笙道：「此刻，咱們要怎麼辦？」

楊鳳吟道：「這座大殿，密不透風，咱們得早些設法出去，不能守在此地。」

郭雪君緩步行了過來，低聲說道：「那聖主雖已遁走，但我相信他在大殿之中，仍然有著耳目。此刻殿中一片漆黑，咱們無法瞧到他們，他們也無法瞧清楚咱們，此刻，鬥智尤過鬥力，咱們要設法施展聲東擊西之計，使他們無法預測咱們的行蹤。」

楊鳳吟道：「郭姊姊高見，不過，小妹認為這聖堂之中，定然有著甚多埋伏，小妹想設法試驗一下這大殿中的埋伏。」

慕容雲笙急道：「如是這大殿中真有埋伏，豈不是太危險嗎？」

楊鳳吟道：「這大殿中縱然真有埋伏，也未必能傷得了我，你適才單身涉險，獨入鐵人陣，現在該輪到我了。」

慕容雲笙嘆道：「我是爲父報仇，雖死無憾，可是你……」

楊鳳吟握緊慕容雲笙的手，接道：「不要這樣，我跟你到這地方來，就是不放心你的安危，你如真有了不幸，難道我一個人還能活得下去麼？唉！現在你還不明白我的心嗎？」

此景此情，死亡環繞，生死見真情，兩人都不覺地說出了心中之言。

郭雪君相距甚近，當然聽得清楚，心中突然一種黯然之感，冷笑一聲，道：「我的公子、小姐，此刻此時，大敵當前，你們還有此興致……」

慕容雲笙輕輕咳了一聲，道：「咱們身遭凶險，也還罷了，但郭姑娘和小珍姑娘，如若陪我們葬身於此……」

郭雪君道：「已經進了聖堂，爲時已晚，此刻就算我們想退出去，也已經來不及了……」

但聞一句清冷的聲音，接道：「來得及，妳兩人只要肯入我們三聖門，就可免去死亡。」

郭雪君低聲說道：「咱們將計就計，兩位仔細查看一下，看看能否找出一點可乘之機。」

也不待兩人答話，突然提高了聲音，道：「慕容公子是英雄人物，你們不用妄想他投入貴門，至於我們兩個女流之輩麼？那就有些不同了……」

她希望那人再行回答，以便那慕容雲笙、楊鳳吟找出那人存身之地。

哪知對方似早已警覺，竟是不再回答。

郭雪君輕輕嘆息一聲，道：「我們如若投入三聖門，但不知身授何職？受何待遇？」

這幾句話問得那人無法不答，只好應道：「兩位投入本門，可以破例優待，任職護法，日後再行論功行賞，護法職位很高，可以不問事情，坐享清福，但也可身繫巨務，擔當大任。」

郭雪君道：「不知要經過什麼手續？」

楊鳳吟聽那說話之聲，原本在東南角處，忽然間轉到了西北方向，心中暗道：「就算他停身是道夾壁，行道寬闊，也不會這樣奔走答話，何況，他們快步奔行，豈有全無聲息之理，看起來，定然是兩個不同的人了。」

但聞那冷漠的聲音，又行傳來，道：「手續極為簡單，兩位面對三聖立下誓言，再飲下一杯聖水，就算本門中弟子了。」

慕容雲笙心中暗道：「關鍵就在那一杯聖水了。」

郭雪君又提高聲音，道：「那杯聖水之中，是否有毒呢？」

一個冷冷的聲音道：「兩位既入本門，那就永遠獻身三聖，聖水是否有毒，何必計較？」

郭雪君暗施傳音之術，道：「兵不厭詐，愈詐愈好，我誘使他們現身……」

郭雪君提高了聲音道：「我們四個人，意見雖然不同，但卻有了協議。」

那冷漠的聲音道：「什麼協議？」

郭雪君道：「我們四個人，有著兩種不同決定，我和敝幫中一位弟子小珍姑娘，自知既入聖堂，難再有生離此地之望，但慕容公子和另一位同伴，卻不甘束手就縛。」

那冷冷的聲音應道：「他們準備怎麼樣？」

郭雪君道：「他們準備見識諸位的武功，再作決定。」

那冷漠的聲音道：「好！兩位既已決心投入我三聖門下，此刻就要聽在下之言了。」

郭雪君道：「閣下是何身分？」

那冷漠的聲音道：「區區乃聖主首座護衛，十二飛環連玉笙。」

郭雪君低聲對楊鳳吟道：「楊姑娘，這十二飛環，武功非同小可，妳如和他動手，要千萬

小心一些。」

只聽一陣啪啪輕響，似是有什麼重物移動一般，緊接著亮起了一道火光。

慕容雲笙、郭雪君等，轉頭望去，只見一個頭戴方巾，身著藍衫的中年文士，站在一丈開外之處，左手高舉火摺子，背上卻插著一柄長劍。只見他方面長髯，劍眉朗目，氣度清華，飄飄出塵，令人不覺間生出敬意。

慕容雲笙拱手一禮，緩緩說道：「十二飛環連玉笙，在下久仰了。」

連玉笙淡淡一笑，道：「你是慕容公子？」

慕容雲笙道：「區區正是慕容雲笙。」

連玉笙道：「如若我記憶不錯，我在江湖上走動之時，你還沒有出世。」

慕容雲笙道：「老前輩威名赫赫，江湖上有誰不知，晚輩沒有拜見之前，已久聞大名了。」

連玉笙點頭一笑，道：「原來如比。」

語聲一頓，聲音突轉冷漠，接道：「令尊生前，和在下交誼頗深，念在死去故交的份上，老夫破例優容。」

慕容雲笙道：「請教詳情。」

連玉笙道：「沒有人能夠在進聖堂之後，生離此地，除非他投入我三聖門中；但對你，老夫可讓你自作了斷，落個全屍。」

楊鳳吟突然接口說道：「慕容公子如若是一定要死，那也不在乎全屍了。」

這時，連玉笙手中的火摺子已經燃盡，光焰一閃而息。

但聞連玉笙高聲喝道：「燃起四燭。」

只見火光連閃，片刻間，大殿上光明重現，四支巨燭，熊熊燃燒起來。

連玉笙似是突然間想起了另一件事，道：「你叫什麼名字？」

慕容雲笙道：「我叫慕容雲笙。」

連玉笙道：「哪一個笙字？」

慕容雲笙奇道：「有什麼不同？」

連玉笙道：「可是竹頭加上的笙？」

慕容雲笙道：「不錯。」

連玉笙自言自語地道：「那是和我這個笙字一樣了。」

慕容雲笙嗯了一聲，道：「難道你用了笙字，別人就不能用了麼？」

連玉笙道：「老覺著很奇怪，慕容長青爲什麼給你取了雲笙這個名字。」

慕容雲笙藉機問道：「老前輩既和家父相識，而且交誼頗深，想必對晚輩急於了然家父死因一事，能予關注，不論晚輩是否能夠離開聖堂，但晚輩卻急於知曉內情，死也死得瞑目了。」

連玉笙沉吟了一陣，突然抬頭望了大殿正中黃幔下三座神像一眼，低聲說道：「孩子，你沒有機會離開這裡，不如答允投入三聖門吧！」

慕容雲笙道：「老前輩答非所問，那是不願說出晚輩求問之事了。」

楊鳳吟側身兩步，攔在慕容雲笙的身前，接道：「他遲遲不肯說明，內心必有苦衷，也許他也是當年參與殺令尊的兇手之一。」

連玉笙雙目一瞪，神光暴射，冷冷地看了楊鳳吟一眼，道：「妳很想和老夫動手？」

楊鳳吟道：「因爲我不甘束手就戮，早晚都難免和你打一場了。」

連玉笙道：「好吧！老夫成全妳這個心願就是。」

楊鳳吟道：「如是你不幸打敗了，一定要說出那慕容長青死亡的內情。」

連玉笙道：「好，妳如真能勝得老夫，老夫這首座護衛，也無法再做下去。」

楊鳳吟踏前兩步，正想出手，卻聽郭雪君大聲喝道：「慢著！」

楊鳳吟道：「什麼事？」

郭雪君道：「有些人豪氣干雲，視死如歸，有些人貪生畏死，不願冒險。」目光轉到連玉笙的臉上，接道：「我們已決定投入三聖門下，不過，我們不願目睹你們搏殺，因爲他們是我的朋友，我無法眼看他們落敗或死亡時不加援手……」連玉笙冷冷說道：「兩位請稍候片刻不遲，妳們既然決心加入我三聖門，就該先行聽候令諭。」

郭雪君道：「我們未入三聖門前，還是客卿地位，似是用不著聽你的命令了。」

連玉笙怒道：「就憑這一句話，妳們就該身受責罰了。」

郭雪君道：「三聖有命，要我等入聖門，但你卻拖延不肯，不知是何用心？」

連玉笙回顧了慕容雲笙一眼，道：「不知你們兩位是否能等？」

慕容雲笙道：「人各有志，勉強不得，尤其是生死關頭之時，她們兩位，既是看準了我們必敗，投入三聖門，也不能算是有錯。」

連玉笙道：「但本門中儀式，乃是一大隱密，非本門中人，如何能見？」

楊鳳吟道：「你不能開了大門，放我們離開，只有讓我們觀賞一途了。」

連玉笙強自忍下心中怒火，目光轉到郭雪君和小珍的身上，道：「兩位一定要現在投入三聖門麼？」

郭雪君微微一笑，道：「不錯啊！我看今日這番搏鬥，一定十分凶險，明哲保身，因此，我想早些投人三聖門，以求保命。」

連玉笙冷哼一聲，道：「希望妳是由衷之言。」

面色轉爲凝重，高聲說道：「開壇。」

但聞噹的一聲鐘鳴，那供桌後三座高大的金像，六隻巨目，一齊亮了起來，六道強光，直照過來。

連玉笙冷冷說道：「三聖神目所見，兩位還不跪下。」

郭雪君、小珍只好緩緩跪了下去。

連玉笙道：「奉聖水。」

但聞輕微的軋軋之聲，那供案之內，緩緩伸出一個木盤，盤內放著兩個茶杯。

郭雪君緩緩伸出手，端起一杯聖水，凝目望去，只見那杯中聖水，色呈碧綠，端在手中就有一股清香之氣，撲入鼻中。

郭雪君道：「良藥苦口，這杯中聖水，如此清香，只怕不是什麼好吃的東西？」

口中說話，卻又把手中的茶杯，放回到原來的木盤上。

連玉笙一皺眉，道：「郭姑娘，這是什麼意思？」

郭雪君道：「我怕這聖水之中有毒。」

連玉笙道：「三聖門中弟子，何止千萬，每人都飲過聖水，但都好好的活著。」

郭雪君道：「防人之心不可無，如若你肯飲下一杯給我瞧瞧，我就也飲下一杯。」

連玉笙一皺眉頭，道：「看來兩位是誠心捉弄老夫了。」

一面說話，目光卻望著那三具高大神像上亮起的六道強烈目光。

只見那伸出的木盤，緩緩地收了回去，六道目光也突然熄去。

郭雪君心知事情有了變化，立時暗中提氣戒備，一面回過頭來，笑道：「老前輩，這是怎麼回事啊！聖水收回，燈火熄去，那是誠心把我們拒絕於三聖門外了。」

連玉笙心中知曉，熄去神目，收回聖水，那就把聖堂中的事務，全交由連玉笙自行處理，這四人殺剮存留之權，已完全操諸己手，心裡怒火平熄了不少，微微一笑道：「姑娘請起來，妳裝作夠了，再裝下去，豈不是無味得很。」

郭雪君挺身而起，道：「三聖門弟子，大約都是因爲飲用了那杯聖水，所以，才永遠受制於三聖之手，無法再棄暗投明了。」

楊鳳吟突然插口說道：「夠了，大概也無法再拖下去啦，兩位請退後一步吧！」

郭雪君和小珍，依言向後退了兩步，躲在楊鳳吟的身後。

楊鳳吟突然躍起，劈出一掌。

連玉笙右手一揮，接下了一掌，但聞砰然一聲輕震，連玉笙竟自身不由主地向後退了一步。

但楊鳳吟整個身子，卻如同被彈起了一般，飛起了七、八尺高。

五十　聖堂惡鬥

慕容雲笙見楊鳳吟的身子，被連玉笙一掌震得飛起了七、八尺高，大爲吃驚，急急說道：「鳳姑娘……」

放步向楊鳳吟奔了過去，但見楊鳳吟身子輕飄飄地飛出了五、六尺遠，才落了下來。

慕容雲笙雙臂一張，抱住了楊鳳吟的嬌軀，低聲說道：「妳受了傷嗎？」

楊鳳吟道：「我沒有事。」

慕容雲笙聽她聲音平靜，果然是不似受傷的樣子，低聲說道：「妳不是被人家一掌震得飛了起來嗎？」

楊鳳吟道：「他雖然不見老態，但我知曉他年齡很大了，如若是我和他硬拚掌力，決然非他之敵了。所以，我討巧……」

慕容雲笙接道：「難道那也是一種武功嗎？」

楊鳳吟道：「不錯，而且是很高深的武功，不論他掌力多麼強猛，都無法傷得了我，至多把我彈得更高一些。」

慕容雲笙輕輕嘆息一聲，道：「妳只要沒有受傷，我就放心了。」

連玉笙肅然的站在一側，冷眼旁觀。

他心中已經明白，楊鳳吟在幾人之中，是武功最高的一個，只要把她制服，其餘的人，就不足和自己抗衡了。

但見楊鳳吟長長的吁一口氣，挺躍而起，緩步行向連玉笙笑道：「你的掌力很強，可惜我傷的不重，只好再和你打一次了。」

連玉笙道：「姑娘還有再戰之能麼？」

楊鳳吟道：「你認爲你真能傷了我麼？」

連玉笙一皺眉頭，道：「剛才你沒有受傷麼？」

楊鳳吟道：「嗯！受一點點傷。」

連玉笙右手一伸，快如電光石火一般，直向楊鳳吟右腕之上扣去。

楊鳳吟嬌軀一側，右手不避反迎，食中二指，反取連玉笙的腕脈。

兩人一送一迎之間，其快無比，身側觀戰人，亦未看清楚兩人的掌指變化。

只見兩人掌指一錯而過，彼此都疾快地向後退了兩步。

原來，連玉笙眼看楊鳳吟不讓不避，竟以食中二指反點自己脈穴，心知遇上了勁敵，只好易擒爲劈，硬削掌緣，斜向楊鳳吟腕上切去。

哪知楊鳳吟屈指一彈，一縷指風，搶先發出，直擊過去。

連玉笙似是也未料到楊鳳吟突發指風，警覺已晚。

但雙方距離過近，掌指一掠之間，連玉笙的指鋒也掃中了楊鳳吟。

連玉笙覺出腕間一麻，整條的右臂，一陣麻木，楊鳳吟也覺手背上如刀劃過，一陣奇痛。

兩人各中一擊，也同時向後退了一步。

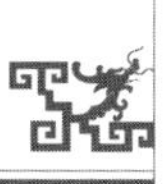

四目相注，互視片刻，連玉笙才冷笑一聲，道：「姑娘好厲害的彈指神功。」

楊鳳吟看右手背面，傷痕宛然，心中亦是暗自佩服對方的武功，說道：「你在受我指風擊中之後，仍能用餘力傷我，足見功力深厚了。」

連玉笙長長吁一口氣，道：「數十年來，老夫從未遇到像姑娘這般的勁敵，今日倒希望放手和姑娘一搏。」

楊鳳吟左手一抬，一隻白玉般的手掌，直取前胸。

連玉笙動手幾招之後，已不敢再對楊鳳吟存有輕視之心，右手一翻，扣拿楊鳳吟的左腕，同時，左手閃電拍出一掌。

但見楊鳳吟身子一轉，靈巧絕倫地避開了連玉笙的一擊，人如飛花飄絮一般，閃到了連玉笙的身後。

這一戰不但關係著楊鳳吟的生死，而且也關係著慕容雲笙、郭雪君的生死，是以，幾人都全神貫注兩人搏鬥的情勢，眼見楊鳳吟靈巧的身法，不禁暗暗讚了一聲好身法。

哪知連玉笙頭也不回，向前疾行一步，反臂拍出一掌。

他似是早已預料到楊鳳吟的停身位置，劈出的掌勢正好擊向楊鳳吟停身之處。

楊鳳吟一提氣，縱身而起，竟然飛身躍上了供台，右手一揚，兩粒菩提子脫手飛出，分向居中神像雙目之中打去。

但聞啵啵兩聲，那居中神像的雙目中噴飛出數點碎石。

原來，那神像雙目之中，裝的水晶石片，被楊鳳吟彈出兩粒菩提子擊碎。

連玉笙看她竟然發暗器擊毀聖像雙目，心中大是激怒，暴喝一聲，搶上供台，雙掌連環劈出。

楊鳳吟冷笑一聲，道：「這聖像，本是騙人的把戲，你們竟然相信它。」

喝聲中，左手伸出，接下連玉笙的右掌，身子飄飛而起，落著實地，連玉笙已動真火，縱身而上，揮掌急攻。

兩人展開了一場搶制先機的惡鬥。

燭火下，只見掌影重重，雙方惡鬥得十分激烈。

連玉笙掌力愈來愈強猛，帶起了陣陣呼嘯風聲。

楊鳳吟憑仗靈巧的身法，閃避對方掌勢，有時迫於形勢，也出手硬接掌勢。

不大工夫，雙方已拚鬥到百回合以上。

連玉笙果然有著過人的深厚功力，百招之後，掌力不但不見減弱，反而愈來愈強，大有愈戰愈猛之勢。

楊鳳吟卻是有些相形見絀之感，處處逃避對方的掌勢，不再硬接。

雙方又鬥十餘招，情勢對楊鳳吟更是不利，連玉笙凶猛的掌勢，迫得楊鳳吟整個嬌軀，有如戲花蝴蝶一般，團團亂舞。

慕容雲笙看得大為震動，忍不住一提真氣，大步向前行去。

郭雪君已瞧出慕容雲笙的用心，伸手一把抓住了慕容雲笙，低聲說道：「不可造次，亂了咱們的章法，敵眾我寡，如若你一出手，給了對方藉口，立時將引起一場混戰，那時，對我們處境，將是有百害而無一利了。」

慕容雲笙道：「難道咱們要看她傷在對方手中不成？」

郭雪君道：「照賤妾的看法，她還可以支持一段時間，此時此情，還用不著出手助她。」

兩人談話之間，突聞一聲輕叱和冷哼，同時傳入了耳際。

凝目望去，只見那連玉笙和楊鳳吟已然停下手來，各自向後退了兩步，相對而立。

楊鳳吟臉上帶有人皮面具和易容藥物，瞧不出有何不同，但連玉笙卻是臉色蒼白，如非受了重傷，亦必是疲累過度。

突然間，「啊喲！」一聲尖叫，劃破了聖堂中暫短的沉寂。

慕容雲笙轉頭看去，只見那出聲尖叫之人，正是小珍，不禁一皺眉頭，道：「妳叫什麼？」

小珍似是餘悸猶存地說道：「那神像……」

慕容雲笙望了正中三座神像一眼，道：「不是一樣麼？」

小珍道：「兩邊的神像。」

慕容雲笙啊了一聲，目光轉動，只見兩側神像似是都已離位，站了起來。

只聽小珍說道：「那些神像會動，一個個都站起了身子。」

慕容雲笙冷笑一聲，道：「那些不是神像，都是人裝的。」

郭雪君低聲道：「小心一些，他們準備群毆了。」

只聽連玉笙冷冷地說道：「姑娘傷勢如何？」

楊鳳吟道：「你如還能再打，我極願奉陪。」

連玉笙目光轉動，四顧了一眼，道：「你們不許出手。」

但見那些起立的神像，突然又坐了下去。

楊鳳吟道：「我們拳掌暗器，比試了兩陣，還無法分出勝敗，如若咱們再打，我想應該用兵刃了。」

連玉笙道：「那很好，姑娘用什麼兵刃，是否帶在身上？」

楊鳳吟探手從身上摸出一把短小的金劍，握在手中，道：「我有兵刃。」

連玉笙看那金劍，長不過一尺左右，不禁一皺眉頭，道：「你的兵刃很好，很像一把匕首，不知是否適用？如若需要，在下願借給姑娘一柄長劍。」

楊鳳吟道：「你不要小看我這把短劍，等一會，你自會知道厲害。」

連玉笙道：「在下倒瞧不出姑娘手中兵刃，有什麼出奇之處？」

楊鳳吟道：「那你就見識一下吧！」

連玉笙右手一抬，長劍出鞘，冷冷道：「姑娘的武功，雖算是連某生平所遇高人之一，但姑娘太狂了。」長劍一震，疾向楊鳳吟前胸刺去。

楊鳳吟短劍一揮，閃起一片金光，噹的一聲，架開了連玉笙的劍勢。

連玉笙冷笑一聲，道：「姑娘好劍法。」

長劍一震，展開了快攻。但見寒光流動，劍如波濤重起，翻翻滾滾，湧了過去。

楊鳳吟感到連玉笙的劍招，不但迅速絕倫，而且每一招劍式中，都帶著強大的壓力，劍勢未到，一股強凌的金風，直逼過來，心中暗暗震駭，忖道：這人不但劍招奇幻，而且功力深厚無比，如若和他纏鬥下去，只怕勝他的機會不大。

心中念轉，突然生出了強烈的求勝之心，金劍疾變，展開了反擊。

剎那間，金光輪轉，一柄短劍，幻化出一片金芒。

燭火下，只見一團白光和一圈金芒，交叉在一起，翻翻滾滾。

慕容雲笙和郭雪君等一側觀戰，直看得心中震駭不已。

郭雪君見過了不少凶險的惡鬥，但也從未見過這等激烈的，但見寒芒綴繞，不見人影。

突然連玉笙厲聲喝道：「撒手！」

唰唰唰，一連三劍。

但聞楊鳳吟應道：「未必見得吧！」

金劍疾起，封開三劍。

這三劍交接，都是兩人平生的功力所聚。

三劍過後，兩人似是都已無再戰之能。都不由自主的各自向後退了兩步，激烈的搏鬥，突然間靜止下來。

楊鳳吟緩緩閉上雙目，運氣調息。

慕容雲笙大爲震驚，暗道：她定是疲累已極，顧不得處境的危險，就閉上雙目調息起來。

橫跨兩步，緊守在楊鳳吟的身側。

連玉笙冷冷的望了慕容雲笙一眼，也緩緩閉上雙目，運氣調息。

慕容雲笙心中暗道：「原來這連玉笙也到了難再支撐之境，此人武功之高，至少和楊鳳吟是半斤八兩，如若讓兩人體能稍復之後，再打下去，二虎相鬥，必然要有一傷，而且。我們身陷絕地。對方還不知有多少高手，而我們如只有一個楊鳳吟可與匹敵，今日之戰，豈非敗定了。這連玉笙既任三聖堂中首座護衛，定然甚得三聖堂信任，這聖堂中的護衛，都在他之下了，我如能一舉把他生擒，迫使他們打開室門，放我等離此，也許可以辦到，雙方既成敵對，似也用不著存什麼仁義之心了。

念轉意決，正想出手，卻突聞一個細微的聲音，傳入耳際，道：「不要妄動，除非能把他殺死或生擒，否則咱們的處境。就更是險惡了。」

慕容雲笙聽出是楊鳳吟的聲音，用傳音術示警，不要自己輕舉妄動，想她閉目未睜，怎能瞧出自己有暗算敵人之心，心中既是佩服，亦是震駭。但他卻遵照所囑，站在原地未動。

突聽小珍發出一聲尖叫，身子搖了兩搖，倒摔在地上。

變出突然，慕容雲笙也有些張惶失措之感，急急舉步，行向小珍，道：「姑娘……」

這時，郭雪君已伸手抓住小珍，似是想扶她起來，但見郭雪君伏下的身子，突然向前一栽，也跌摔在地上。

慕容雲笙駭然退後了一步，道：「郭姑娘……」

郭雪君摔下去，就未再掙動過一下，上半身撲在小珍的腿上。

這只是一眨眼間的工夫，慕容雲笙鎮靜了一下心神，轉目望去。

只見那連玉笙站在原處，閉目未動，看情勢，決不會是他暗施算計。但殿堂上，燭火通明，再也未瞧到其他之人。

就在他心中驚愕不定之際，突然身後三處大穴一麻，突失自主之能，右手一鬆，長劍落地，雙腿也似是無法支持身體，橫裡跌摔在地上。

他身中暗算，身不能動，口不能言，但心中卻仍是清楚的很。但聞居中神像傳出一聲冷笑，道：「連玉笙，那丫頭的武功很高強嗎？」

連玉笙微微一皺眉頭，但很快的舒展開，恭敬地說道：「是的，她武功很高強，屬下已和

她搏鬥了兩次，但還未分出勝負，不過聖主放心，屬下自信可以勝她。」

那居中高大的神像又發出冷冷的聲音，道：「本座想不出，目下武林中，有什麼人能和你戰成平手？」

連玉笙道：「屬下也想不出她的身分，但屬下已瞧出她戴著人皮面具，如能生擒她，取下她臉上的面具，就可以瞧出她的真面目了。」

那居中神像突然冷笑一聲，道：「要她立刻取下面具。」

楊鳳吟冷冷接道：「那要我自己決定了，你如心中不服，何不現出身來，和我較量一下，躲在暗中裝神扮鬼，不覺著有失氣度麼？」

那居中神像冷漠地說道：「本座已猜到妳的身分。要妳取下面具，只不過證實我心中的懷疑罷了，妳如仍然倔強不服，本座將立時下令，先殺去妳三個同伴。」

這確實是一擊而中要害，楊鳳吟呆了一呆。道：「你說說看，我是什麼身分？」

那居中神像道：「飄花令主楊鳳吟，對麼？」

楊鳳吟答非所問地道：「好！我可以取下面具，讓你證明心中之疑，不過你……」

那居中神像哈哈大笑一陣，道：「不過，要保全慕容雲笙的性命。」

楊鳳吟心中一動，暗道：「這人果然厲害，竟然是早已想到我心中之秘。口中卻接道：「還有一件事，我也想見見你的真正身分。」

那居中神像道：「你們陷身絕地，生死之權，操於本座之手，還敢向我提出條件，未免是不自量力了。」

楊鳳吟道：「如是你不答允，只有玉石俱焚一途了。」

那居中的神像道：「本座想不出，妳有什麼能力，能鬧得玉石俱焚？」

楊鳳吟道：「我帶有一種毒火，燃燒中毒煙不絕，聞得毒煙之人，必死無救。」

那居中神像哈哈一笑，道：「縱然妳說的句句實言，也不會傷害到本座。」語聲一頓，接道：「不過，妳可以先取下面具，本座見識過妳之後，再決定是否和妳會面？」

只聽連玉笙道：「聖主對妳已例外施恩，妳再不答允，那是自取死路了。」

楊鳳吟心中暗道：「此刻形勢，於我不利，我如不允，他們可立時取慕容公子之命。」心中念轉，緩緩舉手取下人皮面具。

一張絕世無倫的美麗面容，出現燈火之下。

連玉笙只覺著那張面容美得使人陶醉，不自禁的暗讚一聲。

但那居中神像說道：「你是飄花令主麼？」

楊鳳吟道：「不錯，我已取下面具，閣下也該現身出來一見了。」

居中神像傳出一陣清冷的笑聲，道：「今晚本座設筵，爲妳洗塵。」

他的聲音，一直是冷漠如水，但這一陣笑聲，卻是發自內心聽起來，有一種出自人口的味道。

楊鳳吟道：「盛情領受，不過，我有一個條件。」

那居中神像道：「什麼條件？」

楊鳳吟道：「我要同來之人，全部在場，缺一不可。」

那居中神像的聲音又恢復了特有的冷漠，道：「妳是請求本座呢，還是要挾本座？」

楊鳳吟道：「你如何才肯答應？」

居中神像道：「此時此情，妳似是無能對我要挾，是嗎？」

楊鳳吟想到了慕容雲笙的安危，暗暗歎息一聲，道：「就算我請求你吧！」

居中神像又發出一陣清朗的笑聲，道：「好吧！看在令主的份上，讓他們也享受本座一頓晚餐。」語聲一頓，接道：「連玉笙，你帶這位姑娘客室小坐，聽候本座宣召。」

連玉笙道：「敬領聖諭。」

目光轉到楊鳳吟的臉上，接道：「姑娘請隨在下來吧！」

轉身向聖堂一角行去。

楊鳳吟伸手抱起了慕容雲笙。連玉笙停下腳步，回過身子，道：「不行，那客室只能招待姑娘一人，再說他們身中毒針，姑娘無能解救。聖主既然答應由他們作陪，定會遣人療治好他們的毒傷，你如強行帶他們同去客室，那反是害他們的性命了。」

楊鳳吟沉吟了一陣，放下慕容雲笙，舉步隨在連玉笙的身後行去。

只見連玉笙行到一處壁角邊，舉手在壁上敲打了一陣。

楊鳳吟原想他會開啓壁間機關，一直留心著他手指觸摸之處，待她警覺到那機關是在壁內，由外面指聲擊壁的次數連絡開啓時，爲時已晚，已無法算出連玉笙擊打石壁的次數。

但聞呀的一聲，壁間開啓了一扇門戶。

連玉笙道：「在下帶路。」先行入門內。

楊鳳吟追在身後，行過了一段夾巷，轉入了一座小室之中。

連玉笙右手晃燃了一枚火折子，右手一伸，點燃起屋角木台上的蠟燭。

暗室中陡然大放光明。

楊鳳吟暗暗吸一口氣，只覺這室中毫無沉悶之感，顯然，有著通氣設備。

但聞連玉笙緩緩說道：「這聖堂機關重重，姑娘路徑不熟，最好別作逃走的試驗。」

楊鳳吟轉身行到一張錦凳處坐了下來，閉上雙目，不再理會連玉笙。

原來，這小室中布設雅致，除了一張石案之外，還有幾座錦凳。

連玉笙隨手掩上石門，低聲說道：「姑娘，你很關心那慕容雲笙的生死嗎？」

楊鳳吟道：「是又怎樣？」

連玉笙道：「想救他嗎？」

楊鳳吟怔了一怔，道：「你是什麼意思?可是想從我口套出一些什麼?」

連玉笙神情肅然地說道：「在下希望姑娘能夠信任在下。」語聲一頓，接道：「姑娘武功雖然高強，但決非三聖之敵。」

楊鳳吟接道：「你在勸說我？」

連玉笙道：「不是，我在幫助你！」

楊鳳吟道：「怎麼說？」

連玉笙道：「聖主並非貪色的人，但姑娘長得太美了。」

楊鳳吟道：「你要我……」

連玉笙道：「要你虛與委蛇，姑娘，你該明白，這是你唯一的機會。」

楊鳳吟一皺眉頭，道：「一個女孩子，最重要的是什麼？」

連玉笙道：「這個……這個，在下倒想不出來。」

楊鳳吟道：「名節。」

連玉笙道：「不錯，但那慕容雲笙和郭雪君等的生死，都操在你的手中，在下只能點明此事，姑娘不妨三思。」

言罷，轉身而去。

楊鳳吟望著連玉笙的背影，轉身歎息一聲，頓覺著重重煩惱，湧上心頭。

和連玉笙一戰，她確已知曉這三聖堂內，果有著絕頂高手，不論那位聖主的武功如何，單是連玉笙一個人，就已夠自己應付了。

那連玉笙說的不錯，除了利用自己的美麗之外，似乎是已到了山窮水盡之境。

忖思之間，不知過去了多少時間。只聽一陣步履之聲，傳了過來，連玉笙又推門而入。楊鳳吟抬頭看去，只見連玉笙的身後還有兩人。

兩個人都在五旬之上，目中神光湛湛，顯是內外兼習的高手。

連玉笙輕輕咳了一聲，道：「要委屈姑娘一下了，」

身後的兩個老者，突然抬起雙手，只見一人手中拏付手銬，一人手中卻拏著一個頭盔，那頭盔形狀甚怪，有如一個鐵桶。

楊鳳吟冷冷的望了連玉笙和兩個老人一眼，道：「你們要替我加戴刑具？」

連玉笙道：「在下說過了，要委屈姑娘一下。」

楊鳳吟略一沉思，緩緩伸出雙手。

連玉笙伸手從左面老人手中接過手銬，扣了楊鳳吟的雙腕；又從右面老者手中接過頭盔，道：「姑娘還要戴上這個。」

楊鳳吟冷笑一聲，不再多言，任那連玉笙替她戴上鐵盔。

那鐵盔很深，罩住了楊鳳吟整個的頭，直至肩處。

連玉笙把一條絲帶，交到楊鳳吟的手中，道：「在下牽著絲帶爲姑娘帶路。」

楊鳳吟只好抓住絲帶，隨在連玉笙身後行去。感覺中，這是一條很彎曲的路，而且路上不少石塊，崎嶇不平。足足有頓飯工夫之久，連玉笙放開絲帶，道：「姑娘請舉起雙手。」

楊鳳吟道：「爲什麼？」

連玉笙道：「我要替姑娘解下手銬。」

楊鳳吟暗暗忖道：「事已如此，逞強無益，只好多多忍耐了。」當下舉起雙手。

連玉笙先解去楊鳳吟的手銬，又取下頭盔，推開一扇門，道：「姑娘請進吧！」

楊鳳吟卻未即時進門，抬頭打量一下四面形勢，只見停身似是一座高大的倉庫中，四面不見天日，眼前木門之內，卻是燈光輝煌，心中暗道：「大房子裡面一幢小房子。」

心中念轉，人卻舉步入室。

連玉笙用極低聲說道：「如若姑娘能相信在下，希望能要求聖主，把在下召喚進去。」

敢情，連玉笙要守在門外，不能進去。

楊鳳吟緩步行入室中，抬頭看去，只見頂垂宮燈，四周又燃著八支火炬，整個室中，照耀有如白晝。

她迅快的掃掠了全室一眼，只覺這座敞廳足足五丈見方大小。

紫綾幔壁，紅氈鋪地，敞廳中間，擺了一張方桌。

方桌四面分放著四個黃緞子鋪墊木椅，顯然今夜的客人不多。

這時，整個敞廳寂靜如死，聽不到一點聲息，看不見一個人影。

楊鳳吟緩步行近那方桌，伸手拉開一張木椅坐了下去。身後突然傳過來一個清冷的聲音，道：「有一位故友來訪，使區區耽誤了半刻時光。」

楊鳳吟心頭一震，暗道：「他幾時出現於此，我竟然完全不知。」

儘管她心中震動，但仍然保持表面的鎮靜，緩緩回過頭去。

只見一個全身黑衣的人，停立在身後五尺左右。

他帶著黑色的手套，黑色的面紗，掩去了面目，全身上下，未見兵刃。

楊鳳吟冷笑一聲，道：「客人等主人，不覺著失禮嗎？」

那黑衣人緩步行到西首，在楊鳳吟對面坐了下來，道：「的確有些失禮，等一會，在下自罰三杯。」他雖然戴著面紗，無法看到他真正的面目，但他的舉動，仍使人有著瀟灑的感覺，而且聲音柔和，充滿著感情。

楊鳳吟眨動了一下圓圓的大眼睛，道：「你是三位聖主中的第幾位？」

那黑衣人道：「區區受他們抬愛，捧作三位聖主之首。」

楊鳳吟嗯了一聲，道：「你在那三聖堂中坐的什麼位置？」

黑衣人道：「居中之位。」

楊鳳吟道：「剛才在三聖中和我談了很多話，那人是你麼？」

黑衣人道：「正是區區。」

楊鳳吟道：「哼！你騙人。」

黑衣人道：「區區似是用不著說謊話，對嗎？」

楊鳳吟道：「一個人的面貌可以改變，但他的聲音，卻是不易改變。」

黑衣人接道：「可以的，但要看那人有沒有那份改變聲音的天才。」

楊鳳吟道：「一個人可以講出十幾種方言，但他的音質不變。」

黑衣人道：「如是姑娘不信，在下立時可以改用在聖堂中的聲音。」

楊鳳吟道：「我很想一證心中之疑。」

那黑衣人朗朗一笑，聲音突然間轉變得十分陰沉，道：「此時此情，大約是絕不會再有人冒充本座了。」

這幾句話，只說的字字如陰冰寒風，果然是和那大殿中一般的肅殺之聲。

楊鳳吟道：「嗯！有些像。」

黑衣人笑道：「有些像，那是說姑娘還有些不信了。」

楊鳳吟道：「只要你能代表三聖門，不論你是誰，那都無關緊要了。」

黑衣人點點頭，道：「說的也是。」

楊鳳吟道：「還有一個不情之求，不知閣下是否見允？」

黑衣人道：「可是要我取下面紗，以真面目和姑娘相見麼？」

楊鳳吟道：「嗯！不錯，你既然把我當客人接待，爲什麼還要藏頭露尾，面帶黑紗？」

黑衣人道：「酒過三巡，菜上五味，姑娘能完全拋去了敵意時，在下自會及時取下面紗，和姑娘相見。」

楊鳳吟道：「你不肯取下面紗，使我覺著自己吃虧了。」

黑衣人笑道：「如若本座敗了，姑娘決不會以賓客之禮，對待本座了。」

楊鳳吟心中忖道：「這話不錯，如是我們勝了，決不會對他如此優容了。」

黑衣人言詞犀利，每一句話，都道盡人心中的弱點，使人無言可駁。但見那黑衣人舉手互擊兩掌，道：「上菜。」

一陣細樂響起，隨著那響聲，敞廳一角，垂幔之後，婉轉行出了四個白衣少女，每人手中都捧著一盤菜，魚貫行近木桌。

四個白衣女的動作，一步步間都配合著那柔美的樂聲，但柔美中不失快速，一轉眼，酒菜已經擺好。

黑衣人伸出戴著黑色手套的右手，挽起了玉壺，親手替楊鳳吟斟了一杯酒，笑道：「姑娘請啊！」端起面前酒杯，一飲而盡。

楊鳳吟左右望了一眼，答非所問，道：「這一桌佳餚美酒，只有我們兩個人吃嗎？」

黑衣人嗯了一聲，道：「姑娘是希望有人陪嗎？」

楊鳳吟道：「我記得我給你提過今晚的宴席上……」

黑衣人朗朗一笑，接道：「可是要慕容公子和那位郭姑娘奉陪姑娘嗎？」

楊鳳吟道：「你已經答應過了，難道已經忘了嗎？」

黑衣人道：「沒有忘，不過，我要先行說明一件事情，希望姑娘考慮一下。」

楊鳳吟道：「我洗耳恭聽。」

黑衣人道：「如若姑娘一定要慕容雲笙和那位郭姑娘相陪，並非不可，但我就不能脫下臉上的黑紗，以真正的面目，和你相見了。」

楊鳳吟一皺眉頭，道：「你說過的話……」

黑衣人接道：「我答應過姑娘，以慕容雲笙和郭雪君等奉陪，不過在下不願以真正面目和他們相見。所以才在這兩者之間，由姑娘作一個抉擇。」

楊鳳吟思索了一陣，道：「我想到一個辦法。」

黑衣人道：「什麼辦法？」

楊鳳吟道：「在他們未來之前，你先取下面紗。讓我瞧瞧如何？」

黑衣人哈哈一笑，道：「姑娘的想法很聰明啊！」

楊鳳吟笑道：「嗯！這辦法不成麼？」

黑衣人搖搖頭，笑道：「妳不能太沾光啊！」

楊鳳吟冷冷說道：「那是說，咱們談判不成了。」

黑衣人哈哈一笑，道：「姑娘錯了，此時此情，妳是在陷身虎穴……」

楊鳳吟道：「我說你錯了。」

黑衣人道：「此話怎麼說？」

楊鳳吟道：「我身上仍帶有兵刃、暗器，仍然有著和你動手之能，此地，沒有你的護衛，非要你本人出手不可了。」

黑衣人冷冷說道：「姑娘！本座已經對妳格外優容了，姑娘若太過份……」

楊鳳吟道：「夠了，我不願受人威迫，同時，我覺著，我們早晚要有一場決戰。」

那黑衣人朗朗一笑，道：「我答應替妳接風，在未過這次晚餐之前，妳仍是我的貴賓，晚餐之後，爲敵爲友，要妳姑娘決定了。」

說著提高了聲音，說道：「請慕容公子和郭姑娘進來！」

片刻之後，果然慕容雲笙和郭雪君魚貫行了進來，後面還跟著小珍姑娘。只見慕容雲笙大步行到那木桌前面，停下了腳步。

黑衣人語聲冷漠地說道：「兩位請坐吧！」目光投注小珍的臉上，道：「小珍姑娘，這裡沒有準備你的坐位，只好委屈你站著了。」小珍似是也很聽話，乖乖的站在郭雪君的身後。

但聞黑衣人冷笑一聲，道：「諸位可以請用了。」

慕容雲笙和郭雪君，似是都很聽那黑衣人的話，舉起筷子，吃了起來。

楊鳳吟卻大感奇怪地說道：「郭姑娘、慕容大哥，你們都不怕中毒嗎？」

慕容雲笙、郭雪君同時看了那楊鳳吟一眼，默然不語。

楊鳳吟心中大急，道：「郭姐姐，你一向行事穩健，怎的竟然這麼不小心呢？」

郭雪君放下筷子，望了楊鳳吟一眼，似想說話。

但聞那黑衣人冷冷地說道：「吃下去！」

他短短的一句話，卻似是有著無與倫比的力量，郭姑娘和慕容雲笙都如奉綸旨一般，又舉筷吃了起來。

楊鳳吟啪的一聲，放下手中的筷子，道：「你用什麼方法控制了他們？」

那黑衣人哈哈大笑一陣，道：「楊姑娘，不妨憑藉自己的智慧猜猜，我用什麼方法控制了他們？」

楊鳳吟道：「我不想浪費時間，希望你說出來，豈不是可以省去很多麻煩？」

黑衣人笑道：「咱們是敵對身分，我又爲什麼告訴你個中隱密？」

楊鳳吟緩緩站起身子，道：「我想應該有法子知道。」

黑衣人道：「你有什麼辦法？」

楊鳳吟突然一揚右手，面前一支竹筷，突然疾飛而起，直向那黑衣人飛了過去。黑衣人身體仍然端坐未動，右手一抬，輕巧絕倫的把那竹筷接在手中。

楊鳳吟目睹他接竹筷的手法，心神微微一震，暗道：「這人面垂黑紗，耳目仍然如此靈敏，端的是可怕人物。」心中念轉，人已閃身直欺過來，右手一抬，直向那人右腕之上扣去。

那黑衣人霍然站起身子，右手一抬，五指反向楊鳳吟左腕上扣去，口中笑道：「姑娘當真想較量一下在下的武功嗎？」

楊鳳吟不再答話，雙掌連環變招。疾向那黑夜人攻了過去。黑衣人站在原位不動，輕巧絕倫的揮動著雙手。封擋那楊鳳吟的攻勢。楊鳳吟一連攻出了十餘招，都被那黑衣人輕描淡寫的封擋開去。

奇怪的是那黑衣人始終不肯揮手反擊，只是一味的對擋楊鳳吟的攻勢。

楊鳳吟掌勢愈來愈快，攻勢也愈見凌厲。不論那楊鳳吟的攻勢如何凌厲，但那黑衣人始終站在原地從容應付。

楊鳳吟連攻了數十招之後，心知遇上了生平從未遇過的勁敵，心中暗道：「今日情形，如若不再施下毒手，等他開始反擊，我很難是他的敵手了。」

心中念轉，右手一抬，發出一縷指風，直襲那黑夜人的前胸。

這一擊凌厲無匹，那黑夜人似是亦有警覺，所以並未舉手封擋，一直站在原地的身子，突然橫跨一步，避開了一擊。

但他這一步跨的極是微妙，不是後退，亦非單純的讓避掌勢，而是藉勢欺進，搶到了最為有利的反擊位置。

顯然，楊鳳吟綿連的奇招攻勢，已迫得他不能全操守勢，要改以攻襲求勝。

果然，那黑衣人避開一擊之後，冷冷說道：「勿怪姑娘口氣托大，的確是身手不凡。」

講完這一句話的工夫，左右雙手，已然各自攻出三招，這六招攻勢，一氣呵成，快迅絕倫，迫得楊鳳吟一連向後退了兩步。

黑衣人一還擊，楊鳳吟立時感覺到壓力沉重，一身武功，似有著施展不開之感，心知自己不論功力、招數，都和對方有著一段距離，這一戰的勝敗，形勢已極明顯。那黑衣人迫退了楊鳳吟之後，並未再行追襲，收手笑道：「本座屬下中，不乏絕色美女……」

楊鳳吟全神貫注，腦際中如同電閃一般，把學得的武功，全都思索一遍，希望能夠找出一神奇技，制服對方，她全神貫注，根本未聽到那黑衣人說些什麼。

黑衣人不聞楊鳳吟回答之言，又緩緩接道：「但卻從未有像姑娘這等美媚並具的人物。」

楊鳳吟嗯了一聲，道：「怎麼樣？」

她沒有聽到上面一句，下面這一句，卻是聽得清清楚楚。

黑衣人道：「這才是妳能和我對手這麼久時間，而未受傷的主要原因。」

楊鳳吟道：「看樣子，拳掌上功夫，我是很難勝你了。」

黑衣人道：「識時務者為俊傑，在下對姑娘的看法，甚表敬佩。」

楊鳳吟道：「不過，還有兵刃，我自信在劍法造詣很深，希望能在劍上勝你。」

黑衣人道：「如若談劍上造詣，本座也自覺勝過拳掌，姑娘是否還要試試呢？」

楊鳳吟道：「也許，我們能夠打一個同歸於盡呢？」

黑衣人道：「玉石俱焚的事，老夫不屑爲，不過……」

楊鳳吟道：「不過什麼？」

黑衣人道：「妳如敗在我的劍下，是否願認輸？」

楊鳳吟心中實無勝人的把握，當下說道：「勝敗乃兵家常事，認輸亦未不可。」

那黑衣人道：「好一個亦未不可，拿劍來！」

隨著那呼叫之聲，兩個白衣少女，由屋角一處暗門行了出來。

兩個少女，各自捧著一柄長劍，快步行了出來，肅立在那黑衣人的身側。

楊鳳吟冷笑一聲，道：「看起來，這座空敞的大廳中，你設了不少埋伏。」

黑衣人笑道：「埋伏倒談不上，不過，這裡構造的很精巧，也設下了不少的機關，這是本座坐息養性之處，就算追隨本座甚少離開的首座護衛，未得老夫召諭，也不敢擅自進來。」

楊鳳吟在那黑衣人說話的時候，已然留心著那慕容雲笙和郭雪君等的行動，哪知三人神情木然，似是根本未聽到兩人的談話一般。這情景使楊鳳吟心中震駭不已，但也使她想到室外的連玉笙來。她既無勝人的把握，又有著一種茫茫無依之感，不禁生出了碰碰運氣的心意，當下說道：「咱們兩個人比劍，應該有一個仲裁的人才是。」

黑衣人笑道：「用不著吧！咱們的勝敗應該分得很明白。」

楊鳳吟道：「不行！我覺著應該有一個仲裁人，免得勝負之數，分辨不清。」

黑衣人沉思了一陣，道：「你很聰明，旁敲側擊，用心無非叫本座恢復慕容雲笙的神智，是嗎？」

楊鳳吟搖搖頭，道：「那倒不是，仲裁人本不應由你我兩方之中推選。」
黑衣人接道：「但此地之中，不是妳的朋友，就是我的屬下，那要如何推選呢？」
楊鳳吟道：「由你的屬下中選一個吧！」
這一下，倒使那黑衣人深感錯愕，怔了一怔，道：「好！姑娘說吧！要什麼人？」
楊鳳吟道：「你的屬下，我都不認識，但我覺著，在大殿中和我動手的人，武功很高，就由他擔任咱們比劍的仲裁人如何？」
黑衣人道：「好！就要他來。」
回頭低聲吩咐身側一個白衣少女一聲，那人欠身而去。
片刻之後，帶著連玉笙快步行了過來。
相距黑衣人八尺左右，連玉笙就停下了腳步，恭敬地欠身一禮，道：「聖主有何吩咐？」
黑衣人道：「我和她比劍，要你做個仲裁人。」
連玉笙欠身應道：「這個，屬下不敢。」
那黑衣人點點頭，道：「是這位楊姑娘推薦你仲裁我們的比劍，你也不用推辭了。」
連玉笙又欠身一禮，道：「聖主之命，屬下也不敢再行推辭。」
黑衣人又點點頭，道：「仲裁我們比劍之時，你要力求公正，不能有所偏袒。」
連玉笙道：「屬下敬遵聖諭。」
黑衣人朗朗一笑，道：「姑娘，請選兵刃吧！兩支劍是一般的重量，姑娘請先選一支。」

五一　本來面目

楊鳳吟也不再推辭，行近兩個捧劍的白衣少女，兩支劍，都在手中掂了一掂，抽出來瞧瞧，然後選了一把。

黑衣人伸手取過另一把長劍，道：「姑娘請動手吧！」

楊鳳吟冷冷望了連玉笙一眼，說道：「要你的首座護衛，把桌子移開。」

連玉笙無可奈何，伸手托起桌子，移到了牆邊。

楊鳳吟嬌叱一聲：「小心了。」振腕一劍，刺向那黑衣人。

黑衣人微微移步，長劍上帶有一股潛力，逼開了楊鳳吟的劍勢。

雙劍未觸，楊鳳吟已被迫得向後退了一步。

黑衣人欺身而進，迎面劈出一劍，凌厲的劍風先劍而至。

楊鳳吟疾向旁側閃開了兩步，避過一劍。

黑衣人朗聲笑道：「姑娘儘管搶攻，在下全操守勢，我要妳把一身所學，盡量的發揮出來。」

楊鳳吟長劍疾展，寒芒輪轉，層層波波地攻了過去。

那黑衣人也同時揮動長劍，泛成一片光幕，護住身子。

楊鳳吟用盡了奇幻的招數，一連攻出了數十劍，但那黑衣人手中的長劍，揮動之間，帶有一股強大的暗勁，使楊鳳吟感覺到手中的長劍，有著十分沉重的感覺。

突然間，那黑衣人展開了反擊，唰唰兩劍，金鐵相觸，逼開了楊鳳吟的劍勢，寒芒一閃，冷森的劍芒，已然逼近到楊鳳吟的前胸。

楊鳳吟手中的劍勢，已然被人逼到外門，無法回救，這一劍如非那黑衣人及時收住劍勢，當可立刻把楊鳳吟斃於劍下。

那黑衣人朗朗一笑，收回劍勢，笑道：「論劍上造詣，姑娘確不在我之下，不過，姑娘功力和在下相差很遠，劍道之學，由不得分毫之差，尤其是上乘的劍道。」

楊鳳吟接道：「住口，我既敗你手中，殺剮任憑處置。」玉腕一振，投去長劍。

黑衣人道：「只看妳這等躁急的性格，就很難參悟上乘劍術。」

緩緩把長劍交給身側的白衣女婢，接道：「妳們都下去吧！」

片刻之間，幾個女婢都魚貫而去，室中只留下了慕容雲笙、郭雪君、小珍和連玉笙等幾人。

楊鳳吟正想發作，突然腦際靈光連閃，暗道：「他武功高強，智慮深遠，鬥智鬥力，我都不是他的敵手，但我必得冷靜下來，設法找出他的缺點，不論多完美的人，都有些瑕疵，不論多麼深奧的武功，都會有它的破綻……」

但聞那黑衣人朗聲說道：「姑娘想打什麼主意?」

楊鳳吟道：「想你要如何對付我?我不願做你的屬下、侍女，也不願變得像郭雪君等，失去了自主的能力，那我只有一死，一了百了。」

黑衣人朗聲笑道：「天下的人，都可以死，但妳卻不能死，而且也不會死。」

楊鳳吟奇道：「你不準備殺我，要如何對付我呢？」

黑衣人笑道：「妳自號飄花令主，收羅江湖豪士，處處跟我作對，想必是雄心勃勃的人物，準備在武林中，創造出一番事業，對嗎？」

楊鳳吟嗯了一聲，道：「你有什麼用意，乾脆說明白吧！」

黑衣人道：「大概妳已經明白，目下武林霸業，已然非我莫屬。妳如願和我合作，咱們可以平分霸業秋色。」

楊鳳吟道：「你如此對我，自然是有條件了。先說出條件，看看我能否答應？」

黑衣人道：「本座雖然權傾江湖，但因修習一種極上乘的內功，始終沒有成家，而且也未遇到過我中意的人，只要妳答允下嫁本座，立時可成我三聖門中第二號人物。」

楊鳳吟心中暗道：「果然是這件事情，目下情勢，我已無法勝他，只有以自己的美麗，來緩和此刻情勢。」但覺臉上一熱，一層紅暈，泛上雙頰。

只聽那黑衣人讚美道：「姑娘帶上幾分羞意，倍增艷麗，實是人間絕色，天上仙姬。」

楊鳳吟冷笑一聲，道：「不用讚美我，取下你的面紗，給我瞧瞧。」

黑衣人道：「姑娘似是很關心在下的形貌。」

楊鳳吟道：「你連自己的長相如何，都不肯給我瞧瞧，竟然敢提出……」

她本想說提出婚姻之事，但話到口邊，卻無法說出。

黑衣人道：「姑娘說得也是。」緩緩伸手，取下面紗。

楊鳳吟凝目望去，只見一個肌膚白淨，方面無鬚的中年人，肅立身前。

黑衣人取下面紗之後，楊鳳吟不禁爲之一怔，因她實未料到，這位三聖門的首腦，竟然是一位如此年輕的人物。

楊鳳吟鎮靜一下心神，仔細地打量了黑衣人一陣，怎麼看，也不過是三十七、八歲的模樣，心中大感奇怪地說道：「你今年幾歲？」

黑衣人道：「至少，在下還沒有白髮蒼蒼，老態龍鍾。」

楊鳳吟道：「三聖門崛起江湖已有二十多年，我不信你十幾歲就領導三聖門。除非三聖門在中途有了變化，你篡奪了聖主之位。」

黑衣人輕聲笑道：「姑娘的聰明和才慧，實叫在下不得不佩服了，不過，這等異想天開的揣測，很難取信於人。」

語聲一頓，接道：「姑娘的話，大概說完了。咱們也該談談正經事了。」

楊鳳吟道：「什麼正經事？」

黑衣人臉色一寒，聲音亦突然改變得十分冷漠，道：「姑娘誠然色絕當代，不過，妳如不肯答允，在下一樣能夠下得毒手。」

楊鳳吟心知他並非威脅之言，一嘟小嘴，道：「就像你這樣暴躁的人嗎？哼？」

黑衣人只覺她舉動言詞間嬌癡無邪，不覺看得一呆，道：「我，第一眼看到妳真正面目時，就決定要娶妳做我的妻子。」

楊鳳吟緩緩說道：「你難道沒有想到，如是我不答應呢？」

黑衣人微微一笑，道：「我自有方法要妳答應。」

楊鳳吟道：「什麼方法？」

黑衣人道：「好！我告訴妳，妳如不答應我，在下先殺慕容雲笙，我相信因爲他的死亡，可以威脅到妳，使妳答應嫁給我。」

楊鳳吟心中暗道：「我不是他的敵手，又無法威嚇倒他，只有委屈求全，以救慕容雲笙了。」

心中念轉，豁然說道：「可不可以給我兩天時間，讓我仔細的想想？」

黑衣人笑道：「自然可以，終身大事，自然要想得清清楚楚才行，兩天時間，如何能夠，我想妳該多想幾日才成。這樣吧，十日、八日也好，一月、兩月也成，總之，我替妳安排一個很幽靜的地方，好讓妳慢慢的想。」

楊鳳吟的倔強和冷傲，似是已完全被那黑衣人所征服，豁然嘆息一聲，望了慕容雲笙和郭雪君等一眼，道：「他們呢？」

黑衣人道：「暫時押入牢中，聽憑姑娘的決定。」

楊鳳吟聽了黑衣人的話，長長吁一口氣，兩道清澈的目光，凝注在那黑衣人的臉上，柔聲說道：「你準備把我送到一處什麼樣的地方？」

黑衣人道：「自然是一處風景優美的地方，雖然不敢說至善至美，但應用之物，決不會有何缺少。」

回目一顧連玉笙，道：「你送楊姑娘到聽蟬小築中去。」

連玉笙道：「屬下遵命。」

楊鳳吟冷冷說道：「我如若有一天，掌了三聖門中大權，第一個要殺的人，就是你的首座護衛連玉笙。」

連玉笙微微一怔，欲言又止。

楊鳳吟生恐那黑衣人改變了主意，換人相送，立時轉身向前行去。

但聞一陣軋軋之聲，一道鐵門，冉冉升起。

連玉笙搶前一步，走在楊鳳吟的前面，道：「在下替姑娘帶路。」

楊鳳吟緊隨連玉笙的身後，行入了一道碎石小徑之上。

山風吹來，花氣撲鼻，盈耳松濤，如鳴天籟。

連玉笙低聲說道：「姑娘請緊隨在下腳步。」

楊鳳吟怒道：「憑什麼？先前，你要我設法把你請入密室，但是……」

連玉笙吃了一驚，低聲說道：「小聲一些！」

楊鳳吟故意提高了聲音，道：「你心裡害怕麼？」

連玉笙暗暗一皺眉頭，道：「妳如不想救慕容公子，妳就大聲嚷吧。」

楊鳳吟道：「怕什麼？你要我設法請你進去，我都做到了，但你對我有何幫助？」

語聲之中，雖然仍很氣憤，但聲音已很細微。

連玉笙低聲道：「聖主的武功，姑娘已經見識過了，縱然在下和姑娘聯手，也難是他之敵。」

楊鳳吟道：「所以，你怕了，準備做一輩子奴才。」

連玉笙道：「姑娘留點口德，需知此刻如無在下相助，不但妳無法救得慕容雲笙，而且姑娘也無法生離此地，除非你真肯做他夫人。」

楊鳳吟啐了一聲，道：「他作夢，我死了也不會嫁給他。」

連玉笙道：「此事非同小可，畫虎不成反類犬，謀不定，怎能輕舉妄動。」

楊鳳吟道：「你如真的有心幫忙我們，應該付諸行動才成，單是這等口惠而實不至，叫我如何能夠相信。」

談話之間，已到了聽蟬小築。

那是一座十分雅致的小室，四面盆花環繞，景物幽絕。

雅室中早已點起了火燭。

一個身著青衣的女婢，手中執著一盞白綾宮燈，站在門前等候。

連玉笙低聲說道：「姑娘小心，不要讓咱們形跡，落入那女婢眼中。」

快行幾步，搶到了室門前面，道：「妳叫什麼名字？」

那青衣女婢一欠身，道：「小婢百合花。」

連玉笙回過身子，恭恭敬敬地說道：「楊姑娘請。」

楊鳳吟舉步直入室中。

百合花躬身說道：「連爺不到室中坐嗎？」

連玉笙仔細打量了百合花兩眼，道：「姑娘見過我嗎？」

百合花道：「沒有，但我聽說過連爺的大名。」

連玉笙道：「原來如此，小心伺候楊姑娘，在下去了。」

這幾句話說的聲音甚高，似是有意讓楊鳳吟聽到。

但聞楊鳳吟叫道：「連護衛，你進來。」

連玉笙應了一聲，行入室中。

百合花緊追在楊鳳吟的身後，行入了室中。

楊鳳吟已然在廳中一座錦墩上坐了下來。

連玉笙行前兩步，一欠身，道：「姑娘有事吩咐？」

楊鳳吟道：「我要靜靜的想想，不用留人在這裡伺候了，要她們全都撤走。」

連玉笙道：「這個屬下不能做主。」

百合花一欠身，道：「小婢奉聖主之命，來此侍候姑娘。」

楊鳳吟道：「聖主如何交代你？」

百合花道：「他要小婢一切遵奉姑娘的令諭，不得有絲毫違背，但聖主也有吩咐，要小婢追隨身側，不得擅離。」

楊鳳吟冷冷說道：「連玉笙，去告訴你們大聖主，就說我答應嫁給他了，不過，先要把百合花這丫頭亂劍分屍。」

連玉笙心中笑道：「這一招用得不錯，瞧不出她花樣還是真多。」口中卻是連聲應道：「在下立時回報聖主。」轉身向外行去。

百合花心中大急，道：「連爺止步。」

連玉笙停下腳步，笑道：「姑娘有什麼吩咐？」

百合花道：「小婢有幾句話，說過之後，連爺再去不遲。」

連玉笙道：「在下聽說，聖主有四花女婢，姑娘想必是其中之一了。」

百合花點點頭，道：「不錯，小婢正是四花之一。」

連玉笙道：「四花女婢，甚得聖主寵愛，難道妳真怕他不成？」
這幾句說的聲音很低，故意不讓楊鳳吟聽到。
百合花搖搖頭，道：「你不知聖主脾氣，連爺請稍等片刻，小婢去求楊姑娘，請她收回成命。」
轉身行向楊鳳吟低聲道：「姑娘，婢子斗膽，也不敢和妳作對，實是聖主如此吩咐，婢子不敢不遵，還望姑娘寬恕。」
楊鳳吟冷冷說道：「我最恨不從我命令之人……」
百合花突然向前一步，一掌拍向楊鳳吟的前胸。
這一下突起發難，雙方距離既近，那百合花出掌又快速無比，掌勢未到，一股暗勁，已然先行而至。
顯然，這一掌含有強勁的內力。
楊鳳吟右手疾出，嬌軀側移，硬接下了百合花一掌。
但聞砰然一聲，雙掌接實。
楊鳳吟只覺她掌力強大，身不由主地向後退了一步。
百合花也被震得向後連退了兩步，才拿樁站穩。
連玉笙一皺眉，道：「百合花，妳好大的膽子？」
楊鳳吟一擺手，道：「不用你管……」
百合花欺身而上，拳掌齊出，連攻三招。
這三招攻勢凌厲，一氣呵成，招招都是擊向楊鳳吟的致命所在。

楊鳳吟存心見識她的武功，是以一招未還，只是施展輕身術，縱躍閃避，避開那百合花的拳掌。

楊鳳吟避過三招之後，突然展開反擊，雙掌連環拍出，還攻五招。

這五招輕靈迅快，疾如閃電，迫得那百合花連退三步。

百合花突然收住了掌勢，向後退開五尺，道：「原來姑娘的武功，如此高強。」

楊鳳吟也覺著這女婢的武功，十分高強，微微一笑，道：「我想不明白，妳這麼突然出手攻我幾招，是何用心？」

百合花道：「我想殺死妳。」

連玉笙冷冷說道：「妳如殺死了楊姑娘，不怕聖主取妳之命麼？」

百合花道：「聖主的脾氣，我很清楚，他從來不做後悔的事情，如是我把楊姑娘打傷了，而且無損她的容貌，那我就要身受最爲嚴厲的懲罰，也許真的會把我亂劍分屍呢？」

楊鳳吟道：「妳如是一舉把我殺死呢？」

百合花道：「我如真的把妳殺死了，我不會受到任何懲罰，聖主也將不會再追究此事。」

長長吁一口氣，接道：「唉！想不到，妳的武功竟然如此高強。」

楊鳳吟道：「現在呢？」

百合花道：「現在情形不同了，妳只要告訴聖主，我出手突襲於妳，他要討好妳，將會立刻置我於死地，好讓妳心中舒暢，因爲……妳是新歡，小婢是舊人啊！」

楊鳳吟冷哼了一聲，道：「原來如此。」

百合花突然探手從懷中拔出一支匕首，道：「不過，我不會給他殺我的機會，我要自絕一

死。」揚起匕首，自向胸口刺去。

楊鳳吟出手一指，疾快地點中了百合花的右腕。

百合花不自主地一鬆右手，匕首跌落在實地之上。

楊鳳吟淡淡一笑，道：「勝敗乃兵家常事，何況妳並未敗，為什麼要尋死呢？」

百合花嫣然一笑，道：「那妳準備怎麼樣對付我呢？」

楊鳳吟道：「那是我的事了，我不想告訴妳。」

舉手一揮，接道：「妳退出去。」

百合花心中似是已對那楊鳳吟生出了敬服之心，應了一聲，悄然退了出去。

連玉笙道：「在下也告辭了……」

放低聲音，接道：「請姑娘應付三日，三日之內，在下定然有消息奉告姑娘。」

楊鳳吟道：「我明白。」

連玉笙轉身向外行去。

楊鳳吟目注連玉笙離去之後，伸手撿起百合花失落在地上的匕首，高聲說道：「妳進來！」

百合花應聲而入，欠身一禮，道：「姑娘有什麼吩咐？」

楊鳳吟道：「妳今年幾歲了？」

百合花道：「小婢今年二十歲。」

楊鳳吟道：「難得啊！小小年紀，練成了一身如此本領。」

百合花道：「過去，我武功很差，近數年來，選做他貼身女婢，武功才大有進境。」

楊鳳吟聽她談話，不似善用心機的人，微微一笑，道：「他呀他的，他是誰啊？」

百合花：「自然是大聖主了。」

楊鳳吟道：「這麼說來，大聖主待妳很好了。」

百合花淒涼一笑，道：「那是姑娘沒來以前的事了，此刻麼，情勢不同了，在我們四花之中，大聖主對小婢最爲寵愛，但此後，三千寵愛，都將全集姑娘一身了。」

楊鳳吟道：「妳怎麼知道？」

百合花道：「我和他相處數年，對他了解最深。」

楊鳳吟心中暗道：「看來這丫頭對那大聖主知曉甚多，如想多知曉他一些，全在這丫頭的身上了。」

心中念轉，隨即伸出手去，拉住了百合花，道：「說實在話，妳花枝人樣，我見猶憐，因此，就算妳雖然想殺我，但我仍然是很喜歡妳。」

百合花眨動了一下圓圓的大眼睛，道：「這話當真嗎？」

楊鳳吟笑道：「我爲什麼要騙妳，唉！妳真的人傻了。」

楊鳳吟知曉不能操之過急，急則有誤大局，當下淡淡一笑，道：「好吧！妳以後就跟著我，我會盡力幫助妳。」

百合花一欠身，道：「那要多謝姑娘了。」

楊鳳吟道：「他快要來了，快些把匕首收起。」

百合花收起匕首，搖搖頭，道：「他現在還不會來。」

楊鳳吟道：「爲什麼呢？」

百合花道：「他練有一種奇功，在緊要關頭，每日要在密室中靜坐兩次，現在正是第二次練功的時間。」

楊鳳吟道：「他每次練功，需要多少時間？」

百合花猶豫了一下，道：「大約兩個時辰左右。」

楊鳳吟道：「那位大聖主很年輕，不過三十二、三的年紀，竟能成此大業，實是一位奇人。」

百合花愕然說道：「怎麼，姑娘已經見過他的真面目了？」

楊鳳吟點點頭，道：「見過了。」

百合花道：「他對妳真好，見面不過一日，就肯以真面目和妳相見，我們追隨他兩年之後，才得見他的真面目。」

楊鳳吟道：「我心中一直有些奇怪，想那三聖門在江湖崛起快二十年，總其事的大聖主，目前不過三十幾歲，難道他十一、二歲就創立了三聖門不成？」

百合花似是從未想到過這件事，被楊鳳吟問得微微一怔，道：「是啊！這事確然有些奇怪。」

但聞一聲輕笑，傳入耳際，道：「一點不怪。」

隨著那應話之聲，一個身著黑衣，頭垂黑紗的人，緩步而入。

楊鳳吟看他身材，已知是大聖主，淡淡一笑，道：「是你！」

黑衣人伸手取下臉上的面紗，微微一笑，道：「不錯，在下探看姑娘一下，就要告別。」

楊鳳吟道：「這原本就是你的地方，留與不留，悉憑尊便。」

突然覺著話有語病，趕忙住口。

黑衣人接道：「姑娘之意，可是很歡迎在下留這裡了？」

楊鳳吟冷冷說道：「我爲什麼管你？」

黑衣人回顧了百合花一眼，笑道：「妳退出去吧！」

百合花臉色一變，但卻依言退了出去。

楊鳳吟道：「你要幹什麼？」

黑衣人道：「我只想單獨和姑娘談談。」

楊鳳吟道：「談什麼？」

黑衣人道：「我想告訴妳一件事。」

楊鳳吟道：「什麼事？」

黑衣人道：「關於那慕容雲笙……」

突然住口不言，兩道目光，卻凝注在楊鳳吟的臉上。

楊鳳吟盡量使自己鎮靜，過了良久，才緩緩說道：「慕容雲笙怎麼樣？」

黑衣人道：「在五日之後，慕容雲笙即無法再救。」

楊鳳吟心頭震駭，表面上卻故做鎮靜地微微一笑，道：「他怎麼了？」

黑衣人道：「他服用的藥物，五日之後，就無法再解，那就永遠要做我三聖門的弟子了。所以，姑娘要在五日之內，需做一決定。」

楊鳳吟道：「你說過不論我考慮多久，都無問題，但此刻，你卻又限我五日。」

黑衣人道：「我沒有限制妳，我只是告訴妳慕容雲笙的事，至於姑娘要考慮好久，那是姑

娘的事了。」

楊鳳吟緩緩說道：「那你告訴我的用心何在？」

黑衣人道：「慕容雲笙和妳同來，在下覺著應該告訴妳，早知妳對他全不關心，我就不必告訴妳了。」

楊鳳吟心中一動，暗道：「我如承認全不關心，他此後自然不會再告訴我慕容公子的事，我如流露情急之狀，此後，他必可以此要脅於我了。」

心中念轉，竟不知如何接口才對。

黑衣人似是早已瞧出了楊鳳吟心中的矛盾，微微一笑，轉過話題，道：「姑娘慢慢的想吧！在下告辭了。」

楊鳳吟低聲喝道：「站住。」

微一欠身，伸手取過面紗，戴在臉上，轉身向外行去。

黑衣人道：「姑娘是否決定了？」

楊鳳吟道：「我要看你有幾分誠意，才能決定如何。」

黑衣人道：「好吧！我答應妳解散三聖門，放手武林霸業，和妳飄然遠走，息隱林泉。」

楊鳳吟道：「我不像你那四花女婢一樣好騙，我要先看你解散三聖門。」

黑衣人語聲嚴肅地說道：「我三聖門收留有不少凶惡之徒，解散三聖門之前，必要先把他們處置，縱然不殺他們，也要廢了他們的武功，使他們無法再興風作浪。」

楊鳳吟道：「如若你說的都是實話，真叫我無法預測你的爲人了。」

黑衣人道：「妳慢慢的想吧！決定了再告訴我。」

五二　疑幻疑真

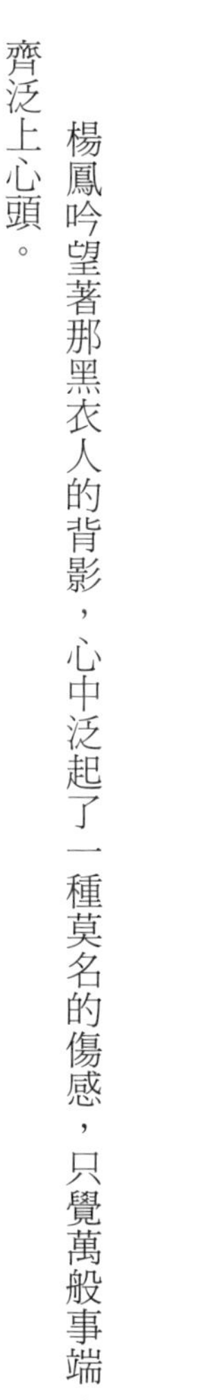

楊鳳吟望著那黑衣人的背影，心中泛起了一種莫名的傷感，只覺萬般事端，紛至沓來，齊齊泛上心頭。

一陣輕微的步履聲，百合花緩緩行了進來，低聲說道：「楊姑娘。」

楊鳳吟已然轉過身子，緩步向內室之中行去，一面揮手，說道：「什麼事，咱們改一天再談吧！」

百合花輕輕嘆息一聲，轉身而去。

楊鳳吟隨手掩起了房門，室中早已高燒著一支紅燭，融融燭光下，只見全室一色粉紅布置，粉紅綾壁，粉紅毛氈地，連妝台錦榻、木凳座墊，全都一色粉紅。

這該是一個充滿春色的布置，但楊鳳吟內心中卻有著重重的心事、煩惱。

想到那日夜縈繞在心中的慕容雲笙，又想到那武功深不可測的大聖主。

她和衣而臥，躺在床上，但輾轉反側，難以成眠。

不知過去了多少時間，窗外已見天光，才曚曚矓矓地和衣睡去。

醒來時，已經是日掛中天。

百合花臉上泛著笑意，站在榻前，低聲說道：「姑娘睡醒了。」

楊鳳吟舉手理了一下長髮，緩緩說道：「現在什麼時候了？」
百合花道：「快近午時。對了，他已經等妳一個時辰了。」
楊鳳吟道：「什麼人？」
百合花道：「這地方，除了小婢可以自由出入之外，還有一個人，自然是大聖主了。」
楊鳳吟臉色一寒，右手一揮，打散了頭上的長髮，亂髮披垂地走了出去。
只見那大聖主穿著一件黑綢長衫，面紗早已除去了，坐在廳中的木椅之上看書。
楊鳳吟冷冷說道：「你又來幹什麼？」
黑衫人放下書，起身一笑，道：「來向姑娘請安。」
楊鳳吟道：「我很好，不用了。」
黑衫人站起身子，戴上面紗，說：「那麼在下告退了。」轉身向外行去。
楊鳳吟道：「站著。」
黑衫人回身笑道：「姑娘有何吩咐？」
楊鳳吟道：「我要你解了郭雪君身中之毒，送她來此，我有事和她商量。」
黑衫人點點頭，道：「一個時辰之內，我就遣人送她來此。」
楊鳳吟道：「我要的是一個健康如常的人。」
黑衫人笑道：「解去她身中之毒，使她完好如初，是嗎？」
楊鳳吟道：「一點不錯。」
黑衫人道：「妳安心的吃飯吧！」轉身大步而去。
這時，百合花早已擺上了飯菜，菜雖不多，但卻色色精緻，楊鳳吟雖然腹中有些饑餓，但

面對美食，卻難下嚥，隨便吃了幾口，放下碗筷。

那黑衫人極守信用，不到一個時辰，連玉笙已帶著郭雪君行了進來。

連玉笙神情拘謹地欠身一禮，道：「郭姑娘帶到。」

楊鳳吟揮揮手，道：「好！你回去吧！」

連玉笙又欠身一禮，退了出去。

楊鳳吟望望百合花，道：「妳也去休息吧！」

百合花應了一聲，輕輕退出，隨手帶上了室門。

楊鳳吟伸手牽住了郭雪君，並肩地在錦墩之上坐下，道：「姐姐，妳好嗎？」

雙目炯炯地逼注在郭雪君的臉上。

郭雪君道：「我已服用了解毒藥物。」

楊鳳吟眨動了一下大眼睛，道：「姐姐，你們服用的什麼藥物？怎的會無端的聽起那大聖主的話來。」

郭雪君道：「一杯茶，不知他們在茶中下的什麼藥物，服用之後，就不自覺的聽他之命。」

輕輕嘆息一聲，接道：「我們女兒幫，本也擅長使用迷神藥物，想不到這次卻著了別人的道兒，其實，他們不用施藥物，單憑武功，也可以置我們於死地。」

楊鳳吟對她是否已完全恢復清醒一事，心中一直有著很大的懷疑，是以，靜靜地聽她說話。

郭雪君望了楊鳳吟一眼，接道：「那位大聖主看上妳了，是嗎？」

楊鳳吟道：「唉！小妹正為此事煩惱，要請教姐姐？」

楊鳳吟神情淒傷地說道：「這是個很大的難題，小妹真不知如何應付。我要借重姐姐的智慧，替我拿個主意，此事關係著妳、我和慕容公子的生死，以及武林的劫運。」

當下把被擒經過，很仔細地說了一遍，而且不厭細瑣，連那大聖主每一個舉動，都說得詳盡至極。

郭雪君凝目沉思了片刻，緩緩說道：「如若一切經過，都像妳描述的一般模樣，至少，那大聖主對妳的用情，暫時不假。」

楊鳳吟道：「他告訴我五日之內，必需決定，因為慕容公子服用之毒，五日之後，就無法再行解救了。」

長長吁了一口氣，道：「他是我生平所見，武功最高的人，論實力，我們決無法和他抗拒。」

郭雪君低聲道：「妳真準備嫁給那大聖主嗎？」

楊鳳吟道：「我如不答應他，慕容公子只怕將陷於萬劫不復之地，姐姐也很難再生離此地……」

郭雪君略一沉思，道：「咱們此刻處境，有如籠中之鳥，有力難施，何況那位大聖主的武功，又強過咱們很多，看來只有孤注一擲……」

郭雪君低聲說道：「明槍易躲，暗箭難防，姑娘暗中下手對付他，以妳武功，不難傷他，如是能夠控制他，使他為我所用，那就更好了。」

楊鳳吟苦笑一下，道：「我明白姐姐的用心，不過，我覺著這法子有些不妥，看來，還得

由小妹另想辦法了……」

語聲一頓，接道：「不過，小妹希望姐姐能答應我一件事情。」

郭雪君道：「什麼事？」

楊鳳吟道：「我和慕容公子，彼此之間，雖未曾有過什麼承諾，但我對他卻用情很深，他生具俠膽，如若知道我捨身相救，決然不肯離開……」

郭雪君道：「姑娘的意思是……」

楊鳳吟道：「小妹意思是，請姐姐答允我，暫時別和他說明此事，我已經決心留此，讓他立刻放姐姐和慕容公子離開這裡，小妹會暗中監視，不讓你們受到傷害。」

兩行清淚，忍不住奪眶而出。

郭雪君輕輕嘆息一聲，道：「這做法雖然能救我們，豈不是太苦了姑娘嗎？」

楊鳳吟道：「妳能想出更好的辦法？」

郭雪君默然不語。

楊鳳吟道：「姐姐不用再費心機，咱們就這樣決定，不要把我說的話，告訴慕容雲笙，如若我真能影響到那位大聖主，收起了武林霸業的念頭，我會盡我之能，促其實現，然後，我再了斷自己。」

郭雪君道：「既是如此，愚姐也不再多勸了，不知賢妹還有什麼事，交我辦理。」

楊鳳吟道：「兩件事，一是照顧慕容雲笙，要他生活的快樂。」

郭雪君點頭道：「我會盡力，還有什麼要我辦的事？」

楊鳳吟從身上解下一塊珮玉，道：「把這塊珮玉交給護花女婢唐玲，要她把此珮玉，交給

我母親。」

郭雪君道：「記下了，不知要我給她說些什麼？」

楊鳳吟道：「不用說得太多，只告訴她我在危難之中，把珮玉交給了妳。」

郭雪君道：「那只怕要引起誤會？」

楊鳳吟道：「妳告訴她，我母親最知我的心意，只要她一見珮玉，她就會完全明白了。」

郭雪君收好珮玉，道：「還有事情嗎？」

楊鳳吟道：「沒有了，姐姐保重，小妹不送啦。」

郭雪君低聲應道：「也許我們留此，反會妨害姑娘的行動。」欠身一禮，向外行去。

楊鳳吟搶在郭雪君的前面，道：「連護衛在嗎？」

只見連玉笙背插長劍，站在室外兩丈處一座小亭之下，似是在替自己守衛一般。

連玉笙聽得呼叫之聲，轉身行了過來，道：「姑娘有何吩咐？」

楊鳳吟道：「送郭姑娘回去！」

連玉笙道：「可要屬下回來嗎？」

楊鳳吟點點頭道：「好！你再回來。」

連玉笙應了一聲，帶著郭雪君大步而去。

楊鳳吟望著兩人背影，消失於花叢之中，才轉身回房。

且說連玉笙帶著郭雪君行到一個絕崖下面，打開一座石門，道：「姑娘還是請回去吧！妳神智雖已恢復，但希望妳不要妄動逃走的念頭，此地防守森嚴，姑娘如生妄念，只有死路一

條。」

郭雪君點點頭，緩步向內行去。

郭雪君行前幾步，突然身後響起了步履之聲，連玉笙快步追了上來，低聲說道：「姑娘，這裡有一顆解藥，要那慕容公子服下。」

郭雪君怔了一怔，道：「你……」

連玉笙接道：「他已經神智暈迷了，我爲何還要加害於他，姑娘收下吧！不過，要告訴他，要他神智恢復之後，還要裝出此刻模樣。」

把藥物放入郭雪君的手中，也不待郭雪君答話，就轉身而去，順手帶上了石門。

這石牢之中，除了每日三餐，有人按時送上之外，並無看守之人。

但郭雪君心中明白，這等看似全無防衛的所在，其實卻有千分凶險的布置，何況身處絕地，就算能夠逃出石牢，也是無法逃出重重險關。

忖思之間，已到了石牢盡處。

只見慕容雲笙呆呆地坐著，望著石壁出神，對那郭雪君的來臨，渾如不覺。

郭雪君望了慕容雲笙一眼，心中暗道：「如若一個人渾渾噩噩的這般下去，和死亡也沒有什麼區別，就算冒著中毒之險，也要讓他服下，何況，那連玉笙說得十分有理，此時此情，實也沒有加害慕容雲笙的必要。」

念轉意決，把手中解藥投入慕容雲笙的口中。

慕容雲笙服下解藥之後，大約過了一頓飯工夫之久，突然長長吁了一口氣，出了一身大汗。

郭雪君已有經驗，知道這是清醒之徵，急急說道：「慕容兄，你清醒了嗎？」

慕容雲笙伸手在頭上拍了兩掌，道：「清醒了，好像作了一場噩夢。」

他神智雖爲藥物控制，但並非完全的喪失，對經過情形，有些隱約記得。

郭雪君道：「咱們雖然是清醒了，但仍是無法逃離此地。」

語聲一頓，道：「在你神智迷失之中，發生了很多事。」

慕容雲笙道：「楊鳳吟和小珍呢？」

郭雪君道：「小珍不知被他們關到何處，但卻見了楊姑娘。」

慕容雲笙啊了一聲，道：「楊姑娘，她在哪裡？」

郭雪君兩道清澈的目光，投注在慕容雲笙的臉上，瞧了一陣，道：「她救了咱們。」

慕容雲笙急道：「她本人呢，可是爲了咱們受了傷害？」

郭雪君輕輕嘆息一聲，道：「她還好好的活著。只不過，她未和咱們關在一起。」

慕容雲笙瞥見人影一晃，來人竟是連玉笙，道：「閣下到此，用心何在？」

連玉笙道：「接你們離開。」

慕容雲笙道：「你是奉了那楊姑娘之命麼？」

連玉笙無可奈何地說道：「正是楊鳳吟要在下來此。」

語聲一頓，口氣突變柔和地說道：「孩子，你爹爹和我是很好的朋友。而且，你爹爹沒有死。」

這一句話，字字如巨雷下擊一般，震顫了慕容雲笙的心弦，聽得他神情木然，半晌說不出話。

良久之後，才淒苦一笑，道：「你在說笑話嗎？我爹爹在哪裡，快帶我去拜見。」
連玉笙道：「孩子，這地方滿布殺機，一點失神，即將有性命之憂，你要沉著一些。」
慕容雲笙道：「老前輩教訓的是。但不知老前輩爲何到此？」
連玉笙道：「帶你去見你爹爹！」
慕容雲笙愕然道：「怎麼？我爹爹也在這裡。」
只聽一陣森冷的笑聲，傳了過來，打斷了慕容雲笙未完之言。
慕容雲笙、郭雪君聽到那飄傳過來的笑聲，不禁心頭大震。
連玉笙倒還能沉得住氣，緩緩回過身子，道：「閣下來了很久嗎？」
只見那石壁一角處，人影閃動，飄落下一個身材枯瘦、矮小、身著長衫的中年文士。
只見那矮瘦長臂人，淡然一笑，道：「連兄這些作爲，想必是奉大聖主的密命了。」
連玉笙道：「縱然你猜對了，也不幸被你破壞了。」
矮瘦長臂人道：「這麼說來，兄弟倒是抱歉得很了，破壞連護座一番苦心。」
連玉笙道：「卜堂主言重了。」
慕容雲笙和郭雪君這才知道，其貌不揚的瘦矮子，竟是一位堂主。
只見卜堂主淡然一笑，道：「連護座如若在大聖主面前，說兄弟幾句壞話，只怕兄弟擔當不起哩。」
連玉笙道：「卜兄權位甚重，連某人如何開罪得起？」
卜堂主搖搖頭，笑道：「兄弟想和連兄同往一見大聖主，先把事情說明白，兄弟才能夠放心。」

連玉笙略一沉吟，道：「好！卜堂主不相信兄弟是奉命而來，看來也只好如此了。」
那位卜堂主似是未料到連玉笙竟然一口答允下來，冷笑一聲，道：「連兄此刻只怕……」
連玉笙突然仰天打個哈哈，接道：「看起來，卜堂主是誠心和兄弟爲難來了？」
卜堂主道：「如是連兄心中不服，生擒兩人之後，咱們同見大聖主以憑公斷。」
連玉笙突然向前欺進一步，道：「卜兄，看來，咱們必要有一個死在這石牢中了。」
卜堂主知他武功高強，看他雙目中殺機閃動，不禁微生怯敵之心。
輕輕咳了一聲，道：「怎麼，連兄準備和兄弟動手嗎？」
連玉笙道：「卜堂主已逼得兄弟別無選擇了。」
卜堂主怔了一怔，道：「連兄之意是，你已經真的背叛了三聖門？」
連玉笙冷冷說道：「是又怎樣？」
卜堂主臉色一變，道：「連兄乃大聖主的親信，竟然也敢背叛，實叫人難以相信。」
連玉笙已然暗自提聚了功力，又向前欺進一步，道：「現在你應相信了。」緩緩舉起了右掌。
卜堂主冷冷說道：「連兄如是逼我非要相搏一場不可，那兄弟也只好奉陪了。」
連玉笙道：「小心了。」右手一揮，迎胸拍了過去。
這一掌蓄勢而發，勢道強猛絕倫，掌勢帶起一股勁風，直撞過去。
卜堂主身材矮瘦，特別靈活，一個轉身，人已避到右室一角，長臂一揮，五指疾向連玉笙右臂抓去。
連玉笙雙掌連環劈出，一招緊過一招，而且人也同時向前逼近。

顯然，這是拚命的打法。
那卜堂主接下了五大掌之後，突然高聲說道：「住手。」
連玉笙收住攻勢，冷冷說道：「什麼事？」
卜堂主道：「看起來，連兄是真心真意的幫助慕容公子了。」
連玉笙道：「還是這一句老話，你已經看得很清楚了，豈不是多此一問？」
卜堂主長嘆一聲，道：「當年慕容長青對在下有過一次救命之恩，兩次釋放之德，兄弟對此事一直難以忘去……」
望了慕容雲笙一眼，接道：「此番兄弟聞得慕容公子被囚於此，特地趕來相救。」
連玉笙仍是有些不信，緩緩說道：「你既然來此準備相救慕容公子，又親目看到在下相救慕容公子的經過，何以還繞了這樣一個大圈子呢？」
卜堂主嘆息道：「連兄乃大聖主最為親信的人物之一，兄弟如若不經過一番測驗，如何能夠相信呢？」
連玉笙道：「現在呢？」
卜堂主道：「現在？兄弟自然相信了。不過，連兄準備如何？兄弟願為先驅，一切恭候吩咐了。」
連玉笙道：「你堂下有多少可以供你調遣的人手？」
卜堂主道：「兄弟手下，大約有十幾個心腹可供調遣。」
連玉笙道：「兄弟原想把慕容公子接出之後，另外安排一處停身的所在，但此刻有卜兄支援，情勢就大不相同了，請卜兄把慕容公子和郭姑娘帶往你法輪中……」

卜堂主道：「如此兄弟帶他們回入堂中之後，就設法準備抗拒任何攻襲。不過，兄弟自知難有多久的抗拒之力，必得連兄及時施援。」

連玉笙道：「我已經聯絡了幾位同道，但幾處重要的關口，還未打通，到時候他們肯否相助，還難預料。」

突然住口不言。

卜堂主道：「又有人來了。」

連玉笙低聲對慕容雲笙和郭雪君道：「你們坐在原處，仍然裝出身中迷藥模樣，除了情非得已的保命舉動之外，最好不要和來人搭訕。」

慕容雲笙、郭雪君依言回歸原地，倚壁而坐，連玉笙和那位卜堂主，同時一吸真氣，背脊貼在石壁之上。

只見兩條人影，一先一後地行了過來。

當先一人身著長衫，赤手空拳，後面一人，身著勁裝，背上斜插著長劍。

那長衫人距離慕容雲笙四、五步時，陡然停了下來，回顧了身後揹劍人一眼，道：「你是否關上了石門？」

那佩劍少年一欠身，應道：「關上了。」

長衫人道：「那很好，你亮起火摺來給我瞧瞧。」

那佩劍人應了一聲，晃燃起火摺子。

石牢中，登時亮起了一片燈光。

慕容雲笙啓目望去，只見那青衫人年約六旬，長髯垂胸，正是引導自己過橋的雲子虛。

那勁裝少年，大約二十餘歲，生得眉目清秀，左手高舉火摺子。

慕容雲笙心中暗道：「這雲子虛怎會也跑到這石牢中來呢？」

雲子虛雙目凝注在慕容雲笙的臉上瞧了一陣，輕輕一咳，道：「慕容公子。」

慕容雲笙裝出身受藥毒未解，睜眼看了兩人一眼，又急急閉上。

那勁裝少年低聲道：「他服用了聖堂迷藥，只怕還未醒來。」

雲子虛道：「你帶有解毒藥物，快拿出來，給他服用一粒。」

慕容雲笙心中暗道：「我已服用過解藥，此刻神智清明，就算是千真萬確的解藥，我也不能再吃一粒啊！」

心中念轉，人卻忽的一睜雙目，站起身子，道：「我很好！老前輩有何見教？」

雲子虛怔了一怔，道：「你沒有服用迷藥？」

慕容雲笙道：「服用過了，但此刻人已清醒。」

雲子虛一頷首，緩緩說道：「什麼人給你的解藥？」

慕容雲笙略一沉吟，道：「晚輩無法奉告……」

語聲一頓，問道：「老前輩來此石牢，可是探望晚輩嗎？」

雲子虛道：「這座石牢，只有你們兩人，老夫來此，自然是探望你了。」

略一沉吟，道：「那人既然給了你解藥，必然已有了助你逃離此地方法了。」

慕容雲笙道：「他似是提過逃走的事，但晚輩不知詳情。」

雲子虛道：「令尊在世之日對老夫有過救命之恩，此恩一直耿耿於懷，無法報答，今日救你離此，老夫可能會因此而死，但救命之恩，老夫又不能不報……」

慕容雲道：「老前輩……」

雲子虛接道：「聽我說，老夫這一把年紀了，死亦無憾，問題是老夫自知無能送你離開魔窟，只能把你救出石牢，能不能闖出此地，那要看你的運氣了。」

慕容雲笙道：「老前輩，晚輩之父，是否真的死了呢？」

雲子虛道：「這個麼，老夫也無法很肯定的告訴你，不過，據老夫所知，令尊是一位很不易被人殺死的人。」

慕容雲笙道：「如若家父未死，他人在何處呢？」

雲子虛輕輕嘆息一聲，道：「如若真的還活在世上，那該是武林中最大的一樁隱秘，當今之世，只怕很少有人知曉了。」

慕容雲笙看他確實不知，也就不再多問，緩緩說道：「老前輩一番盛情，晚輩心領身受了，不過，老前輩救出晚輩之後，心中既無把握把晚輩送出險地，而且又將連累老前輩……」

雲子虛道：「不用顧慮我，老夫到此之前，已然思之再三，你們同來四人，除了那位楊姑娘老夫無法救助之外，你們三位老夫都可救出石牢，事已如此，只好碰碰運氣了。」

但聞雲子虛話鋒一轉，問道：「這一位郭姑娘服過解藥沒有？」

郭雪君點頭應道：「晚輩也用過了。」

雲子虛道：「那人既送解藥給你們，為何不肯和你們見面呢？」

只聽身後有人接道：「他們受人之囑，自是不便洩漏了。」

雲子虛回目望去，只見說話之人，正是連玉笙，不禁一呆，道：「連兄早來了。這麼說來，慕容公子是你救的了？」

連玉笙道：「唉！當年兄弟和慕容長青的交情，大概雲兄也聽人說過吧？」
連玉笙突轉低聲說道：「慕容大俠還好好的活在世上。」
雲子虛愕然說道：「你是說那慕容長青還活在人間！」
連玉笙點點頭，道：「不錯。」
雲子虛道：「人在哪裡？」
連玉笙道：「那地方在下也未去過？」
雲子虛接道：「連兄從哪裡聽到此訊？」
連玉笙道：「大聖主，有一次無意中洩漏出個中之密。」
雲子虛道：「出自聖主之口，大約是不會錯了，但其中之秘，只怕不是一時之間可以解得，目下處置慕容公子的事務要緊……」
語聲一頓，道：「連兄既然給了慕容公子解藥，想必早已有處置慕容公子的善策了。」
連玉笙道：「兄弟準備暫時把他們安置在金輪堂中。」
雲子虛一怔，道：「金輪堂，你是說卜天慶那裡。」
雲子虛轉目看去，只見卜天慶面帶微笑地站在一邊，不禁一呆，道：「連兄，這是怎麼回事？」
連玉笙道：「卜兄和雲兄一樣，當年身受慕容大俠數番相救之恩，耿耿心頭，欲報無門，此番得知慕容公子遇難，因此趕來相救，和兄弟不期而遇。」
卜天慶微微一笑，道：「燈不點不亮，話不說不明，既是大家都有救助慕容雲笙之心，爲什麼不結合成一股力量。」

連玉笙笑道：「雲兄在此，倒叫兄弟想出了一個誘敵之計。」

雲子虛道：「咱們時間不多，連兄有何高見，快些請說。」

連玉笙道：「雲兄爲何不設法假造一些他們逃走的痕跡，使他們誤入歧途。」

雲子虛略一沉吟，道：「兄弟這就去動手布置。」

帶著那勁裝少年，匆匆轉身而去。

卜天慶目睹雲子虛背影消失，低聲說道：「慕容世兄，咱們也該走了。」

慕容雲笙低聲對郭雪君道：「走吧！」

郭雪君緩緩站起身子，道：「那位小珍姑娘呢？」

連玉笙道：「在下自會救她出牢，不過，我想了一下，三位還是分開得好。」

慕容雲笙、郭雪君點點頭，不再多問，追在卜天慶的身後而行。

卜天慶由石壁一角處，取過帶來堂下弟子的衣服，交兩人穿好，帶兩人向前行去。

這時，天色正夜，陰雲蔽空，連一點星光也見不到，卜天慶回頭說道：「兩位請緊隨在下身後，以免走失，沿途之中，不論發生什麼事故，都由我應付，只要沒有真打起來，兩位都不可接言、出手。」

五三　金輪內堂

卜天慶帶著兩人順一條小徑，輕步疾行。

一路之上，雖然經過不少盤查之人，但因卜天慶應付得宜，混了過去。片刻之後，到了九曲橋上。

三人魚貫而行，行約大半，瞥見那禿頂無髮，身軀高大的紅衣老者，站在橋中，攔住了幾人去路。

卜天慶抬頭看去，只見雲子虛停身在段天衡身後五尺處，不禁膽子一壯，抱拳說道：「段兄還沒有休息嗎？」

段天衡道：「老夫在此等候人。」

卜天慶道：「段兄等候的什麼人？」

段天衡道：「就是你卜堂主。」

雲子虛早已在橋亭等候，此刻突然飛躍而起，一式燕子三抄水，由郭雪君和慕容雲笙頭頂之上，落在那卜天慶的身側，低聲說道：「卜兄，我已設布好了他們逃走的痕跡，只要過段兄這一關，或可滿人耳目一時。」

段天衡哼了一聲，道：「想不到你雲子虛，竟和卜堂主搭上了交情，看起來堂主之尊，果

然是實權人物，身價不同了。但你不要忘了，老夫守橋有責，不論何人，出入此橋，都應報上身分。」

雲子虛道：「兄弟和卜堂主、天衡兄都認識，應該是不用查了。」

段天衡道：「卜天慶身後兩位，是何身分？」

卜天慶道：「是兄弟金輪堂中兩位弟子。」

段天衡道：「如是兄弟沒有記錯，過橋之時，只有你卜堂主一人，怎的回頭之時，又多出兩位從人了。」

雲子虛搶先接道：「段兄既然已瞧出了內情，又何苦逼迫相問呢？但望能高抬貴手，放過我們四人。」

段天衡道：「老夫如不問個明白，日後出了麻煩，聖堂怪罪下來，何人擔待？」

卜天慶道：「聖堂如若責問下來，天衡兄推到兄弟的頭上就是。」

段天衡冷冷說道：「就憑你卜天慶一點道行，能夠擔待得起嗎？除非你不從這橋上過，既然過了，老夫就脫不了關係。」

雲子虛臉色一變，道：「在下一向敬重段兄，但段兄似是一點也不買兄弟的面子。」

段天衡冷冷說道：「你們人手眾多，就算打起來，老夫也未必是你們敵手。」

雲子虛怔了一怔，低聲說道：「多謝指教。」呼的一掌，劈了過去。

段天衡右手一揮，接下掌勢。

雲子虛一面揮掌迫攻，一面輕聲說追：「卜兄，快帶他們過橋吧！」

卜天慶應了一聲，當先一提真氣，由兩人頭頂上飛躍而過。

慕容雲笙、郭雪君隨在卜天慶的身後，齊齊飛躍而過。
三人匆匆行過九曲朱橋，回頭望去，只見雲子虛和段天衡仍在橋上打鬥。
郭雪君道：「老前輩不去助雲老先生一臂嗎？」
卜天慶低聲笑道：「如若兩人真打，雲子虛早被那段天衡逼落河內了，不用管他，咱們快些走吧！」轉身向前奔去。
慕容雲笙和郭雪君魚貫追隨身後。
那卜天慶地勢十分熟悉，行速甚快，快得郭雪君和慕容雲笙無法查看經過之地的形勢、景物。
突然間，卜天慶放緩了行速，耳際間也同時響起了一聲低喝，道：「什麼人？」
卜天慶道：「我。」
只見一片叢草中，跳出了一個勁裝大漢，道：「見堂主。」
卜天慶手一揮，道：「小心防守，不論什麼人，未得我允准之前，都不許進入本堂。」
那大漢沉聲說道：「直屬於聖堂的使者、護法，平日氣焰逼人，如若不准進入，只怕要引起衝突。」
卜天慶沉吟了一陣道：「你們盡量避免和他們衝突，如是情非得已，那就不用顧慮了。」
卜天慶也不多言，舉步向前行去。
繞過草叢，又穿過一片竹林，到了一片瓦舍前面。
卜天慶道：「到了，這就是老夫的堂址了。」伸手推開了一扇木門。

郭雪君抬頭看，只見這座金輪堂址，只不過像一座普通的宅院，瓦舍磚牆，一式平房，最前面一座較大的宅院，似是一座敞廳。

廳中一片漆黑，不見燈火，卜天慶伸手取出火摺子，燃起燈火，道：「兩位大概很奇怪，我這堂堂的金輪堂，怎的竟如此平凡。」

慕容雲笙藉燈火打量敞廳一眼，只見敞廳的兩側，是兩座放兵刃的木架，刀劍槍戟，鉤拐筆鞭，各種兵刃，無所不有。除了那兩張放滿兵刃的木架之外，就是幾十張木椅了，布置得十分簡陋、單調。

卜天慶淡淡一笑，道，「三聖門名動江湖，但他們卻想不到，三聖門下的金輪堂，竟然是這樣一處簡單的地方。不過，在聖堂之外，老夫還有一處堂址，那卻是當得富麗堂皇之稱了。」

郭雪君道：「晚輩有一句不當之言，希望老前輩不要見怪。你這金輪堂下，共有多少人手？」

卜天慶道：「可當好手之稱的，有三十位以上，僕役盡都算上，至少有千人之數。」

慕容雲笙道：「是了，江湖上一直無法肯定找出三聖門的所在之地，大約就是你們三輪外堂，各成一方霸主之故。」

卜天慶嘆道：「最主要的還是聖堂幾位使者和一些護法，常在外面設聖宮，發號施命，造成武林同道的錯覺，那座聖宮也許在一年半載之後，就予毀棄。」

郭雪君聽兩人盡談些和目下無關之事，忍不住接道：「眼前武功實力如何？」

卜天慶：「得高手之稱的，大約有十餘人，餘下的雖都是三、四流的身手，但他們卻練有合搏之術，集四、五人之力，亦可抗拒一個高手了。」

郭雪君道：「這些人是否都是你的心腹，聽你之命，爲你效忠。」

卜天慶道：「就目下人手中，老夫有把握會爲我拚命的，不過三、五人而已。」

突然一聲竹哨聲，打斷了卜天慶未完之言。

卜天慶臉色一變，道：「大約聖堂中已經有人找來了。」

提高聲音，道：「哪個當値？」

只見人影一閃，一個黑衣少年，背插長劍，抱拳立於廳下，道：「在下當値。」

卜天慶道：「好，召集本堂中所有之人，就說本堂主有事。」

那黑衣少年應了一聲，大步向外行去。

片刻之後，但見人影閃動，不大工夫，廳中已然集聚了二、三十人之多。

卜天慶目光冷峻，緩緩掃掠了室中群豪一眼，冷冷說道：「你們去取兵刃！布守堂外各處要道，未得我之命，任何人都不許進入此地，違者處死。」

言罷，舉手一揮，群豪齊齊退了出去。

剎那間，二、三十人，走得只餘下了慕容雲笙、郭雪君和那身著黑衣的背劍少年。

卜天慶神情肅穆地望了那黑衣少年一眼，道：「你去召請我護駕八傑，要他們布守在金輪堂外，不論何人，如是無我之命，擅自退下，一律格殺。」

那黑衣少年存一猶豫，轉身而去。

卜天慶舉手拭一下頂門的汗水，探手從懷中取出一個金輪，緩緩遞向慕容雲笙道：「這是

我的金輪璽印，凡我金輪堂下弟子，接得金輪璽印，不無奉命唯謹，這金輪璽印，也許對你有用，你好好收著吧！」

慕容雲笙道：「老前輩帶著也是一樣。」

卜天慶道：「我要盡我之力，抗拒聖堂中人，需知在下的用心，在保護兩位，情勢如有變化，兩位要趕早動身，不用顧慮我的安危了。」

郭雪君道：「何不趁聖堂還未發覺之前，咱們先走呢？」

卜天慶搖搖頭，道：「不行，聖堂沒有發動之前，連你們也不能走。」

郭雪君道：「爲什麼呢？」

卜天慶道：「聖堂如若有所行動，連玉笙和雲子虛必然會知道，他們自會設法暗中接引你們。他們身在聖堂，對此地的人人事事，都比我熟悉甚多，我想他們必會爲你們安排。」

一面說話，一面把手中金輪璽印遞向慕容雲笙。

慕容雲笙接過金輪璽印藏入懷中，道：「老前輩，晚輩暫代保管，日後再行交還老前輩。」

卜天慶道：「你如能用此物，儘管施用，我如能生脫此危，再也用不著它了。」

語聲微微一停，道：「三位聖主，都是好勝之人，決不會把我背叛三聖門一事，宣揚於江湖之上，也許這金輪璽印還可發揮一些作用，不過世兄不善權詐，還望郭姑娘隨時提醒。」

這時，那黑夜佩劍少年，突然閃身而入，欠身說道：「護駕八傑，已然布守在金輪堂外。」

卜天慶還未來得及答話，室外傳來一聲兵刃交擊之聲，靜夜中聽得甚是清晰。

郭雪君道：「聖堂已有人趕來了。」

卜天慶神情嚴肅地說：「早晚有此一戰。」

伸手從兵刀架上取了一把單刀，接道：「兩位也找件順手兵刃吧！」

郭雪君、慕容雲笙各自伸手取了一把長劍，佩在身上。

突聞砰然一聲，兵刃相觸，起自堂外，敢情已經有人衝過了重重攔截，到了金輪堂外。

卜天慶一揮手中單刀，舉步向堂外行去。

就在他舉步向前移動時，人影一閃，一個全身白衣之人，已然飛躍進入廳堂中。

只見他手中提著一柄長劍，劍上的鮮血，仍然不停地向下滴落。

卜天慶冷笑一聲，道：「原來是張兄駕到，無怪他們攔不住了。」

那白衣人冷冷地望了慕容雲笙和郭雪君一眼，道：「在下奉聖堂之命，要追捕兩個逃犯。這一男一女，是什麼人？」

卜天慶冷冷道：「閣下找對了，聖堂雖然稱他們兩人爲逃犯，但不知閣下是否知曉他們的真正身分？」

望著慕容雲笙，道：「這位是慕容雲笙，慕容長青大俠的公子。」

那白衣人道：「慕容長青的公子，又怎麼樣?卜兄請恕兄弟放肆了。」

突然欺近了慕容雲笙一步，冷冷說道：「閣下如是不束手就縛，請亮兵刃……」

慕容雲笙回顧了卜天慶一眼，緩緩抽出長劍。

卜天慶單刀一揮，唰唰兩刀，把那白衣人逼得向後退了兩步，道：「張兄想和慕容公子動手不難，不過要先勝了在下。」

白衣人長劍一起，突然間泛起了一片劍光，點點寒芒，攻向了卜天慶。

卜天慶揮刀還擊，兩人展開了一場激烈的惡鬥。

慕容雲笙冷眼旁觀，只見那白衣人劍招快速靈活，他攻出三劍，那卜天慶才能還擊一刀。

不過，卜天慶的刀勢沉穩，雖然是不似白衣人劍招靈活、快速，但門戶卻封閉得十分嚴密。

儘管那白衣人手中的劍招，有如閃電雷奔一般，但卻始終無法攻入那卜天慶護身刀幕之中。

室中打鬥激烈，刀光劍影，方圓丈餘內寒風撲面，室外也響起了兵刃交擊之聲。

顯然，室外也正展開著激烈的惡戰。

郭雪君低聲說道：「慕容兄，情形已然發展到難再拖延之境，咱們不用再守江湖規矩了。」

慕容雲笙一點頭，欺身而上，攻向那白衣人。

白衣人哈哈一笑，長劍一緊，力鬥兩人。

他的劍法，的確奇厲無比，加上一個慕容雲笙，他仍然是攻多守少，稍佔先機。

慕容雲笙自學得父親留下的掌拳、劍法之後，始終沒有和人正式地打上一場，此刻才有和人動手的機會，當下逐漸施展出所學的劍法。

他專心誠意運劍，對場中搏鬥形勢，卻有著照顧不及之感。

但慕容長青博採天下劍術之長的劍法，逐漸地發揮出了力量，雖然，慕容雲笙開始時，難以發揮出全部奧妙威力，但那白衣人卻逐漸地感受到非凡的壓力。

二十招後，慕容雲笙的劍法，逐漸開展，有如白雲舒放，劍氣光圈，愈來愈大。
相形之下，那以快速見長的白衣人手中之劍，卻逐漸地緩緩收縮。
原來是慕容雲笙的劍法處處搶佔了先機，使得那白衣人劍招變化，章法散亂。
這時，卜天慶也感到一種強大的排拒之力，使自己的刀法無法施展，那力道並非來自敵人，而是慕容雲笙逐漸舒放的劍法，形成一股強大的排拒力量，而自己且可能有著妨害慕容雲笙劍勢變化之感，只好自行收刀而退。
慕容雲笙經過一陣搏鬥之後，劍法逐漸純熟，心理上、手法上，都已能適應劍法的變化，於是，他有了餘力，來注意搏鬥形勢和對方劍勢的變化。
立時間，這一套包羅各家之長的劍法，更發揮了威力。
白衣人輕靈、快速的劍招，全走了樣，有如被困在一道鐵籠中的猛獸，左衝右突，不得其門而出。
卜天慶目睹慕容雲笙龍騰鳳翔般的劍勢，喃喃自語道：「正是這一套劍法，正是這一套劍法……」
突然間，白衣人大喝一聲，手中長劍緊攻了三招，大聲喝道：「住手？」
慕容雲笙停下手中之劍，道：「閣下有何見教？」
白衣人道：「你雖然繼承了慕容長青的武功，但你未必能取我之命，在下如拚死力拒，咱們至少有兩、三百招好拚。如若你有辦法，能證明你是慕容公子，在下才能相信。」
接著嗤的一笑，道：「如若你是真的慕容公子，請說出身上一個暗記，我相信我很快地就可以知曉內情。」

慕容雲笙奇道：「你怎會知曉呢？」
白衣人道：「恕不奉告……」
慕容雲笙冷冷說道：「但閣下如不說明原因，在下也不願奉告。」
話未說完，瞥見人影一閃，一個身著黑衣的大漢，快如流星一般穿入了大廳之中。
只見那大漢目光一掠白衣人，道：「張兄，大批援手，都已趕到……」
目光轉到慕容雲笙臉上，道：「這位是慕容公子嗎？」
白衣人道：「不錯！」
突然反手一劍，把那黑衣人斬斃於劍下，他出劍快速無比，那黑衣人又在驟不及防之下，被他一劍透穿前胸，倒斃地上。
白衣人冷冷道：「現在，你可以說出身上暗記了吧！」
慕容雲笙心中暗道：「這人回手一劍，殺死同伴，看來倒不似裝作的了，他苦苦追問我身上的暗記，也許可求證我的身分！」
當下說道：「在下身上暗記，在左腳腳心之上。」
白衣人道：「我叫快劍張鈞，你既然敢說出身上的暗記，在下只好暫時相信你是慕容公子了。」
目光轉到卜天慶身上，道：「卜兄請保護慕容公子，兄弟去替諸位清道。」
也不待兩人答話，轉頭向外行去。
慕容雲笙看那卜天慶始終不提動身的事，心中甚感奇怪，暗道：「此時不走，更待何時，不知何故，他竟不提動身的事。」心中雖然多疑，但卻又不便多問。

卜天慶似是已瞧出那慕容雲笙心中之疑，微微一笑，道：「老夫相信那連玉笙和雲子虛，很快會有消息到此。」

突然一揚手，兩點寒芒，電射而出。

只聽兩聲悶哼，兩個手執飛刀的大漢，由屋上跌了下來。

突然間，室外搏鬥的兵刃之聲完全停了下來。

卜天慶臉色一變，道：「情勢有變……」

突見人影一閃，快劍張鈞重又躍回室中。

卜天慶道：「張兄，什麼人？」

張鈞還未來得及答話，室外已響起一個威重的聲音，道：「我！」

隨著答應之聲，緩步行入一身著黑衣、面垂黑紗的人。

卜天慶呆了一呆，道：「大聖主。」

那面垂黑紗的人冷笑一聲，道：「不錯，正是本座！」

語聲微微一頓，道：「卜天慶，你身爲本門內一堂之主，我待你不能算薄吧？但你竟敢背叛於我。」

卜天慶道：「屬下身受慕容大俠數度相救之恩，其恩如山，其情銘心，屬下不忍坐視慕容公子被囚，故而救他一次。」

黑衣人微一沉吟，道：「所以你膽敢背叛本門？那你必然知道，犯了背叛大罪，應該如何？」

卜天慶道：「屬下知罪。不過……」

黑衣人道：「不過什麼？」

卜天慶道：「屬下追隨聖主時日甚久，雖然無功，亦有苦勞，屬下在身殉門規之前，求聖主答允一事。」

黑衣人道：「什麼事？」

卜天慶道：「如獲聖主見允，在下立時將自殘肢體一死，如是聖主不允，屬下只好冒犯聖顏，捨命一戰了。」

黑衣人目光轉到快劍張鈞的臉上，冷冷說道：「你殺了幾個人？」

他雖然面上垂著黑紗，但給人的感覺，那兩道目光，卻透過黑紗，炯炯逼人。

快劍張鈞道：「屬下殺了八個人。」

黑衣人冷笑一聲，道：「那很好，殺人償命，欠債還錢。你準備怎麼樣呢？」

張鈞道：「屬下當年也曾受過慕容大俠之恩，耿耿於懷，無以爲報，因此，只有報在他的後人身上了，如若聖主肯放慕容公子離此，屬下願效那卜堂主，自殘肢體而死，如是聖主不允，屬下只有和卜堂主聯手和聖主一戰了。」

黑衣人道：「很有豪氣。」

目光又轉到慕容雲笙的身上，道：「令尊已二十年未在江湖上出現，但他的餘蔭、威望，仍然如此之大，可算得一位前無古人、後無來者的俠人。只是，令尊餘蔭雖廣，但卻未必能救你之命，你準備如何應付今晚之局？」

慕容雲笙道：「晚輩來此用心，只想求證一事，如若能得了然，死而無憾。」

黑衣人道：「又是探問突襲慕容之家的兇手？」

緩緩一嘆，道：「我只能告訴你，不是我，但只怕你心中不信，因為天下武功，除了我三聖門之外，似是再無人能夠殺死令尊了。」

慕容雲笙道：「那是說，你也不知道是什麼人了？」

黑衣人冷冷說道：「你不配和本座面對面的談論此事。」

慕容雲笙心中暗道：「今日之局，如若不問個清清楚楚，只怕日後很難再有這等機會了。」

心中念轉，口中卻緩緩說道：「要如何才能和閣下談呢？」

黑衣人道：「你如能在老夫手下走上十招，老夫就告訴你，圍襲慕容長青元凶的姓名。」

慕容雲笙略一沉吟，道：「好！在下領教大聖主的劍術。」

黑衣人目光一轉，隨手在兵刃架上，取過一支長劍，道：「好，你出手吧！」

慕容雲笙唰的一聲，長劍一振，攻出一劍。

黑衣人長劍平舉胸前，一直不動，直待慕容雲笙的長劍將要刺近前胸時，才突然一翻長劍，啪的一聲，把慕容雲笙長劍壓倒一側，劍鋒順著慕容雲笙長劍，直朝慕容雲笙右腕上削去。

這一招看似平平常常，但在那大聖主的手下施展出手，卻是大有不同的威力。

慕容雲笙吃了一驚，急急向後一縮手，連人帶劍向後退了兩步。

黑衣人長劍一探，幻起三朵劍花，分取慕容雲笙三處大穴。

如若慕容雲笙和那張鈞動手之前，這一劍必然要傷了慕容雲笙，但此刻他已領會到慕容長青甚多劍招的奧秘，劍招變化，已然大不相同，急振長劍，閃起了一片護身劍幕。

但聞噹的一聲金鐵交鳴，慕容雲笙被震得向後退了兩步。

那黑衣人似是對慕容雲笙避開這一擊，大生意外之感，劍勢一頓，道：「好劍法！」唰唰兩劍刺了過去。

這兩劍來勢奇幻，有如潮水湧至，閃起了一片寒芒，分由四方攻到，耀眼劍花，使人無法分辨出攻向何處，慕容雲笙從未見過這等劍勢，不禁駭然一震。

匆忙間，突然記起父親劍法中有一招「火爆金花」，長劍突然一指，直向那湧來劍幕中刺去，同時貫注內力，左右一搖。

但聞一陣金鐵交鳴，那潮湧而至的劍幕，突然暴散。

慕容雲笙卻感到右手一陣痠麻，長劍幾乎要脫手飛出，當下一咬牙，牢握長劍。

黑衣人縱聲大笑，道：「難得啊，難得！你能連擋本座兩劍。」

慕容雲笙心中暗道：「他如再攻兩劍，縱然不把我傷在劍下，兵刃也要被他震脫，我要搶制先機才成。」

心中念轉，顧不得手臂痠疼，長劍一振，一招「天外來雲」，疾攻過去。

黑衣人長劍一起，橫向慕容雲笙長劍之上掃去。

慕容雲笙心中明白，只要被他這一招掃中，自己長劍勢必脫手不可，急急向旁側一閃，避開了黑衣人的劍勢。

黑衣人冷哼一聲，長劍一抖，直向慕容雲笙前胸刺去。

慕容雲笙只覺他劍勢來得很凶，卻瞧不出他用的什麼劍招。

當下一吸真氣，橫裡向旁側閃開三尺。

哪知黑衣人手中長劍，有如長了眼睛一般，竟然隨著慕容雲笙的身子轉去。

這一劍普普通通，說不上有什麼奇奧的變化，但它卻有如附骨之蛆，揮之不去。

慕容雲笙左閃右避，一連閃避了六、七個位置，但那黑衣人手中的劍勢，卻如影隨形一般，始終不離開那慕容雲笙身前半尺之處。

這時，慕容雲笙頂門上，已開始滾落汗水，但閃避的身法，卻是更見快速。

卜天慶暗中一提真氣，內力注於刀身之上，準備出手，替慕容雲笙接下這如影隨形的一劍。

但他在沒有出手之前，卻回顧了快劍張鈞一眼。

只見張鈞全神貫注在慕容雲笙身上，手中長劍顫動，似亦有立刻出手之意。

突聞慕容雲笙大喝一聲，一個疾快地旋身，但聞一陣叮叮咚咚之聲，那黑衣人如影隨形的劍勢，竟然被慕容雲笙擋開。

只見慕容雲笙身上，數處衣服破裂，半身鮮血淋漓，似是受了很多處傷。

但那慕容雲笙仍然肅立當地，雙目神光充足，顯然傷處雖多，都未觸及要害。

那黑衣人輕輕咳了一聲，道：「你似是陡然間，武功增強了很多。」

黑衣人緩緩舉起長劍，道：「我倒要瞧瞧你，還有什麼方法，能再接我一劍。」

卜天慶急急叫道：「大聖主手下留情。」

黑衣人道：「卜天慶，你如想助他一臂之力，最好和他聯手而戰。」

卜天慶道：「爲了圖報舊恩，在下必救慕容公子，爲了保自己性命，不得不和他聯手了。」

黑衣人冷冷說道：「最好連張鈞一齊出手，也免得本座動手了。」

快劍張鈞突然接口說道：「大聖主的吩咐，屬下不敢不遵。」

橫舉長劍，和慕容雲笙並肩而立。

卜天慶提刀站在慕容雲笙的右側，道：「我們三人聯手，不知大聖主和那慕容雲笙訂下之約，是否還算？」

只聽黑衣人冷冷說道：「你們一人十招，三人合起來應該三十招，但本座再給你們一個機會，你們三人聯手擋我十劍，如能逃過，我定必履行對慕容雲笙的承諾，而且也放你們兩人離此。」

卜天慶回顧了張鈞一眼，道：「張兄，事已至此，咱們只有死中求生了。」

快劍張鈞點頭應道：「好！以慕容公子爲主，咱們從旁助他。」

黑衣人緩緩舉起長劍，道：「再讓你們三人先機。」

張鈞一上步道：「得罪了。」長劍一震，疾劈三劍。

他有快劍之譽，出劍快而毒辣，但見一片劍光，分取大聖主三處要穴。

卜天慶眼看張鈞發動，單刀一揮，攻向那黑衣人的下盤。

刀光、劍芒，交織成一片寒風。

只見那大聖主長劍一震，銀虹舒捲，上封劍勢，下逼單刀。

噹噹兩聲，劍芒、刀光，盡被震開。

兩大高手合攻之勢，何等凶猛，但竟被大聖主以快制快的手法，一劍化解。

慕容雲笙心中一動，突然大踏一步，舉劍攻出，原來，那大聖主一招封劍震刀，不但把卜

天慶和張鈞的攻勢逼開，而且，還逼得兩人門戶大開，露出破綻。

慕容雲笙雖想及時搶救，但仍是晚了一步，但見那黑衣人長劍顫動，爆散出一片劍花。劍光閃動中，響起兩聲悶哼，卜天慶和快劍張鈞，各中一劍，卜天慶傷在左腿之上，張鈞卻傷在握劍的右臂之上。

那黑衣人似是誠心以快速的劍招，對付有快劍之稱的張鈞，當慕容雲笙長劍攻到時，那黑衣人已然收回劍勢，從容地封擋開慕容雲笙攻來的劍招。

慕容雲笙眼看劍招被人封住，不敢等劍招用老，立時收劍而退。

慕容雲笙似是突然想到了什麼，一振長劍，道：「咱們還有六招吧！」

問話聲中，長劍已然遞出。

黑衣人舉劍一封，準備藉勢還擊。

哪知慕容雲笙看他劍勢一動，立時變招攻出。

每一劍，都是攻向那黑衣人必救的要害。

黑衣人回劍自救，慕容雲笙劍招又變，就這樣，使得那黑衣人一直沒有還手的機會，慕容雲笙快速攻出七劍之後，突然收劍而退，道：「如若在下的攻勢也算，我已經攻出七劍了。」

黑衣人突然舉起手中長劍，一折兩斷，把兩截斷劍，投擲於地，道：「不錯，你超過了十招。」

慕容雲笙道：「那是大聖主承認在下，可以和你談談家父之死的事了。」

黑衣人道：「本座答允的事，自是不能反悔。」

慕容雲笙臉色陡然間一片嚴肅，一字一句地問道：「殺害先父的兇手是誰？」

黑衣人冷冷答道：「慕容長青沒有死，哪有殺害他的兇手。」

慕容雲笙心弦震盪，不能自禁，兩道炯炯的眼神，凝注在那黑衣人的面紗之上，半晌說不出話來，良久之後，才由口中彈出三個字，道：「當真嗎？」

黑衣人道：「當然當真了。」

慕容長青未死之訊，出於三聖門的大聖主之口，使慕容雲笙也不能不信了，他鎮靜一下激動的心神，緩緩說道：「如若家父還活在世上，不知他現在何處？」

黑衣人冷漠說道：「這個，恕本座不願奉告了。」

慕容雲笙長長吁一口氣，道：「先父如若還在世間，那墓前森嚴的守備，又是何用心？」

黑衣人道：「那是一個圈套，只怪世人無知，甘為所惑罷了。」

慕容雲笙道：「那守墓人，是你們三聖門所派，不知是真是假？」

黑衣人冷笑一聲，道：「不錯，正是本門所遣。」

慕容雲笙道：「二十年來，殺害了數十位趕到家父墳前奠拜的武林豪客，也是大聖主的傑作了。」

黑衣人道：「不如此，何以能讓世人相信那墳墓中埋的是慕容長青。」

黑衣人略一沉吟，道：「我已經告訴你太多了，念你有和我搏鬥十招之能，放你離開此地。」轉身向外行去。

慕容雲笙急急喝道：「站住。」

黑衣人緩緩回過身子，道：「什麼事？」

慕容雲笙道：「家父是否被囚在此？」

黑衣人道：「如是你一定想知道令尊的下落，只有一個法子。」

慕容雲笙道：「要在下和你再拚十招。」

黑衣人道：「不錯。」

慕容雲笙道：「好！閣下取劍吧！」

卜天慶、張鈞同時說道：「慕容世兄，不可造次……」

慕容雲笙苦笑一下，接道：「在下如不能問出家父下落，有何顏生於人世，兩位不用多管。」

黑衣人冷笑一聲，又伸手從兵刃架上取過一把長劍，道：「一個人不會永遠僥倖，你沒有機會再和我搏鬥十招，你要小心了。」

郭雪君突然大聲喝道：「住手。」

黑衣人手中長劍已然舉起，聞聲停下，道：「姑娘有什麼高見？」

郭雪君道：「他非你之敵，早已明顯，如是你明知可以輕而易舉的殺死一個人，偏又要藉詞和他比試，那算公平嗎？」

黑衣人沉吟了一陣，道：「姑娘似是有很多意見。」

郭雪君道：「我的意見你最好是能夠相信。」

黑衣人道：「好！我倒要聽聽。」

郭雪君道：「你如殺了慕容雲笙，那楊鳳吟會恨你一輩子。」

黑衣人沉吟了一陣，道：「不殺他呢？」

郭雪君冷冷說道：「法不傳六耳，請你大聖主附耳過來。」

那黑衣人經過一陣深長的思索之後，果然舉步行近了郭雪君的身側。
郭雪君附耳低言數語，那黑衣人點點頭退回原位，道：「慕容公子，令尊被人攻襲經過，除了他本身之外，只怕當今武林之世，很難有人說得清楚了。」
這幾句話使慕容雲笙大感意外，呆了一呆，道：「大聖主之意是……」
黑衣人道：「由慕容大俠親口解說，那應該使閣下信服了。」
慕容雲笙道：「但先父……」
黑衣人道：「他在此地。」
慕容雲笙道：「那必是有著重重的保護，在下這點武功，怕是很難破除重圍。」
黑衣人道：「那倒不用，我下令由本門中幾位武功高強的護法為你開道。」
慕容雲笙似是不相信自己的耳朵，怔了一怔，道：「你怎會忽然間變得仁慈了。」
黑衣人輕輕嘆息一聲，道：「我本也不是惡人啊！」
目光一掠卜天慶和快劍張鈞，接道：「慕容公子，我大可以斬斷他們臂腿，但我卻只傷了他們的肌膚，這證明我並非一個好殺之人。」
慕容雲笙略一沉吟，道：「在下不但武功造詣上和大聖主相去甚遠，就是才慧智略上，相差也是難以計量。」
黑衣人道：「在下想，郭姑娘會了解其中之意，你不妨請教一下郭姑娘。」
慕容雲笙不再多問，轉換話題，道：「在下何時可以見到家父？」
黑衣人道：「今日子時見他如何？」
慕容雲笙道：「此時此景，在下只有等候一途了。」

黑衣人道：「卜天慶、張鈞！你們既然傷得不重，那就代我招待慕容公子和郭姑娘。」

卜天慶、張鈞齊齊應道：「屬下領命。」

黑衣人頭也不回，大步而去，片刻間走得蹤影全無。

卜天慶目睹黑衣人去遠之後，目光轉到郭雪君的身上，道：「郭姑娘使用何法，能使大聖主突然間改變得十分仁慈。」

郭雪君道：「不是我，那是楊鳳吟的力量。」

目光一掠慕容雲笙，接道：「她心中早有所許，我不過是點醒他早些行動罷了。」

慕容雲笙默然不語，心中卻似被刺入了一把鋼刀一般，他雖然盡力使自己保持鎮靜，但卻無法掩飾那神色黯然、淒涼。

卜天慶凝目沉思了片刻，道：「奇怪啊，奇怪！大聖主似是換了一個人。」

郭雪君淡淡一笑，道：「哪裡變了？」

張鈞道：「在下記憶中的大聖主，果斷嚴峻，向不徇情，而且決定的事，從未有商量餘地，和適才所見的大聖主完全不同。」

郭雪君笑道：「一個人年紀大了，不是變得貪婪、冷酷，就是變得仁慈一些，那也不足爲怪了。」

張鈞沉吟了一陣，搖搖頭，長長嘆一口氣。

五四　聖主之謎

郭雪君愕然說道：「我說的不對嗎？」

她存心想從張鈞的口中，探出一些內情，故作愕然之狀，做作甚佳。

張鈞回顧了一眼，低聲說道：「在下雖未得一睹大聖主的廬山真面目，但卻對他的聲音，聽了甚多，適才的大聖主，和過去的大聖主，口音似有不同。」

郭雪君心中暗道：「諸般求證所得，三聖門的大聖主，似是已經換了一個人，這其間只怕還有更爲複雜的內情。」

郭雪君道：「貴門中的組織，太過神秘，大聖主一直用黑紗遮掩本來面目，用心就在不讓屬下認出他的形貌，不論何人，只要能盡得聖堂中的秘密，都可以成爲三聖門中的首腦人物，不過，還有一點，賤妾想不明白……」

一種強烈的好奇心，促使著卜天慶和張鈞忍不住同時問道：「哪一點想不明白？」

郭雪君笑道：「賤妾去過三聖堂，看情形似是有三個人號稱三聖，共同爲三聖門的首腦，如若是有了什麼變動，連帶那二聖、三聖之間，都要有著變動才成。」

目光轉到張鈞的臉上，接道：「張兄爲聖堂中的護法，常住於聖堂之中，想必對此事，有所了解了。」

快劍張鈞道：「兄弟從未聽過聖堂中有何變動，如若有什麼風吹草動，兄弟一定會聽到消息。」

郭雪君低聲道：「那時的大聖主，應該有好大年紀。」

卜天慶道：「那時，我們常見大聖主，看他身材，和此刻大致相同，至於多大年紀，在下沒有見過大聖主真正面目，無法論定。」

郭雪君不再多問，回頭向慕容雲笙望去，只見慕容雲笙呆呆地站在一側，若有所思，似是根本未聽到幾人在談些什麼。

郭雪君探手從懷中摸出一塊絹帕，拭去慕容雲笙身上的血跡，神情間無限溫柔。

郭雪君擦拭完後，道：「慕容兄體力過勞且心有所思，不如讓他休息一下。」

慕容雲笙道：「郭姑娘說得是，小弟很想休息片刻。」

卜天慶站起身子，道：「在下爲慕容世兄帶路。」

親自把慕容雲笙送入一座雅室之中，並囑咐幾個心腹屬下嚴密戒備，以防變故。

慕容雲笙盤坐木榻之上，盡量使自己的心情平靜下來，恢復體能，準備迎接下一步更激烈的變勢。

他雖然已得申子軒等驗明自己身上的暗記，但他內心之中，對自己的身世，仍然有點懷疑，平常之日不去想它，也還罷了，一旦仔細地想去，卻感到有甚多破綻。

慕容雲笙用最大的定力，壓制下腦際間洶湧的思潮，仍然耗去了極久的時間，才使自己平靜下來，漸入了忘我之境。

靜坐一周天，不知道過去了多少時間，醒來時見室中燭火輝煌，坐了不少的人。

卜天慶、快劍張鈞還有連玉笙、雲子虛、郭雪君同小珍等。

慕容雲笙揉揉眼睛，抬頭看去，道：「諸位等候很久了？」

連玉笙道：「我們也剛來不久。」

慕容雲笙站起身子，道：「現在什麼時間了？」

連玉笙道：「將近子夜。」

慕容雲笙道：「可以去見家父了。」

連玉笙神情肅然地說道：「事情有了很大的變化。」

慕容雲笙呆了一呆，道：「什麼變化？可是那大聖主悔約了嗎？」

連玉笙搖搖頭，道：「大聖主沒有悔約，而且下令由我奉陪去見令尊。」

慕容雲笙道：「那不是很好嗎？」

連玉笙長長吁一口氣，欲言又止。

慕容雲笙看他欲言又止的神情，心中大爲奇怪，說道：「連老前輩，什麼事但請說出，晚輩年來歷盡艱辛，早知世道多難，自信能夠受得了任何打擊。」

連玉笙輕輕咳了一聲，道：「是關於那楊姑娘的事……」

慕容雲笙道：「她怎樣了？」

連玉笙嘆息一聲，道：「大聖主看上了楊姑娘，但那楊姑娘卻提出一個條件，要和你見上一面，你能否勸說楊姑娘順從大聖主，事關武林安危……」

慕容雲笙輕輕嘆息一聲，道：「大聖主的話可信嗎？」

連玉笙道：「就在下所知，大聖主是一位不輕許諾的人。承諾的話，從未失信過。」

雲子虛接道：「慕容賢侄，老夫覺著世無兩全之策，大聖主既然已示意下來，似是已無商討的餘地，對你個人而言，這也許是一個沉重的負擔，天下美女雖多，只怕也無法再找出個楊鳳吟來；但對武林大局而言，那確是一大喜訊。武林中，從此之後，將可過一段太平日子，你們父子相會，你也算全了孝道，千萬人承受恩德，是何等博大的精神。」

慕容雲笙仰起臉來長長吁一口氣，道：「小姪心中實無把握，能夠影響那楊鳳吟，但為了能見家父，小姪願盡力一試。」

郭雪君突然說道：「慕容兄，且慢答應。」

連玉笙一拱手，道：「郭姑娘有何高見？」

郭雪君道：「楊姑娘順從了大聖主，三聖門是否還在江湖。」

連玉笙道：「解散三聖門，火焚三聖宮……」

郭雪君道：「賤妾還有一個顧慮，那大聖主真能夠解散三聖門嗎？賤妾的看法，只怕不會那麼簡單。」

雲子虛道：「他手握大權，乃三聖門中第一首腦，為何不能。」

郭雪君道：「我感覺應該不會如此單純，諸位都是有著豐富江湖閱歷的人，請仔細想想，大聖主費盡了千辛萬苦，建立起的三聖門，目下已掌握了大半江湖，什麼力量能夠使他放棄手握的大權？

「還有一樁事，賤妾覺著那大聖主太和藹了，和當年三聖門在江湖爭霸的銳利、殘酷作風，完全不同。」

連玉笙、雲子虛、卜天慶、張鈞等都聽得瞠目結舌，不知所對。

郭雪君四顧一眼，接道：「賤妾之意，是說目下的大聖主，很可能不是當年創業的大聖主了。」

連玉笙道：「在下自入三聖門後，就一直擔任著聖堂首座護衛，和大聖主應該是較爲接近的人了，但在下一直未發覺到，那大聖主有什麼不同之處。」

郭雪君道：「你既是那聖堂中首座護衛，不知是否見過那二聖主和三聖主？」

連玉笙點點道：「見過。」

郭雪君道：「那二聖主是一個什麼樣的人物？」

連玉笙道：「二聖主、三聖主雖然不戴面紗，但他們也似乎是有意地逃避，不讓人瞧清楚他們的真正面目。」

郭雪君道：「那是說，你雖然見過二聖主和三聖主，但卻是一點也不知道他們的形貌了。」

連玉笙道：「那二聖主似乎是一個老者，在下見到他幾次，似是都穿著青色的長衫，胸前白髯飄垂。」

郭雪君道：「那三聖主呢，又是何等形貌的人物？」

連玉笙道：「一個中年文士，不過，在下有一次似是看到他身著道袍。」

郭雪君道：「白髯老者、中年文士，這兩種人，江湖上實在太多了。」

慕容雲笙接口道：「如若在下能夠見著家父，或可問出一些內情。」

連玉笙道：「問題是慕容世兄如不答允勸說那楊鳳吟，今晚只怕很難見到慕容大俠了。所以在下覺著，你不妨去勸勸楊姑娘。」

慕容雲笙沉吟了一陣，道：「好吧！但我只答應去勸，能否勸得服她，我卻不敢保證。」

郭雪君道：「是否只限定慕容公子一人前去？」

連玉笙道：「大聖主如此吩咐，要在下帶慕容公子一人前往。」

慕容雲笙一揮手，道：「那就有勞老前輩帶路了。」

連玉笙目光一掠雲子虛、卜天慶等，接道：「諸位請留此等候，在下帶慕容公子走一趟。」

雲子虛道：「就此一言爲定，你們快去吧！」

連玉笙帶著慕容雲笙行過九曲朱橋，直奔聽蟬小築。

雅致的客廳中，高燃著兩支紅燭，照得一片通明，楊鳳吟身著白衣，坐在客室中一張木椅之上出神。

慕容雲笙一路行來，不見有攔阻之人，但他心中明白，暗影之中，必有高手監視。

連玉笙低聲說道：「去和楊姑娘談談吧！我在外面替你們把風。」

慕容雲笙怔了一怔，正想問話，那連玉笙已然轉身而去。

仔細思索連玉笙那句話，似有著很多含義，但已無法問明，只好舉步向廳中行去。

楊鳳吟不知在想什麼，似是很入神，竟然不知慕容雲笙行入廳中。

慕容雲笙抬頭望了楊鳳吟一眼，輕輕咳了一聲，道：「楊姑娘。」

楊鳳吟緩緩轉過臉來，雙目無限憂愁，盯注在慕容雲笙的身上。

四目交注，但一時間，誰也想不出該如何開口，良久之後，楊鳳吟才眨了一下圓圓的大眼

睛，滾下來兩顆晶瑩的淚珠，道：「他真的叫你來了。」

慕容雲笙道：「大聖主要我來勸說妳。」

楊鳳吟道：「這些我都知道，而且我也知曉了你爹爹還在人間，你很快就可以見到他。」

慕容雲笙搖搖頭，道：「很難說，到此刻為止，我還無法確定自己真是慕容大俠之子，必須見過慕容大俠，才知真正身分。」

楊鳳吟道：「這幾日中，我想了很多事，很痛苦，也很奇怪，很多新奇的感受，我都沒有經歷過……我要他找你來，就是想把心中想到的事告訴你，我過去認為最為簡單不過的事，現在卻是最難解決的事了。」

慕容雲笙奇道：「什麼事呢？妳過去既然覺著簡單，此刻又怎會覺著困難呢？」

楊鳳吟道：「我生有潔癖，最不喜歡和人相處，除了偶爾想念媽媽之外，從未再想念過外人，但現在不同了。」

目光凝注在慕容雲笙的臉上，美目中情愛橫溢，緩緩說道：「這幾日，不知為了何故，我常常會想念你。」

慕容雲笙輕輕嘆息一聲，接道：「我也時時擔心到妳的安危。」

楊鳳吟想不到，想念人竟然會這樣痛苦，當真刻骨銘心。

只聽連玉笙的聲音，傳了過來，道：「恭迎聖駕！」

楊鳳吟拭去臉上淚痕，道：「他來了。」

慕容雲笙不自覺地向後退了兩步，站在一側。

只聽步履聲響，面戴黑紗、身著黑衣的大聖主，緩步行了進來。

楊鳳吟舉手理一下披肩長髮，道：「你來幹什麼，我們的話還未談完。」
黑衣人冷冷地說道：「江湖多變，在下也有很多未能料到的事。」
楊鳳吟道：「什麼事？」
黑衣人道：「自和姑娘有關。所以要姑娘早作決定了。」
楊鳳吟道：「要我決定什麼？」
黑衣人取下臉上的黑紗，只見他英俊的臉上，充滿著焦急的神情，頂門上微現汗珠。
慕容雲笙暗暗地讚道：「他不但很年輕，而且也很英俊。」
黑衣人舉手拭去頂門上汗水，道：「在下向姑娘許下的約言，不知何以竟洩露了出去，三聖門已爲此掀起了空前的大變，情勢險惡到一觸即發之境。」
楊鳳吟接道：「他們背叛了你，是麼？」
黑衣人道：「也可以說是在下背叛了三聖門。」
慕容雲笙插口接道：「大聖主權威極重，什麼人敢出頭向你挑戰？」
黑衣人道：「大聖主權威雖重，但三聖門中也有重重的約法限制，我還未到爲所欲爲之境。」
楊鳳吟道：「那二聖主和三聖主的態度如何？」
黑衣人神情肅然地說道：「就是他們兩人領導著屬下，逼我下令……」
突然住口不言。
楊鳳吟道：「你怎麼不說了，逼你下令如何？」
黑衣人道：「殺了你們四個人，以昭大信。」

楊鳳吟道：「那要你去考慮了，怎會要我決定？」
大聖主雙目中神光一閃，說道：「如是姑娘允從在下，在下只好和他們一決勝負。」
楊鳳吟望了慕容雲笙一眼，道：「如若我不答應呢？」
大聖主沉吟了一陣，道：「最簡便的方法，是在下命二聖主、三聖主親率高手，圍攻你們，或擒或殺，不但可挽回三聖門目下發生的大變，而且也可使我的權位，此後更爲牢固。」
語聲微微一頓，道：「不過，我不會這樣做。」
楊鳳吟道：「你要如何？」
黑衣人神情肅穆地說道：「我已召了兩名心腹，護妳下山，就四名女婢中，選出一人，代妳而死。」
楊鳳吟黯然接道：「爲什麼呢？」
黑衣人輕輕嘆息一聲，道：「我一向心無牽掛，世間的人人事事，都不會放在我心上，但自從見妳之後，竟然使我內心中開始有了負擔，也使我體會到一個人活在世上，有些時間，明明知道是陷阱，又不能不跳下去。」
語聲一頓，接道：「時間不多了，姑娘如何決定，還望早作主意。」
慕容雲笙一拱手，道：「大聖主答允在下去看家父的事，看來也要變卦了。」
黑衣人搖搖頭，道：「這變化，連我也未能預料，情非得已，只好失約了。」
慕容雲笙滿臉哀傷之情，黯然說道：「希望你說的都是實話。」
楊鳳吟美目中，流下來兩行清淚，緩緩說道：「你一定要見令尊嗎？」
慕容雲笙道：「如若還在人間，謀見家父一面，是在下一生中最大的心願。」

楊鳳吟無限淒涼地說道：「如若你見不到慕容長青呢？」

慕容雲笙道：「生則席難安枕，食不甘味，死亦無法瞑目九泉。」

楊鳳吟道：「大聖主，如是我答應你，你是否會答應我一個條件？」

黑衣人道：「你說吧！」

楊鳳吟道：「帶慕容雲笙去見他爹爹一面。」

那黑衣人沉吟了一陣，道：「看他一面可以，但咱們要增多了很多危險。」

楊鳳吟道：「什麼危險？」

黑衣人道：「如若被他們發現了領導三聖門的大聖主，竟然要毀去三聖門的基業，自然再也無法調度三聖門中高手了。」

楊鳳吟輕輕嘆息一聲，道：「我答應你，如若辦成了此地的事，且我們都還活著，我就嫁給你。」

黑衣人呆了一呆，驚喜交集地說道：「當真嗎？」

楊鳳吟道：「自然當真了，我爲什麼要騙你？」

黑衣人臉上的笑容，突然斂失而去，緩緩說道：「我想姑娘一定會給我出一個很難的題目。」

楊鳳吟道：「第一件事，我要你正式宣布解散三聖門，不妨和二聖、三聖一戰，我將盡全力爲你效命。第二件事，就是帶慕容公子去見慕容長青大俠。」

黑衣人沉吟了一陣，道：「敵我形勢，在下不得不先作說明，我雖是三聖門的大聖主，但我並未能控制三聖門。」

楊鳳吟道：「我們初入聖堂時，見聞所得，似乎是整個三聖門的大權，操於你一人之手。」

黑衣人道：「三聖門，有一個嚴密的組織系統，不論何人，只要能掌握那組織樞紐，都可以掌握、運用，三聖門這股龐大的力量。」

楊鳳吟道：「難道現在你已經失去了掌握那樞紐的權力？」

黑衣人苦笑一聲，道：「因爲對妳許下了解散三聖門之願，這傳言已到了二聖和三聖耳中，他們爲了自保，自然要合力對付我了。」

楊鳳吟還待再問，突聞連玉笙的聲音，傳了進來，道：「大聖主在聽蟬小築，爾等怎敢妄鬥！」

黑衣人急急戴上蒙面黑紗，道：「三聖門內幕複雜，一言難盡，但我已無暇和妳多談，希望妳能信任我。」突然轉過身子，大步向室外行去。

但聞一個森冷的聲音，喝道：「連玉笙讓開路！」隨著那呼喝之聲，兩條人影同時出現。

那黑衣人還未及出門，來人已到了大門以內。

凝目望去，只見左首一人，身著青紗，長髯飄垂胸前，手中抱著一個紅漆木盒。

右面一人身著道袍，木簪椎髮，背上交叉揹著雙劍。

慕容雲笙心中暗道：「這兩人極似那連玉笙形容的二聖主和三聖主了。」

黑衣人陡然停下了腳步，冷冷喝道：「你們要見我？」

那青袍老者和道袍人停下腳步，齊齊欠身一禮，道：「見過大聖主。」

黑衣人一揮手，道：「不用多禮。你們有什麼事，可以說了。」

那青袍老者，對黑衣人似是心存畏懼，緩緩向後退了兩步，道：「近日聖堂中有些傳言，大聖主想必早已聽說了？」

大聖主冷笑一聲，道：「什麼傳言，本座未曾聽過。」

青袍老者道：「傳說大聖主對一位楊姑娘許諾，解散三聖門，不知是真是假？」

那身著道袍的中年人接道：「大聖主的私事，咱們不敢多問，但如涉及了三聖門，就算不和我們商量，也該先讓我們知道，好使我們有個準備。」

黑衣人長長吁一口氣，道：「你們從哪裡聽得我要解散三聖門的消息？」

青衣老者道：「此事已然傳遍聖堂，數十位聖堂護法和四大使者，齊集聖堂，擊鼓求見，連聖堂八將，也聽到了這些傳言，難道大聖主當真就一句未聞嗎？」

慕容雲笙看那說話老者，一直舉著手中的木盒，心中大感奇怪，暗道：「那木盒在他心中，似甚寶貴，不知是何奇物。」

只聽那黑衣人緩緩說道：「兩位來此，質問本座，想是受他們所托了？」

那身佩雙劍，身著道裝的三聖主，冷然一笑，接道：「如是我們心中對你大聖主毫不懷疑，他們縱然請求，咱們也不敢冒昧來問大聖主了。此刻時猶未晚，那丫頭就在眼前，大聖主如若對她無意，可以立刻搏殺，一明心跡。」

黑衣人探頭向室外瞧了一眼，道：「我不信只有你們兩個人來。」

三聖主道：「大聖主猜對了，聖堂八將和四大使者，都在這聽蟬小築外。」

大聖主冷冷說道：「我想你們兩個人，早已對我不滿，此事不過是個藉口而已。」

三聖主道：「不是不滿，而是懷疑。」

大聖主嗯了一聲，道：「兩位對本座懷疑什麼？」

三聖主道：「這些年來，咱們常常覺著大聖主，不似當年領導我們創立三聖門的性格，所以，我們對大聖主早就有了懷疑，這一次，大聖主表現得更為明顯，和當年領導我們創業的情景，完全是兩個人。」

大聖主道：「一個人隨著年齡的增長，總是要有些改變，難道兩位，一切都和當年一樣嗎？」

三聖主道：「大聖主改變得太離譜了。」

大聖主冷笑一聲，道：「你講話要小心一些，不要激怒了我。」

三聖主冷笑一聲，正待反唇相譏，那二聖主卻搶先接道：「大聖兄不要誤會，我和三聖弟之意是，澄清一下我們這些年來心中之疑。」

但聞大聖主說道：「如何一個澄清之法呢？」

三聖主道：「希望大聖主能把面紗脫下，讓我們看看你真正面目。」

大聖主長長吁一口氣，道：「兩位呢？」

二聖主道：「咱們自然要先行取下面具。」

慕容雲笙吃了一驚，暗道：「原來，這三聖門中三位首腦人物，平時竟然也不肯以真正面目相見。」

二聖主伸出右手，似是要揭下臉上的面具。

三聖主卻沉聲喝道：「二聖兄，且慢動手。小弟有幾句話，不得不先行說明，而且還望大聖兄先行賜允。」

大聖主道：「什麼事，你說吧！」

三聖主道：「小弟們脫下面具，除了你大聖兄外，室中還有兩個人見到，大聖兄準備如何處置兩人呢？」

大聖主回顧了楊鳳吟和慕容雲笙一眼，道：「我脫下臉上面紗之後，他們也是一樣可以見到。」

三聖主道：「所以，小弟之意，咱們三聖門中，不論變化如何，似是都用不著讓別人知道，最好的辦法，就是先把他們殺了，不過……」

慕容雲笙聽得心中一動，暗道：「這三人之中，似是那三聖主最爲惡毒了。」

只聽大聖主道：「不過什麼？」

三聖主道：「不過，小弟已想到大聖主不會同意。」

大聖主點點頭，道：「三聖主猜對了，我想除了殺死他們外，還有別的辦法。」

二聖主、三聖主相互望了一眼，道：「大聖兄還有什麼高見？」

大聖主道：「讓他們見過咱們真正面目之後，再殺他們不遲。」

這答覆似是大出了二聖主和三聖主的意外，兩人又不禁相互望了一眼。

三聖主首先取下人皮面具，道：「在下相信大聖兄的話。」

慕容雲笙、楊鳳吟都不自覺地凝目望去。

那是一張恐怖的怪臉，滿臉上都是深淺不同的血洞，似乎被鷹口啄傷一般。

楊鳳吟、慕容雲笙都看得爲之一怔，兩人想不到世間竟會有這樣醜怪的人。

但聞那三聖主呵呵大笑，道：「大聖兄，小弟這張臉，使人一見之下，終生難忘，大約你

還能夠記得吧！」

大聖主臉上戴著蒙面黑紗，無人能看出他的神情，只見他微微頷首，道：「自然記得。」

二聖主右手一抬，也取下了臉上的人皮面具，道：「大聖兄，還能記得小弟嗎？」

慕容雲笙、楊鳳吟同時轉臉望去。

只見那二聖主的一張臉，雖然不及那三聖主的醜怪，但也夠難看了，兩道很深的血痕，由臉上交叉而過，成一個斜十字形。

慕容雲笙仔細瞧兩人臉上的那紅色的傷痕，一般的鮮紅，心中暗道：「這兩人臉上之傷，卻非與生俱來，聽那三聖主的口氣，這傷勢至少也有二十年以上了，縱然傷勢無法全好，也不會一直是這般鮮紅之色，似這般歷久不變，那定然是一種特殊的奇物所傷，也許兩人是傷在同一人、同一物之下。」

只聽那三聖主冷冷地說道：「大聖兄也應該取下面紗，給我們瞧瞧了。」

只聽大聖王柔和地說道：「兩位聖弟，還能記得小兄的容貌麼？」

二聖主道：「咱們也許記不清楚，但大體上可以分辨得出來。」

大聖主仰天打個哈哈，道：「如是你們的記憶有誤，咱們三兄弟，立時就將有一場自相殘殺的凶惡搏鬥了，因此，小兄忽然覺著，還是不看的好。」

請續看《飄花令》第四冊

國家圖書館出版品預行編目資料

飄花令／臥龍生作.　--初版. -- 臺北市：
風雲時代，2012.08
冊；　公分. --　（臥龍生精品集；21-24）
ISBN: 978-986-146-916-4（第1冊：平裝）
ISBN: 978-986-146-917-1（第2冊：平裝）
ISBN: 978-986-146-918-8（第3冊：平裝）
ISBN: 978-986-146-919-5（第4冊：平裝）

857.9　　101013821

臥龍生精品集 ㉓

書名　**飄花令（三）**

作　者　臥龍生
封面原圖　明人入蹕圖（原圖爲國立故宮博物館典藏）

發行人　陳曉林
出版所　風雲時代出版股份有限公司
地　址　105 台北市民生東路五段 178 號 7 樓之 3
風雲書網　http://www.eastbooks.com.tw
官方部落格　http://eastbooks.pixnet.net/blog
Facebook　http://www.facebook.com/h7560949
E-mail　h7560949@ms15.hinet.net
服務專線　(02)27560949
傳　真　(02)27653799
郵撥帳號　12043291

執行主編　劉宇青
封面設計　風雲編輯小組

法律顧問　永然法律事務所　李永然律師
北辰著作權事務所　蕭雄淋律師

版權授權　春秋出版社 呂秦書

出版日期　2012年9月

訂價　240 元

總經銷　成信文化事業股份有限公司
地　址　新北市新店區中正路四維巷二弄2號4樓
電　話　(02)22192080

ISBN　978-986-146-918-8

行政院新聞局局版台業字第 3595 號
營利事業統一編號 22759935